U0052810

三民叢刊 238

文學的聲音

孫康宜 著

三民書局印行

與劉先生談「文學的聲音」

孫康宜

許多年以前，我早就希望能認識三民書局的老闆劉振強先生了。因為他所主編的那套「古籍今注新譯」一直是我的美國研究生們的必讀物。我的學生告訴我，他們很感激劉先生，如果不是他主編的那套以闡釋古籍為目的、以「兼取諸家，直注明解」為原則的「藍皮書」的幫助，他們肯定不會那麼快就熟悉中國古代的經典之作。作為讀者，他們特別佩服劉先生那種充滿信心的廣大視野(vision)以及對中國傳統文化的執著——這種執著的精神十分難得，尤其在今天出版社大多以賺錢和媚俗為目的的後現代世界裡。我認為學生們的觀點很對，我想劉先生當初一定是懷著發揚傳統典籍的理想才開始走向出版業這條路的。因此，這些年來，雖然我一直還不認識劉先生，但我們在課上時常提到他。「劉先生」早已成了三民書局的代名詞了。

去年六月，我終於有幸與劉先生面識，我們一見面就談得很投合。我發現我們有很相同的文學觀；我們都相信古典文學的不朽之魔力，都相信現代讀者有無比的詮釋之潛力。劉先生還告訴我，他最喜歡「做夢」，他的每項出版計劃都開始於一個夢——他主持有關「中國字」的龐大電腦工程即為一例。我還發現，劉先生的成功秘訣就是：一旦決定要做一件事，必定全力以赴，凡事不惜代價。他說，他的家人常問他：「你何時夢醒？」但他說：「如果沒夢，怎麼會有新的出版計劃？」

我告訴劉先生，我也是一個喜歡做夢的人。我的每個文學研究計劃也是始於一個夢。我喜歡堅持自己做夢的自由，哪怕我的想法有些不實際。詩人非默曾在〈堅持〉一詩中說過：「放棄幾乎是不可能的，／堅持的人不在乎這世界是否只剩下他一個。」在文學研究的道路上，我鼓勵我自己一直朝著理想堅持下去。

這些年來，我的夢想就是：努力捕捉古代文人才女的各種不同的「聲音」(voices)。我知道文學裡的「聲音」是非常難以捕捉的——有時近在眼前，有時遠在天邊；有時是作者本人的真實的聲音，有時是寄託的聲音。解構主義告訴我們，作者本人想要發出的聲音很難具體化，而且文本與文本之間的關係十分錯綜複雜，不能一一解讀，因而其意義是永遠無法固定的。此外，解構批評家認為，語言本身是不確定的，所以一切閱讀都是「誤讀」(mis-reading)。另外，巴特的符號學則宣稱，作者已經「死亡」，讀者的解讀才能算數，在知識網絡逐漸多元的世界裡，讀者已經成為最重要的文化主體，因此作者的真實聲音已經很難找到了。但近年以來，Stanley Fish所主導的「文學接受理論」雖然繼續在提高讀者的地位，卻不斷向經典大家招魂，使得作者又以較複雜的方式和讀者重新見面。在這同時，新歷史主義者和女性主義者都分別從不同的方面努力尋找文學以外的「聲音」，企圖把邊緣文化引入主流文化。而目前流行的「全球化」(globalization)研究其實就是這種企圖把邊緣和主流、把「不同」和「相同」逐漸會合一處的進一步努力。

自從一九八二年我到耶魯大學任教以來，由於面臨現代文學批評的前沿陣地（耶魯大學一直是現代各種文學批評的發源地），我一方面感到十分幸運，另一方面也給自己提出了警惕——千萬不要被新理論、新術語轟炸得昏頭昏腦，乃至於失去了自己的走向。我喜歡文學，喜歡聽作者的聲音，就讓我繼續尋找那個震撼心靈的聲音吧。回憶這二十年來，我基本上是跟著文學批評界的潮流走過了結構主義、後結構主義（即解構主義）、符號學理論、文學接受理論、新歷史主義、女性主義批評、闡釋學等諸階段。但不管自己對這些批評風尚多麼投入，我都一直抱著「游」的心情來嘗試它們的。因為文學和文化理論的風潮也像服裝的流行一樣；一旦人們厭倦了一種形式，就自然會有更新的欲望和要求。然而，我並不輕視這些事過境遷的潮流，因為它們代表了我們這一代人的心靈文化。對於不斷變化著的文學理論潮流，我只希望永遠抱著能「入」也能「出」的態度——換言之，那就是一種自由的學習心態。

於是，這些年來，我就持這種自由自在的態度陸續編寫了不少學術專著，希望能捕捉文學裡各種各樣的聲音。在《陳子龍柳如是詩詞情緣》(*The Late Ming Poet Ch'en Tzu-lung: Crises of Love and Loyalism*)一書中，我討論情愛與忠國的隱喻和實際關係，我曾借用Erich Auerbach的「譬喻」(figura)的概念來闡釋明末詩人陳子龍的特殊美學。後來，與Ellen Widmer（魏愛蓮）合編的*Writing Women of Late Imperial China*《明清女作家》——共收了美國十三位學者的作品——則側重於婦女寫作的諸種問題。不久前與Haun Saussy蘇源熙合編的一部龐大的選集《中國歷代女作家選集：詩歌與評論》(*Women Writers of Traditional China: An Anthology of Poetry and Criticism*)——共收了六十三位美國漢學家的翻譯——則又注重中國古代婦女的各種角色與聲音。那本選集中的材料多半是我八〇年代以來花了不少精力時間和財力才終於收集起來的。（上海的施蟄存先生在我收集材料及構思的過程中，曾給了我很大的幫助，特此感謝。）從一開始，我就知道那會是一個極其浩大繁重的編輯過程，但我很高興我終於堅持了自己的夢想。我總是希望能通過大家共同的翻譯與不斷闡釋文本的過程，讓讀者們重新找到中國古代婦女的聲音——書中共收了一百三十位左右的古典女作家作品，加上五十位男女評論家的文字。總之，我一直盼望能藉此翻譯編撰的過程，讓美國的漢學家們開始走進世界性的女性作品「經典化」(canonization)行列，從而把中國女性文學從邊緣的位置提升到主流的地位。

此外，我告訴劉先生，我在研究各種文學聲音的過程中，也逐漸發現了中國古典作家的許多意味深長的「面具」(mask)美學。這種面具觀不僅反映了中國古代作者（由於政治或其他原因）所扮演的複雜角色，也同時促使讀者們一而再、再而三地闡釋作者那隱藏在面具背後的聲音。所以，在中國文學批評史上，解讀一個經典詩人總是意味著十分複雜的閱讀過程——那就是，讀者們不斷為作者戴上面具、揭開面具、甚至再蒙上面具的過程。在有關陶淵明、《樂府補題》、吳偉業、八大山人、王士禎和「閱讀情詩」等幾篇論文裡，我曾先後對這個問題作了不同程度的探討。

劉先生說，三民書局希望能出版我的論文集。我說，那麼，就把這個論文集取名為《文學的聲音》吧。收在這裡的幾篇學術文章也正代表了我近年來叩問古典文人的心聲的旅程。羅蘭・巴特曾說過：「閱讀是一種樂趣，這主要是因為閱讀本身就是一種探險。」但對於我，閱讀不但是一種探險的經驗，也是與其他讀者分享自己的讀書心得報告的好機會。

在此，我要感謝陳磊、皮述平、錢南秀、王瑷玲等人，他們把我的幾篇英文學術論文譯成中文。但這個論文集之所以能及時出版，主要還是由於三民書局編輯部諸位同仁們的努力幫助，他們嚴謹的工作態度，都是一流的。

二〇〇一年七月四日寫於耶魯大學

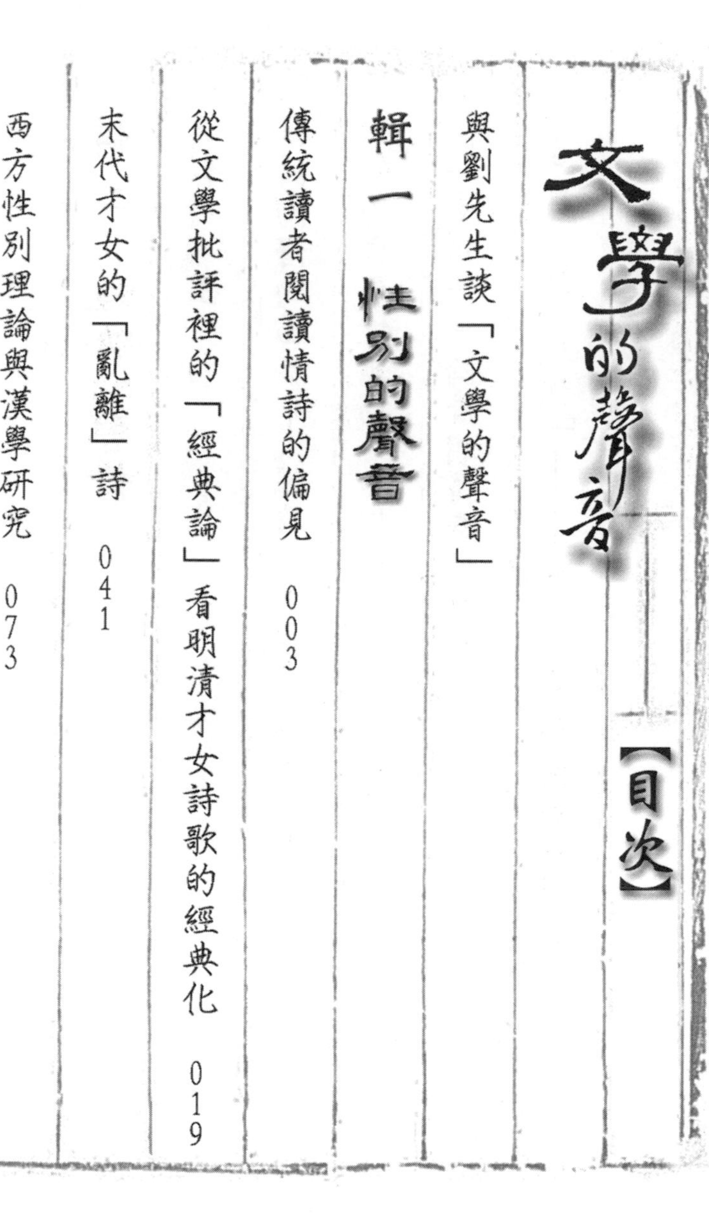

文學的聲音

【目次】

輯二　經典的聲音

輯三　抒情的聲音

輯一

性別的聲音

傳統讀者閱讀情詩的偏見[1]

Our assumptions about love and gender...can be seen as textual constructs rather than as givens which are simply there in the world.[2]

如何解釋和評價古典文學中的情詩？凡是研讀過中國詩詞的人都知道，闡釋一首情詩的涵義常常要看作者的性別而定。如果作者為男性，我們就得注意一個古來約定俗成的問題：詩人是否借用戀歌來比喻他的政治遭遇？這是因為在傳統文人所處的文化背景

---

[1] 本文部分資料原為中央研究院中國文哲研究所主辦的「明清戲曲國際研討會」之講稿而準備。本人因故不能參加大會，十分遺憾。在此，我特向兩位大會主持人王璦玲博士和華瑋博士致謝。同時，本文有關讀者問題的部分，曾在一九九七年十一月十七日哈佛大學「中國人文講座」的演講中以英文發表。

[2] Tom Furniss & Michael Bath, *Reading Poetry*, 1996.

中，一個看重君臣關係的文人覺得他的「政治情感」與男女愛情有著同樣的性質：兩者都強調始終不渝的痴情，兩者都可能令人陷入失望的痛苦中。於是一個詩人的政治背景常常成為傳統讀者闡釋情詩的根據。例如，曹植的一連串棄婦詩與閨怨詩（如〈七哀〉）被理解為深念隱義的「政治失戀」詩歌——表面上它們是描寫女主人公的哀怨之情，實際上是詩人暗示自己被兄長曹丕（魏文帝）迫害與深埋內心的無能為力之感。然而，身為帝王的曹丕所寫的情詩卻得到不同的闡釋：例如在其〈秋胡行〉樂府詩中，那位追求美人、渴望「雙魚比目，鴛鴦交頸」的愛情的發言者被說成是「樂眾賢之來輔」的賢明君王。❸同是情歌卻產生如此不同的閱讀效果，足見政治背景的考慮乃為左右古典詩歌闡釋之關鍵。

這種以「寄託」為主的閱讀方式既是政治的，也是性別的。一般傳統讀者以為，男性文人的情詩大多是政治隱喻，因此詩中所描寫的愛情常常是「言在於此，意在於彼」；反之，女性作者的情詩，則因大多與政治寓意無關，常被讀成是直抒真情的自傳詩。這種閱讀的成見很大程度受到作者本人寫作習慣的影響：因為男性作者常藉著「男女君臣」

❸ 參見黃節《魏文帝詩注》，收入楊家駱主編《魏晉五家詩注》（臺北：世界，一九七三），頁三六。

的比喻和「美人香草」的意象來寫情詩，所以他們也用同樣的託喻策略來解讀別人的詩歌。同理，由於樂府民歌中的「女子」總是毫不掩飾地表達內心的愛與怨，後來的女詩人就常常撰寫直抒其情的自傳詩（雖然有些早期女詩人也模仿男詩人以「擬作」或「代言」的方式來訴說並非完全屬於自我的情感，但她們很少涉及託喻的層面）。我們發現，雖然男性詩人經常通過虛構的女性聲音來發言，女作家卻較少借用男人的口吻來說話。如果說，前者代表一種「寄託」的美學文化，後者則常常被視為是一種「非寄託」的抒情文化。

當然，這種分野也不是絕對的。並非所有男性文人的情詩都被當成君臣託喻來解讀；他們也不總是採用女人的口氣來抒情。例如，司馬相如在其〈琴歌〉中，以第一人稱的方式發抒他對卓文君的熱烈追求：「鳳兮鳳兮從我棲，得託孳尾永為妃；交情通意心和諧，中夜相從知者誰？雙翼俱起翻高飛，無感我思使余悲。」詩中直抒其情，完全沒有寄託的跡象，是一首真正的戀歌。此外，如秦嘉的〈贈婦詩〉、楊方的〈合歡詩〉、張華的〈情詩〉都是把夫婦之情直接用詩人自己的聲音來表達的最佳範例。而且，不論是用男性的角度或是女性的視角來抒情，作者很可能只在虛構一個故事。所以，我們不可千篇一律地把所有男性文人的情詩解釋成政治詩歌。只能說：就男性文人文化來看，政治託喻是一個重要的寫作與閱讀情詩的法則。問題是，這個闡釋的法則經常被推行過了頭。本來是真正的言情之作，經過這種規則化的託喻解讀後，常常都成了以政教為目的的作品。就如最近一位學者康正果所說，堅持這種「閱讀態度」的讀者似乎認為「承認一首詩是情詩，就等於把讀者的反應引向了淫邪的方向」。❹

另一方面，中國傳統讀者在閱讀女性詩人的作品時，卻又走到另一個極端。與解讀男性作品有別，他們幾乎總是千篇一律地把女性詩歌看成是作者的「自傳」，完全否認了女作者也有虛構詩中「角色」(Persona)或代言人的自由。這種讀詩的方式無形間製造了許多有關「作者」(authorship)的爭論。例如，有人懷疑武則天不是〈如意娘〉（一首充滿相思情意的樂府詩）的作者，因為從詩中的口氣來看，該詩不像是一位執政女皇所能寫出的：

看朱成碧思紛紛，憔悴支離為憶君。不信比來常下淚，開箱檢取石榴裙。

❹ 康正果《風騷與豔情》（鄭州：河南人民出版社，一九八八），頁五三。

但有些熱愛「考古」的讀者卻認為此詩是武則天寫的，那是描寫她還在作唐太宗的「才人」時，與太子李治（後來的唐高宗）的偷情經驗。這種以「自傳」為主的闡釋方式犯了一個最大的毛病，那就是：容易使人忽略了詩歌本身的美學價值。關於這一點，施蟄存在他的《唐詩百話》中表達了新穎的見解。他認為一般讀者都犯了把詩與作者對號入座的錯誤：

> 這是由於誤解此詩，認為作者自己抒情。……但這是武則天寫的樂府歌辭，給歌女唱的。詩中的「君」字，可以指任何一個男人。唱給誰聽，這個「君」就指誰……你如把這一類型的戀歌認為是作者的自述，那就是笨伯了。❺

施蟄存的論點頗富啟發性，它是對傳統閱讀偏見的一種批判。

傳統的閱讀法則除了對「作者」問題產生不必要的爭論之外，還導致了許多對女詩人不公平的道德判斷。這是因為一般的論詩者常出於衛道的目的，對撰寫情詩的女作家持苛刻的批評態度，以為詩中所描寫的戀情即為作者本身的真實自白。在這一方面，最

---

❺ 施蟄存《唐詩百話》（上海：上海古籍出版社，一九八七），頁七二四—七二五。

有名的例子莫過於宋朝女詩人朱淑真的遭遇。據考證，婚姻不如意的朱淑真是死於非命（很可能投水自殺），原因或許是她的婚外戀情為家人識破所致。❻她生前創作了大量的情詩，但死後大多被父母「一火焚之」，以致於「今所傳者，百不一存」（魏仲恭《斷腸集・序》）。顯然，朱淑真的父母之所以忍痛焚詩，乃因怕這些詩歌的文本會帶給女兒「不貞」的罪名。然而朱淑真終究難逃封建社會的性別歧視，有人批評她的詩詞「豈良人家婦所宜邪？」❼假若朱淑真是一位男士，則她的情詩或可被解為「美人香草」的政治託喻，從而逃脫讀者的道德判斷。

值得注意的是，這種傳統的道德判斷之箭頭不僅對著有名有姓的女作家，連虛構的「女性角色」也絕不被放過。例如，南宋以降的評論者對張籍的〈節婦吟〉中的女主人公一直持極為苛刻的批判態度；完全站在捍衛儒家的禮教觀念來解釋這首詩。張籍的詩以第一人稱的女性口吻寫出：

---

❻ 黃嫣梨《朱淑真及其作品》（香港：三聯書店，一九九一），頁四八—四九。

❼ 楊慎《詞品》卷二，「朱淑真元夕詞」條。據一般學者考證，常受批評的〈元夕・生查子〉詞並非朱淑真所作。

君知妾有夫，贈妾雙明珠；感君纏綿意，繫在紅羅襦。妾家高樓連苑起，良人執戟明光裡。知君用心如日月，事夫誓擬同生死。還君明珠雙淚垂，恨不相逢未嫁時。

詩中的已婚女子收到一個多情男子的「定情」贈物：兩顆明珠。顯然，她對這個男子也有感情，所以就把明珠「繫在紅羅襦」上。但經過理性的考慮，她終於把贈物還給情人，因為她不能離棄自己的丈夫。在戀情與婚姻之間，她最後選擇了婚姻，但卻無法壓制內心那種無可奈何之感，所以她在「還君明珠」時，忍不住流淚嘆道：「恨不相逢未嫁時。」

前面已說過，張籍的「節婦」受到歷代文人的批判。例如，明代的唐汝詢曾說，「繫珠於襦，心許之矣。以良人貴顯而不可背，是以卻之。然還珠之際，涕泣流連，悔恨無及，彼婦之節，不幾岌岌乎？」（《唐詩解》）總之，一般從事闡釋的文人對「繫珠」、「雙淚垂」的行為頗有貶意。所以當清代的沈德潛編《唐詩別裁》時，特意不選此詩：「然玩辭意，恐失節婦之旨，故不錄。」❽

❽ 參見施蟄存《唐詩百話》，頁三九九。我要特別感謝施蟄存先生在這首詩的闡釋上給我的啟發。

有趣的是，這些歷來的讀者都把張籍詩中的女子當做真實「人物」來評價，好像她是某位「淫婦」型的危險人物。評論者不能同情她的立場，認為她的悲嘆只是缺乏婦德的必然後果。另一方面，傳統的讀者卻對創作這首情詩的男性作者張籍賦予極大的同情，原因是：該詩並非真正的情詩，只是作者在政治上遭受困難時所寫出的一首託喻詩。原來，張籍早已接受某一幕府的聘任，但另有一名節度使李師道又派人用厚禮聘他，在左右兩難情況下（或只為了婉轉地辭謝對方），張籍就寫了這首以「男女君臣」為比喻的詩。在詩中作者自稱「妾」，把李師道比成「君」。於是，那個為情所苦的有夫之婦只能算是詩人藉由想像所創出的虛構代言人。

這種通過虛構的女性聲音所建立起來的託喻美學，我將之稱為「性別面具」(gender mask)。之所以稱為「面具」，乃是因為男性文人的這種寫作和閱讀傳統包涵著這樣一個觀念：情詩或政治詩是一種「表演」，詩人的表述是通過詩中的一個女性角色，藉以達到必要的自我掩飾和自我表現。這一詩歌形式的顯著特徵是，它使作者鑄造「性別面具」之同時，可以藉著藝術的客觀化途徑來擺脫政治困境。通過一首以女性口吻唱出的戀歌，男性作者可以公開而無懼地表達內心隱秘的政治情懷。另一方面，這種藝術手法也使男性文人無形中進入了「性別越界」(gender crossing)的聯想；❾通過性別置換與移情的作用，他們不僅表達自己的情感，也能投入女性角色的心境與立場。

相對而言，早期的女性詩人從未建立這種「性別面具」和「性別越界」的寫詩傳統。或許由於生活範圍的局限，她們很少寫「閨怨」、「宮怨」以外的男性題材。所以面對一個女性作者的詩歌，讀者往往視之為作者本人的自傳，不會朝「虛擬」的方向作多方面的闡釋想像。一切都已約定俗成，很難破除這種偏見。

然而，明清以後的女性作家卻通過各種文學形式，企圖跳出這種傳統寫作與闡釋法則的局限。在這一方面，尤以女劇作家的貢獻最大。在明清女性的劇曲中，尤以「性別倒置」的主題最為突出：利用這種手法，女作家可以通過虛構的男性聲音來說話，可以迴避實際生活加諸婦女身上的種種壓力與偏見。❿同時，那也是女性企圖走出「自我」的

---

❾ 「性別越界」此詞乃張小虹教授對“gender crossing”一詞的中譯。見張小虹《性別越界》（臺北：聯合文學，一九九五）。

❿ 華瑋把這種藝術手法稱為「性別倒轉」(gender reversal)的「偽裝」。見Wei Hua, “The Lament of Frustrated Talents: An Analysis of Three Women’s Plays in Late Imperial China”, *Ming Studies*, no. 32 (April 1994), pp. 141–156.

性別越界，是勇於參與「他者」的藝術途徑。例如，在雜劇《鴛鴦夢》中，葉小紈把她家三姊妹的悲劇（十六歲的妹妹小鸞與二十二歲的姊姊紈紈相繼於幾天之內去世）通過三個結義兄弟的角色表現出來。那是有關三個寄跡山水、看透功名的「邊緣」文人的動人故事。當最後唯一活著的男主人公唱道：「哥哥，我想半生遭際，真堪嘆也。抵多少賈誼遠竄，李廣難封，可憐英雄撥盡冷爐灰」時，我們感到女作家葉小紈確是借用男性角色來作自我抒情。她一方面顛覆了傳統詩中的女性話語，也同時表達了她與懷才不遇的男性文人之認同。

關於這種與男性文人認同的藝術手法，十九世紀的著名女詞人兼劇作家吳藻有特殊的成就。在其《飲酒讀騷圖》（又名《喬影》）中，吳藻把自己比為屈原。劇中的「她」女扮男裝，唱出比男人更加男性化的心曲。此劇在當時曾激起許多男性作家的熱烈反應。例如，當時名流許乃穀在吳藻的雜劇演出之後，有這樣的描寫：「掃眉才子吳蘋香，放眼直欲空八荒，彈琴未盡紓激越，新詞每覺多蒼涼……滿堂主客皆噓欷，鯫生自顧慚無

並參葉長海〈明清戲曲與女性角色〉，耶魯大學「明清婦女與文學」學術研討會論文，發表於《九州學刊》卷六期二（一九九四年七月），頁七—二六。

地，鬚眉未免兒女腸，巾幗翻多丈夫氣。」⓫在他的「題辭」中，齊彥槐也說道：「一卷〈離騷〉酒百杯，自調商徵寫繁哀；紅妝拋卻渾閑事，正恐鬚眉少此才。詞客深愁託美人，美人翻恨女兒身；安知蕙質蘭心者，不是當時楚放臣。」⓬這些男性文人的評語都強調：最有效的寄託筆法乃是一種性別的跨越。屈原以美人自喻，吳藻卻以屈原自喻。兩性都企圖在「性別面具」中尋求自我發抒的藝術途徑。重要的是，要創造一個角色、一種表演、一個意象、一種與「異性」認同的價值。⓭

在《飲酒讀騷圖》中，吳藻無疑把自己假想成一個傳統男性文人的角色。她不僅藉「開樽把卷」來消愁，而且幻想自己是被美人歌妓包圍的「名士」：

⓫ 見《飲酒讀騷圖》（一八二五年吳載功刊本），「題辭」，頁一a—二a。

⓬ 《飲酒讀騷圖》，「題辭」，頁三a。

⓭ 關於「性別面具」的概念，請參見拙作"The Idea of the Mask in Wu Wei-yeh", *Harvard journal of Asiatic Studies* 48: 2 (1988), pp. 289–320. 中譯請見《隱情與面具——吳梅村詩試說》，嚴志雄譯，收入《北美中國古典文學研究名家十年文選》，樂黛雲、陳珏主編（江蘇：江蘇人民出版社，一九九六），頁二一三—二三三。

怎生再得幾個舞袖歌喉、鳳群同扇、豈不更是文人韻事……呀，只少個伴添香紅袖呵！相對坐春宵，少不得忍寒半臂一齊拋，定忘卻黛螺十斛舊曾調，把鳥闌細抄，更紅牙漫敲，才顯得美人名士最魂銷。⓮

值得注意的是，這種顛覆傳統性別與主客位置的手法使吳藻創造了一種有別於「男女君臣」的情愛美學——在傳統的託喻詩詞中，男性文人幾乎總是站在「妾」的立場，溫馴地對「君」說話；他們永遠是被動者，對方才是主動者。相較之下，在吳藻的作品中，雖不乏思婦失落情緒的描寫，但更有趣的是那些把說話者放在主動追求的位置上的詩歌。例如，吳藻曾寫過一闋「追求」妓女的情詞：

洞仙歌　贈吳門青林校書

珊珊仙骨，似碧城仙侶。一笑相逢澹忘語。鎮拈花，倚竹翠袖生寒；空谷裡，相見個濃幽緒。　蘭釭低照影，賭酒評詩，便唱江南斷腸句。一樣掃眉才，偏我清狂，要消受玉人心許。正漠漠，煙波五湖春，待買個紅船載卿同去。⓯

⓮《飲酒讀騷圖》，頁八a—八b。

近代詞學研究者謝秋萍把這闋詞的末尾幾句稱為「豔句」；這種風格使人聯想到古代「風流瀟灑」的「名士」與妓女往來的豔情生活。⓰在此，吳藻顯然虛擬男士的口氣，在一種嚮往風流文人的冶遊生涯之心境中，調情似地向一個名叫「青林」的妓女求婚：「待買個紅船載卿同去」。

有人認為這闋〈洞仙歌〉就足以證明吳藻是個女同性戀者。但我以為把詞中的「說話者」(persona)與吳藻本人劃上等號是不對的。至於吳藻是不是同性戀，她的「女同志」是誰，這些都有待史實的查考。關於〈洞仙歌〉這闋詞，我認為我們不妨把它視為「女扮男裝」的另一種「表演」：它告訴我們，情愛與性別認同可以是流動多變的，而且主客關係也可以因情況的變遷而隨時調整。性別的曖昧正是此詞吸引讀者再三閱讀該文本的主要動力。吳藻的創作美學代表了近代以來中國婦女開始追求的女性主體性——不論是寫作還是閱讀，她們都希望像男性文人一樣，不但有主動虛構的自由，也有文學想像的空間。

⓯ 謝秋萍編《吳藻詞》，頁四一—四二。收入胡雲翼編《詞學叢書》(上海：教育書店，一九四九)下編。

⓰ 謝秋萍〈吳藻女士的白話詞〉，收入《吳藻詞》，頁六。

然而從另一個角度看來，吳藻和其他企圖模仿男性風格的明清女作家並沒有達到真正的「解放」。她們大多是一些不滿足於現實的不幸女子；現實的壓抑感使得她們羨慕男子在社會中獨享的權利。在現實中，她們只能像唐朝女詩人魚玄機一樣地「舉頭空羨榜中名」，因為她們畢竟是女人，無法享受到金榜題名的仕途生涯。在長期的不滿與壓抑之下，她們不得不移情於閱讀與寫作，在想像中的男性文人世界裡找寄託。所以在乾隆年間，一位自恨身為女子的女劇作家王筠就說道：「閨閣沉埋十數年，不能身貴不能仙。讀書每羨班超志，把酒長吟李白篇……。」[17]這其中既有不平的情緒，也有幻想的成分。我想就是這種不平與幻想使吳藻進而追求文學中的「女扮男裝」。

由此可見，文學中的模式與創作實與男女彼此的社會處境息息相關。所謂「男女君臣」的託喻美學也同樣反映了中國傳統男性文人的艱難處境。從成千成萬的託喻政治詩

[17] 見王筠《繁華夢》的開場詞〈鷓鴣天〉（《繁華夢》於一七七八年刊版印行。今北京圖書館藏有此劇本）。有關王筠的《繁華夢》，請參見華瑋〈明清婦女劇作中之「擬男」表現與性別問題——論「鴛鴦夢」、「繁華夢」、「喬影」與「梨花夢」〉，中央研究院中國文哲研究所，「明清戲曲國際研討會」論文，一九九七年六月十一—十二日。

看來，許多文人的政治處境是極其「女性化」的：他們的性別是「男性」，但心理卻酷似「女人」。通常的政治情況是：上自宰相，下至百官，所有的人只為了討好一個共同的皇帝。這與後宮裡的后妃宮女們互相爭寵的情況如出一轍。與爭風吃醋的女人世界相同，文武百官的朝廷上充滿了你死我活的明爭暗鬥。難怪遭人陷害的屈原要用女人的口氣說道：「眾女嫉余之蛾眉兮，謠諑謂余以善淫」。從屈原以後，歷代的逐臣也跟著在無數的宮怨詩、閨怨詩、棄婦詩中表達了以男女比喻君臣的情懷。每當言論極其不自由的朝代，這種政治託喻詩尤其風行——就如著名評論家Leo Strauss所說，在政治迫害(persecution)嚴重之時，人們只得被迫「在字句之間斟酌寫作」(writing between the lines)和「在字句之間細心閱讀」(reading between the lines)。[18] 一切考慮均得特別謹慎。

由此不得不令人想到：無論是「男女君臣」或是「女扮男裝」，這些一再重複地以「模擬」為其價值的文學模式，乃是傳統中國文化及歷史的特殊產物。這兩種模式各表現出兩種不同的「扭曲」的人格：前者代表著男性文人對統治者的無能為力之依靠，後者象徵著女性對自身存在的不滿與一味的嚮往「他性」。二者都反映了現實生活中難以彌補的

[18] Leo Strauss, *Persecution and the Art of Writing* (1952; reprint, Chicago: University of Chicago Press, 1988), pp. 24–27.

缺憾。如何在這些紛紜錯雜的文化現象背後找到新的解釋，進而重新評價男女作者的寫作心理及藝術，將是我們今後研讀中國文學的重要課題之一。

原載於中央研究院近代史研究所《近代中國婦女史研究》第六期，一九九八年六月

從文學批評裡的「經典論」看明清才女詩歌的經典化

近年來歐美世界的文學批評有一個最顯著的特徵：對多元文化的關注。所謂「多元」，就是從不同的性別、種族、社會和文化來重新思考各種文學表現和傳統。這種趨勢很大程度是受了六〇年代以來女性主義的影響，以及日趨多元化的美國社會所產生的自然反應。其中一個最重要的問題就是有關文學經典(literary canon)的問題。許多人認為，以男性經典作品為中心的傳統文學觀有重新商榷的必要，因為它嚴重地歪曲了女性文學的形象與地位。因此從七〇年代開始就有女性作者從事文學史的改寫，企圖把一向被置於邊緣的女性作品提高到主流地位。同時，這一股「改寫」的風潮也激發了男性學者們的想像，以至於「經典論」(canonicity)一時成為文學批評的論述焦點。文學批評家開始注意到許多從前沒想過的問題：例如，是什麼原因使得一部文學作品成為經典之作？有些優秀的作家（如女作家）為何被文學史全盤忽略？為什麼有些被當代讀者視為第一流的作家，卻又被歷史所淘汰？為什麼有些懷才不遇的作者，在經過百年之後，突然被「考古」批評家發掘出土，一越而進入了文學經典的行列？是什麼原因左右著經典的概念？

這些發自多元文化的問題也引起了「多元」的反應。有不少女性主義批評家以為，經典的形式純粹是出於權力的運作：是獨霸的父權制提高了男性作者的地位，貶低了女性文學家的成就。根據她們的考察，有史以來女性所創造的文學作品很多，但都被男性所寫的文學史忽略了。所以她們要擺脫這種性別歧視，改由女性觀點來從事發掘與重估的工作。另一方面，有些批評家以為，經典的概念不屬於權力或政治的範圍，它完全是一種美學的考慮：一部文學作品是否成為不朽之作，一個作家是否流芳百世，完全要看文學本身的價值而定。❶此外，還有學者認為，美學原則和權力原則兩者都重要；❷如何

❶ Harold Bloom, *The Western Canon* (New York: Harcourt Brace, 1994).

❷ Hazard Adams, "Canons: Literary Criteria/Power Criteria", *Critical Inquiry*, 14 (Summer 1988): 748–764. 中譯見〈經

在兩者之間保持一種平衡的作用，才是今日經典論的正確方向。總之，關於這一方面的言論眾說紛紜，不一而足。

筆者從八〇年代初期開始研究明清文學。在研究的過程中，我發現明清婦女詩歌出現了空前的繁榮，僅僅在三百年間（自明末到晚清），就有兩千三百多位曾出版過專集的女詩人。❸可以說，世界上沒有任何一個國家比明清時代產生過更多的女詩人。然而奇怪的是，近代的中國文學史卻大多忽略了這個龐大的女作家群對中國文學傳統所作出的貢獻。一般人只知道唐代才女薛濤、宋代女詞人李清照等，而曾經流芳一時的明清女作家詩詞集，卻一直被埋在圖書館和收藏家的手中；除了特殊的研究者以外，幾乎無人問津。不幸的是，即使是對明清女性作品有過閱讀經驗的人，也常常以偏見的態度來評價這些女詩人。結果是，他們的論點更加深了文學史中所存在的性別歧視。例如，著名的近代學者胡適曾說：「這三百年中女作家的人數雖多，但她們的成績實在可憐得很。她們的作品絕大多數是毫無價值的。」❹

典：文學的準則／權力的準則〉，曾珍珍譯（《中外文學》，一九九四年七月），頁六—二六。

❸ 胡文楷《歷代婦女著作考》（上海：上海古籍出版社，一九八五）。

從研究女性文學開始，我就對美國學院中所流行的經典論十分重視。我發現明清女詩人和傳統英國女作家雖同樣地被現代文學史排除在經典的行列之外，但她們當時的處境是迥然不同的。以十九世紀的英國為例，女性小說家（及讀者）比比皆是，但她們很少得到同時代的男性學者的支持；很多男性批評家甚至以敵視或嘲諷的態度來對待這些女作者。然而，反觀中國，情況卻大大不同。尤其在明清時代，男性文人不但沒有對女作家存有敵意，在很多情況下，他們還是提拔女性出版的主要贊助者。所以本文擬把明清才女的大量湧現及其作品的傳播和「經典化」置於文人文化的「上下文」中予以現代的詮釋。在很大程度上，所謂才女，既是懷有特殊才情的女詩人，也能理解為當時重才的文化風尚所造就的一批女作家。

其實中國文人自古以來就特別看重才女。在普遍崇拜詩才的士大夫階層中，像謝道蘊和李清照等擁有才華的女詩人總是得到父兄及其他男性文人的讚揚。這與西方傳統中對女性寫作所持的偏見有所不同；在早期的西方社會中，寫作常被視為是一種「非女性」(unfeminine)的行為。[5]這是因為當時的西方人一般以為所謂「女性」應當意味著無私的奉

[4] 胡適《三百年中的女作家》，《胡適作品集・一四》（臺北：遠流，一九八六），頁一六七。

獻，而寫作顯然以利己為主，所以被認為不適合女性。然而，在古代的中國（尤其自六朝以後），寫詩卻被視為是一種增加女性魅力的事。一個女子要能才色兼備才能成為「佳人」。徐陵在《玉臺新詠．序》中就說過，一個理想的佳人總是「其佳麗也如彼，其才情也如此」。其才情就是「妙解文章，尤工詩賦」。❻這樣的才女觀很自然地導致了明末以來的「才子佳人」式的情觀。可以說，一個才子若無佳人匹配，乃美中不足之事。❼所以許多明清時代的文人不但把個別佳人的形象理想化，而且發展了一種惟情和崇尚女性（或女性化趣味）的普遍價值取向。

此外，這裡提到的明清文人文化是一種嚮往女性文本的新文化——在某一程度上，它是當時文人厭倦了八股文的具體反映。它不但意味著個人對實利的超越，而且代表著普遍讀者的新趣味。尤其在明朝中葉以後，由於出版業的興盛，婦女詩詞選集頓時成為

❺ Elaine Showalter, *A Literature of Their Own: British Women Novelists from Brontë to Lessing* (Princeton: Princeton Univ. Press, 1977), p.22.

❻ 參見康正果《風騷與豔情》（河南人民出版社，一九八八），頁三一三。

❼ 參見拙作《陳子龍柳如是詩詞情緣》，李奭學譯（臺北：允晨文化，一九九二），頁六九。

熱門讀物。讀者對於婦才的讚賞無形中更加促使了各種女性選集的大量湧現。而且，從這些選集的題目，我們可以清楚地看出女性作者在地位上的戲劇性提升。在唐宋以前，女性選集大多以「婦人集」一類的題目出現；但明代以後，許多選集均以「女中才子」、「名媛」、「才女」、「女弟子」等稱呼作為書名，足見一般文人對女子才情的重視。對許多男性作者來說，女性詩歌無疑是理想詩境的象徵，而他們對女性作品的研讀就成了擺脫當時詩壇陳腐風氣的一種辦法。

然而真正使女性詩歌從邊緣走向主流的，還要靠男性文人在女性文本的大量整理、編選和品評方面的努力。自明末起，學者詩人一方面嚮往理想女性的世界，一方面也對被歷史埋沒的才女賦予極大的同情。他們發現，古代才女最大的悲劇就是作品的遺失和女性詩史的空白。所以這些男性文人就毅然而然當起了女性選集和專集的編輯者，並把自己收集女詩人作品的努力比成孔子的編纂《詩經》，因為他們相信《詩經》中很大部分的詩歌乃婦女的作品。❽有些文人甚至認為女性詩集（例如一六一八年出版的《女騷》）

❽ 參見拙作〈明清女詩人選集及其採輯策略〉，馬耀民譯，《中外文學》（一九九四年七月號），頁二七—六一。

可以「與典謨訓誥並垂不朽」。[9]這樣一來，婦女詩歌的重要性顯然與古來「宗經」的文學觀合二為一了。[10]

明清文人在提拔女詩人方面所做的努力確實讓人敬佩。他們為了促使女性作品成為「三百不朽」的經典之作，不惜傾注大半生的精力，到處考古採輯，可謂用心良苦。例如，清初鄒漪所編選的《紅蕉集》二卷共收六十六位才女的作品，全書選有古來婦女詩歌三百七十首，大多是編者本人多年來「薄游吳越，加意網羅」的成果。這些才女群中，有些是「詩傳而人不傳」，有些是「人傳而詩不傳」，所以鄒漪決心要把收集女性作品作為畢生的事業。他認為把女作家抬高到「經典」的地位原是理所當然的，因為「女性」本身具有一種男性文人日漸缺乏的「清」的素質。他曾說，「乾坤清淑之氣不鍾男子，而鍾婦人」[11]事實上，作為一種美的屬性，「清」早已成為明清文人用來提拔女性文學的主要策略了。

---

[9] 胡文楷《歷代婦女著作考》，頁八八五。

[10] 參見本書〈劉勰的文學經典論〉。

[11] 胡文楷《歷代婦女著作考》，頁八九七。

然而，在古代中國，「清」原來是指男性的美質的。「清」與「濁」對立：清為陽剛，濁為陰柔；前者為天，後者為地。中國古代的清濁之分，頗能令人想起西方人的阿波羅(Apollonian)與索尼(Chthonian)之分[12]。一般說來，「清」之所以具有較高的價值，乃是因為它除了具有感性之美，還與正面的道德意味有密切的聯繫。古人常常喜歡把自然界中的清明潔淨和一個人的高尚品質聯繫在一起，因而引起了魏晉名士階層中盛行以「清」來品評人物之風。例如《世說新語》中許多這樣的例子：

> 王公目太尉：「巖巖清峙，壁立千仞。」（〈賞譽〉）
>
> 有人目杜弘治：「標鮮清令，盛德可風，可樂詠也。」（〈賞譽〉）
>
> 司馬太傅為二王目曰：「孝伯亭亭直上，阿大羅羅清疏。」（〈賞譽〉）
>
> 嵇康身長七尺八寸，風姿特秀。見者嘆曰：「蕭蕭肅肅，爽朗清舉。」（〈容止〉）

以上所列「清」的形象確是十足地男性化；它代表魏晉人士最為欣賞的一種外在與內在的魄力。「清」首先意味著脫俗，是形與神結合所產生的美感，它強調一個人身上與

[12] Camille Paglia, *Sexual Personae* (New Haven: Yale Univ. Press, 1990), pp. 5–6.

生俱來的高貴與典雅的氣質。其次，「清」還意味著天性、本質的自然流露，以及質樸的現象的呈現。此外，它也被理解為一種得自天地的秉賦，與作家的風格息息相關。曹丕曾說：「文以氣為主，氣之清濁有體，不可力強而致。」足見清濁決定了一個人的寫作。一般說來，屬於清麗怡談的文體總是比縷金措彩的美文更受批評家的肯定。所以劉勰說：「四言正體，雅潤為本。五方流調，清麗居宗。」（《文心雕龍・明詩》）李白也說：「自從建安來，綺麗不足珍。聖代復元古，垂衣貴清真。」（〈古風〉）。詩人所欣賞的不外是「清水出芙蓉，天然去雕飾」的形式。總之，對早期的男性詩人來說，「清」意味著真率、質樸、典雅、淡泊，它代表了文人雅士高尚和美好的品格。

然而，值得注意的是，明清以降的文人把「清」的美學推廣到才女的身上。他們更傾向於把「清」等同於女性詩歌的品質。女性被說成是最富有詩人氣質的性別，它簡直成了詩性「清」的象徵，明末詩人鍾惺首先把女性的本質和「清」的關係作了詳細的說明。他的《名媛詩歸・序》云：

> 時也者，自然之聲也，非假法律模仿而工者也。……若夫古今名媛，則發乎情，根乎性，

未嘗擬作，亦不知派，無南皮西崑，而自流其悲雅者也……夫詩之道，亦多端矣，而吾必取於清。向嘗序友夏《簡遠堂集》曰：詩，清物也，其體好逸，勞則否；其地喜淨，穢則否；其境取幽，雜則否；然之數者，本有克勝女子者也。蓋女子不習軸僕輿馬之務，縟苔芳樹，養絙薰香，與為恬雅。男子猶藉四方之遊，親知四方，……而婦人不爾也。衾枕間有鄉縣，夢魂間有關塞，唯清故也。清則慧；盧眉娘十四能於尺絹繡《靈寶經》，……男子之巧，洵不及婦人矣！……蓋病近日之學詩者，不肯質近自然，而取妍反拙；故青蓮乃一發於素足之女，為其天然絕去雕飾。則夫名媛之集，不有裨哉？……⑬

鍾惺在此把女性詩人的地位抬高到男性詩人之上，可謂當時文人中之創舉。但他的觀點之所以特別重要，主要由於他對「清」的新穎解釋。如上所述，「清」從一開始便具有「美善相兼」的性質；古人認為，在「清」美學之涵蓋下，道德精神得到了藝術的表現。現在鍾惺又在美與善之間，特別強調「真」的價值，並把它和女性創作的特徵聯繫

⑬ 鍾惺《名媛詩歸》（明萬曆刊本；上海有正書局影印）。鍾惺是否真是此詩集的編者，曾引起一些清代學者的爭論。據我個人估計，《名媛詩歸》約出版於一六二六年後。

起來：由於婦女生活更能接近事物本身的「真」——主體的內在真實與客體的外在真實——女性作家作詩總是「發乎情，根乎性」，去擁抱人的本初狀態與大自然之生氣。同時，由於她們不必在意實際的考慮與詩歌的派別觀念，她們的作品反而保持了詩的感性；由於社會經驗的局限性，反而促使她們有更豐富的想像和專注力。這使她們更加接近「清」的純淨氣質，更能發揮真、善、美的藝術境界。至此，女性詩詞無形中已成男性文人的理想詩歌楷模了。

一般說來，凡是一種文學首先被視為新的楷模或典範，多半意味著文學趣味的變化。通過突出「新文學」的地位，文人總是有意或無意地擴充了經典的範疇，以容納更寬廣多樣的風格及主題。同時，我們也可以說，「新文學」的最大作用就在於它那能夠吸引各種不同類型的讀者的魄力。所以劉勰要用「變乎騷」的觀念來展現新的文學模式如何改變文學的方向。當前的西方學者黑理斯(Wendell Harris)也說：「經典乃是由許多閱讀方法組構而成」⓮。文學的方向本來就是向未來無比開放的；它永遠預期著新經典的誕生、新讀者的需求，以及新的批評準則。

⓮ Wendell V. Harris, “Canonicity”, PMLA, 106. 1 (1990): 111.

明清文人「清」的美學以及他們所標榜的女性文學觀自然對當時才女的自我肯定起了很大的影響。女人開始意識到，女性本身確有詩的氣質，因而從此信念中得到自信。在普遍文人文化的影響下，那些有志於嘗試寫作的明清閨媛遂對文人所樹立的文學及藝術準則流露出一致的認同。她們開始從「內言不出」的傳統走出來，而且在男人的鼓勵之下，彼此往來交遊，甚至結社，並參加其他各種富有藝術情調的活動。[15]明末清初之際，活躍於文壇的女性——例如黃媛介、柳如是、王端淑、商景蘭、吳山等——都與當時的文人名士有十分頻繁的文字之緣。在「清」的美學影響下，她們強調寫作上的真情流露。這樣一來，古來男性所謂的「詩言志，歌詠言」很自然地變成了男女互相詠歌、各言其志了。所以明末女詩人陸卿子說，「詩固非大丈夫職業，實我輩分內也。」[16]所有這些新的寫作方向都成為婦女展現詩才的「合法」管道。原來「女子無才便是德」的偏見緊緊地束縛著女人，但現在「清」的美學觀在才德的對立中帶來了緩衝。詩才不但沒有妨害

[15] 有關明清婦女與文人的交遊概括，見鍾慧玲《清代女詩人研究》，臺灣政治大學中文研究所博士論文（一九八一），頁二〇〇—二二五。

[16] 胡文楷《歷代婦女著作考》，頁一七六

女子之德，而且在某種程度上還能助德。

但值得我們注意的是，才女也在豐富多樣的寫作實踐中創造了她們自己特有的「才女文化」。⓱她們不但致力於詩詞的出版，並為自己和其他女作家的專集撰寫序跋。她們在序跋中所展示的大量引文及詮釋無異是一種提升女性書寫的「自我銘刻」(self-inscription)，⓲她們一方面表現出對男性文人的認同，也同時為自己塑造了一副才德相兼的權威形象。與男性文人相同，才女選擇的經典化策略乃是通過選集的大量出籠，因為文學作品本身不會自己成為經典，它總需要編者或批評家把它從邊緣納入中心的地位。

明末清初，在編纂女性選集的方面，尤以女詩人王端淑的成就最大。她是著名學者王思任的女兒，自幼精讀各種經典，是山陰地區的女中才子。當時名流如錢謙益、毛奇

⓱ Dorothy Ko, *Teachers of the Inner Chamber: Women and Culture in Seventeenth-Century China* (Stanford Univ. Press, 1994), pp. 226–232.

⓲ Maureen Robertson, "Changing the Subject: Gender and Self-inscription in Authors' Prefaces and Shi Poetry", in Ellen Widmer and Kang-i Sun Chang eds., *Writing Women in Late Imperial China* (Stanford: Stanford Univ. Press, 1997), pp. 171–217. 參見康正果〈重新認識明清才女〉，《中外文學》(一九九三年十一月)，頁一一四。

齡等人均屢次讚賞她的才情。她很早就出版了專集（《吟紅集》），但她最大的貢獻卻在於《名媛詩緯》的編纂與出版。那是一個工程浩大的選集，王端淑共花費了二十五年的漫長光陰（自一六三九年至一六六四年）才完成了全部的編輯工作。《名媛詩緯》有四十二卷，共收一千位女詩人的作品，其內容包羅之廣可謂空前。從很多方面看來，這個選集代表了一種新的詮釋法則與價值觀——例如，與傳統「崇古薄今」的態度有所不同，王端淑把重點放在明清兩代；除了一些新近採輯到的前朝女性詩作外，選集中幾乎所有的女詩人都屬「當代」作家。作為一個編者，王端淑希望把她同時代的女性作品原原本本地呈現給當代及後代的讀者，就如她的丈夫丁聖肇在選集的序文所說：「《名媛詩緯》何為而選也？余內子玉映（端淑）不忍一代之閨秀佳詠湮沒烟草，起而為之……」⑲此外，更重要的是，《名媛詩緯》意味著以新的、女性的角度去思考經典的概念。王端淑於〈自序〉中云：

> 客問於予曰：詩三百經也，子何取於緯也？……則應之曰：日月江河經天緯地，則天地

⑲ 王端淑《名媛詩緯》（一六六七）。北京圖書館及臺北國家圖書館均藏此書。

之詩也。靜者為經，動者為緯；南北為經，東西為緯。則星野之詩也，不緯則不經……

顯然她相信「詩緯」與「詩經」占有同等的地位。她特別提出「不緯則不經」，無疑在強調女性作品在經典概念上所應扮演的角色。可以說，若沒有女詩人，則文學必陷入不足而癱瘓的處境；若沒有「緯」的多元性，則「經」的立場將轉入沉滯而退化的狀況。總之，王端淑的「經緯論」對此後的明清詩論產生頗大的影響。在女性詞選《眾香詞》（一六九〇年出版）中，男性編者徐樹敏和錢岳就用類似的語言稱讚女詩人徐媛的〈絡緯吟〉：「絡緯諸闋，猶《詩》之首〈雎鳩〉、〈卷耳〉也。」[20]總之，這些例子都說明了一個重要的事實：明清時代的文學園地確是男女兩性共同開闢的。

明清女詩人的文學活動很容易令人聯想到十九世紀英國女作家的成就。僅僅在維多利亞時代，女作家就出版了無數部十分暢銷的小說[21]。此外，其他還有不少被退稿的女性

[20] 徐樹敏、錢岳編《眾香詞》（一六九〇年出版，上海：大東書局，一九四三年重印）第一冊，《禮集》題辭。

[21] Elaine Showalter, p. 37.

作品，那些將永遠被埋沒了。在英國，這是有史以來婦女文學出現首次而空前的繁榮。然而，與明清婦女不同，多數英國女小說家是抱著與男性敵對的態度在進行寫作與出版的。從一開始，不少女性作者就以「抵抗父權」作為她們的獨立宣言；她們反對出版業一向以男性為中心的現象。她們是第一代的女性主義作家，她們尖銳地指出：父權制的系統總是有利於男性的寫作，而不利於女性的創作，所以她們要建立一個以「姐妹情誼」為主的女性文化，藉以提高婦女寫作的機會。因此，在屢次被退稿的情況下，一些女作家乾脆創辦自己的雜誌，設法取得某些出版社的經濟控制權。後來鼎鼎大名的小說家弗吉尼亞·伍爾夫(Virginia Woolf)就在這些女性主義作家的影響下，把自己的作品交給一家名為「何家斯」(Hogarth)的女性出版社出版。

在十九世紀的英國，女性作者在出版方面的亨通引起了廣大男性的抗拒，從而觸發了一場寫作的性別戰爭。男性作家最為反感而群起攻之的首先是女性在小說市場方面的侵犯(invasion)與霸占[22]。原來，十九世紀正是男性小說家的黃金時代；諸如狄更斯(Charles Dickens)、薩克萊(Thackeray)等作者剛在文學界奠立了所謂「小說」的體裁與格式。許多男

[22] Elaine Showalter, p. 39.

性作家於是把女性的「侵犯」視為大逆不道之事；他們埋怨女作家竊取男作家苦心積慮所建造而成的文學素材。他們批評女性作家缺乏嚴謹的文學訓練，譏諷她們為沒有文化的一群。從男性的觀點看來，女人不適合寫作，主要因為女性在現實中缺乏經驗，她們「即使有再大的想像力與情懷，也補償不了這方面的缺陷。」㉓甚至有人認為女性本來就是較為「低等」的性別，她們生來就有較小和較不中用的大腦㉔。

這些批評與反擊多少反映了維多利亞時代的男性對女權上漲的恐懼和人在社會巨變中的失落感。然而，並非所有有志於嘗試寫作的女人都認同於女性主義作家的對抗策略。有不少女人選擇默默耕耘的創作方式；她們企圖在平淡無奇的生活中，通過寫作的想像來超越女性經驗的局限性。但對她們來說，寫作欲望常會帶來一種莫名的罪惡感，因為她們在潛移默化中接受了父權制對婦女寫作的批評。與明清婦女相同，維多利亞時代的女作家也設法在才德對立的兩極中找出相互交融的緩衝點。但不同的是：明清才女的才

㉓ E. S. Dallas, "Current Bell", *Blackwood's LXXI* (1857): 79; "The Lady Novelists of Great Britain", *Gentleman's Magazine*, n. S. XL (1853): 18–25. Cited in Elaine Showalter, p. 79.

㉔ Elaine Showalter, p. 77.

德交融觀一般得到男性文人的支持與讚賞，[25]英國婦女在才德妥協方面所作的努力卻引向更多的自我壓抑和「自我設限」(self-censorship)。為求寫作的合法化，她們不惜利用現實的考慮來作為出版和寫作的藉口——例如丈夫病重，父親破產，自己非得靠寫作維生不可。那些沒有陷入經濟困境的女作家，則常常以慈善家的姿態來為自己辯護——把稿費捐給教會、救濟窮人等。總之，她們多半不敢把自己的才華視為一個獨立人格所具有的創造能力。在某些程度上，她們是藉「德」來掩飾自己的「才」。她們總要求先做個有德的女人，其次才要求是個有才的作家。

在困難重重的寫作過程中，較有野心的女作家只得採用男性筆名以為掩護。著名的勃朗特(Brontë)姐妹就是典型的例子：她們採用各種男性的筆名，以爭取讀者的好評。十九世紀英國最著名的女小說家喬治・艾略特(George Eliot)則以她的筆名著稱；很少人知道她的本名是瑪麗恩・耶文斯(Marian Evans)。隨著這些女性作者的作品越來越被讀者接

---

[25] 關於明清才德之辯，見拙作〈論女子才德觀〉，李奭學譯，收入本人文集《古典與現代的女性闡釋》（臺北：聯合文學，一九九八），頁一二八—一五七。參見Susan Mann, "'Fuxue' (Woman's Learning) by Zhang Xuecheng (1738–1801): China's First History of Womens Culture", *Late Imperial China*, 13, no. 1 (June 1992): 40–62.

受，使用男性筆名的習慣便逐漸成為女作家的寫作風氣，甚至成為她們心理需要。對她們來說，男性作者就是權威；如果不想被排除在文學經典之外，惟一的辦法就是與男性認同。而在與父權制的美學認同之同時，女作家有時比男人更輕視女人。正如喬治・艾略特在其“Silly Novels by Lady Novelists”（〈女小說家所寫的無聊小說〉）一文所說，女人最缺乏教育，因而比不上男性。㉖實際上，英國婦女的寫作內容十分豐富，女作家在各個領域內都已取得相當成就，我們確實應當用新的女性視角來評價她們的作品。然而，事實證明，即使像喬治・艾略特一樣的卓越女性也難免依賴男性美學的雙重標準(double standard)，她仍傾向採用父權制的價值觀。

近代的女性主義者以為，正是這種父權制的價值觀使得許多傑出的英國女作家被排除在文學經典之外。這是因為，直到目前為止，一般的文學史都是男人撰寫的；他們通過男性固有權威，有意歪曲了女作家的文學成就。人們以為，這種文學史的策略之一就是：只突出少數幾位個別的女作家，藉以抹殺其他大批的女作家群。㉗根據這個觀點，文

㉖ Elaine Showalter, p. 42.

㉗ Cynthia Ozick, “Woman and Creativity”, *Woman in Sexist Society*, ed. Vivian Gorick and Barbara K. Moran (New York,

學史之所以反覆地提拔高珍・奧斯汀(Jane Austen)、勃朗特姐妹、喬治・艾略特和伍爾夫等人，其目的就在於讓後世讀者淡忘其他的許多女性作者，從而消滅原本生氣勃勃的婦女文學傳統。因此，女性主義者下結論：是「權力的準則」使文學史的權威評價把大部分的女性作品剔出經典之外。

老實說，把文學經典的形成完全視為權力準則的運作，並不能完全令人信服——因為，一個文學作品是否被公認為不朽之作，其中有比權力更深的文學考慮因素，那是無論女作家或男作家都必須面對的問題。然而，不能否認的是，以上女性主義者所提出的問題也不無根據。如果我們用它來反視中國文學史的情況，我們也不難發現其中有許多相同之處。首先，儘管明清婦女文學達到了空前的繁榮，而且成千成百的才女曾受當時文人的表彰和讚賞，但後來的文學史上卻沒有她們的名字。在文學史上，她們一直是被遺忘而沉默的一群。美國漢學家雷邁倫(Maureen Robertson)就曾注意到，「劉大杰在其所撰一千三百五十五頁、涵括了二千五百年的中國文學史中，只提及五位女性作家，其中竟沒有一位是出自宋朝之後！」㉘耶魯大學的康正果也說，這些少數被認可的女詩人只「像

1971), p. 436.

在委員會中填充了一定名額的女性代表一樣」，[29]並沒有真正在文學史上占有一席之地。

是什麼原因使得眾多的明清女詩人被文學史忽略了？是父權制的權力準則在作祟嗎？還是才女本身太缺乏抗衡的力量，而導致自己的被抹殺？或者如胡適所說，「這兩千多個女子所以還能做幾句詩，填幾首詞者，只因為這個畸形社會向來把女子當作玩物……讀者對於女子的作品也往往不作嚴格的批評，正如科舉時代考官對於『北卷』另用一種寬大標準一樣。」[30]究竟何者為是？

總之，該問的問題很多。無論答案為何，擺在面前的事實總是：目前被重新「發現」的大量明清女性詩詞，有待我們的重新認識。那些女性作品有很大部分早已被明清文人納入了經典的範疇，但後來不幸又被二十世紀的文學史家剔除出去。我們不一定要求所有經典的還原（因為文學史是一個不斷更新、不斷引人重新思考的過程），但至少我們應

---

[28] Maureen Robertson, "Voicing the Feminine: Construcion of the Gendered Subject in Lyric Poetry by Women of Medieval and Late Imperial China", *Late Imperial China*, 13, no. 1 (June 1992): 64.

[29] 康正果《女權主義與文學》（北京：中國社會科學出版社，一九九四），頁七六。

[30] 胡適《三百年中的女作家》，頁一六六。

當在明清女性的文本中尋找其特有的文學貢獻，進而重估明清兩代在中國文學及文化上的地位。文學批評家麥克堅(Jerome J. McGann)曾說：「詩歌之所以能夠流傳下去，在後來的世代及文化中維持活潑的生機，純粹因為它能保留時代本色，能向未來的世代和文化展現一特屬它的人文世界……」❸❶我認為，在當今的漢學研究中，最令人感到興奮的，莫過於對明清才女「人文世界」的再認識、再闡釋。

一九九八年五月北京大學漢學研究國際會議論文

---

❸❶ Jerome J. McGann, "The Religious Poetry of Christina Rossetti", in Robert Von Hallberg, *Canons* (Chicago: Univ. of Chicago Press, 1984), p. 276. 這一段引文的中譯請見〈經典：文學的準則／權力的準則〉，Hazard Adams作，曾珍珍譯，《中外文學》（一九九四年七月），頁二二。

末代才女的「亂離」詩[1]

在《見證的危機：文學歷史與心理分析》一書中，作者Shoshana Felman和Dori Laub曾說，文學是「面對無法發聲的歷史的唯一見證」。[2]無論在東方還是西方，一般人提到詩歌見證——尤其是見證戰亂時期的政治事件的詩歌——總以為那是屬於男性詩人的專利。在中國詩史中，「亂離」一詞首次出現在《詩經・小雅・四月》中：「亂離瘼矣，爰

---

[1] 本文原為臺灣中央研究院第三屆國際漢學會議（二〇〇〇年六月二十九日至七月一日）大會中發表的論文，今略為改寫更正。

[2] 費修珊、勞德瑞著，劉裘蒂譯《見證的危機：文學歷史與心理分析》（臺北：麥田，一九九七），頁二六。原文見Shoshana Felman and Dori Laub, *Testimony: Crises of Witnessing in Literature, Psychoanlysis, and History* (New York: Routledge, 1992), p. xviii.

其適歸？」但根據《毛傳》，此處「離」字乃作「憂」字解。❸意思是說：「喪亂真讓人憂愁呀，我該往何處去呢？」最早具有自傳色彩，而真正能稱得上見證亂離的詩篇則是女詩人蔡琰的作品。在她的〈悲憤詩〉中，蔡琰描寫東漢末年董卓之亂時自己如何在戰亂中被匈奴人俘虜的故事。據記載，蔡琰被胡騎所獲，在胡地生活了十二年，後來曹操將她贖歸。返漢之後，蔡琰因追憶亂離的經驗，感傷而作〈悲憤詩〉。雖然有人懷疑或否定此詩為蔡琰所作，❹但一千多年來，因此詩一直在蔡琰的名下，故蔡琰始終被視為撰寫亂離經驗的典範作者。例如，杜甫的名作〈北征〉及其他不少長篇（〈自京赴奉先縣詠懷五百字〉等）都模仿了〈悲憤詩〉的詩風，而其「詩史」的概念也多少受了蔡琰的直接

❸ 關於《毛傳》中此處「離」字該作「憂」字解一事，我要特別感謝臺大張以仁教授的指點和提醒。也謝謝他對本文的改寫提出了寶貴的建議。

❹ 有關蔡琰的身分問題，見蔡瑜〈離亂經歷與身分認同——蔡琰的悲憤交響曲〉，洪淑苓、鄭毓瑜、蔡瑜、梅家玲、陳翠英、康韻梅合著《古典文學與性別研究》（臺北：里仁，一九九七），頁五七－九三。並參見Hans Frankel, "Ts'ai Yen", William H. Nienhauser, Jr., ed., *The Indiana Companion to Traditional Chinese Literature* (Bloomington: Indiana Univ. Press, 1986), pp. 786–787; Dore Levy, *Chinese Narrative Poetry: The Late Han through the Tang Dynasties* (Durham: Duke Univ. Press, 1988), pp. 82–96.

影響。清代著名詩論家施補華就在他的《峴傭說詩》中說道，「蔡琰〈悲憤詩〉……已開少陵宗派，蓋風氣之變，必先有數百年之積也。」❺

儘管蔡琰被奉為撰寫亂離經驗的楷模，受到不少男性詩人的讚揚，但歷代的女詩人卻少有人自覺地模仿蔡琰的詩風。一般說來，傳統女詩人作品大都局限於閨怨的狹隘內容，因為她們大都缺乏自覺的歷史意識和政治關懷，故很少寫詩見證政治與社會的興亡盛衰。直到宋末元初，由於外族的入侵，才有少數女子由於身受暴力的侵犯，偶爾在遇害之前仿蔡琰詩風作詩，把個人的苦難用詩歌的形式公諸於世。例如，歌妓趙鸞鸞不幸於戰亂之時陷於寇，據說在她遇害之前曾作〈悲笳四拍〉（仿蔡琰的〈胡笳十八拍〉），以抒發自己捨身取義的情懷。❻這些都是當時一些個別有關女性受難和民族意識的實例。❼然而，作為一種具體的女性寫作傳統，一直要到晚明以後，它才慢慢被建立起來。這是

❺ 施補華《峴傭說詩》，郭紹虞編《清詩話》（上海：上海古籍出版社，一九七八），二：九七六。

❻ 裔柏蔭編《歷代女詩詞選》（臺北：當代，一九七二），頁一一九—一二〇。

❼ 有關女性受難與現代民族主義的關係，請見劉健芝〈女性主義與民族主義：恐懼、暴力、家國、女人〉，《讀書》，三（一九九九）：頁三—一〇。

因為明末女詩人很自覺而刻意地追摹蔡琰和杜甫等詩人，企圖從表現自身的不幸轉向表現人生的不幸，從描繪戰亂的遭遇轉向了對個人情操的寄託，這樣的女性寫作突然在晚明之際出現了空前的繁榮。這種現象自然和當時女性識字率的普遍升高有關，但更重要的是，女性作家在選擇文學素材時日漸廣泛的視野。這一出發點導致了一個有趣的文化現象：女詩人對廣大「文人化」詩風的推崇。例如清代女性評論家沈善寶就在她的《名媛詩話》中稱明末女詩人顧若璞：「文多經濟大篇，有西京氣格」，同時誇獎她大講治國平天下的言論。❽此外，沈善寶也特別標榜了明末的幾位女性「游擊將軍」，把這些「新女性」刻劃成才女兼俠女、賢婦人兼女將。❾當然，這可能是沈善寶自覺地想藉文人傳統的批評方式來為才女揚名，但不可否認的是，明末女詩人由於各方面生活層面的擴展，已無形中創造了一種表現廣大現實意義的「新文學」。

這時正巧遇到了朝代更替的悲劇，許多才女也都隨之成了時代的受害者。除了在亂

❽ 沈善寶《名媛詩話》，一：一a；杜松柏主編《清詩話訪佚初編》（臺北：新文豐，一九八七），九：四。

❾ 沈善寶《名媛詩話》，一：三a；杜松柏主編《清詩話訪佚初編》，九：七。

離之間必須尋求重建生命的勇氣之外，她們也創造了一種見證人生而富有自傳意味的「亂離詩」。我們只要翻閱一下錢仲聯先生主編的《清詩紀事》卷二二〈列女卷〉[10]，就能想像當時這種數量極多的「亂離」詩是怎樣被讀者視為「見證」的讀物來接受。當然，這些明末清初的女詩人絕不是首次經歷到家國淪亡的一批人；在她們以前，早已有過無數次的朝代興替和隨之而來的社會動亂，以及其他各種各樣的人間悲劇。但晚明卻是中國有史以來第一次擁有如此眾多女性作家以刻意的文學自覺，把自己的個人經驗以見證歷史的方式表達出來的特殊時代。可以說，中國女作家從未在她們的作品中如此關切過人類的戰爭與災難。換言之，在她們描寫苦難、逃亡、掙扎的過程中，她們已重新建構出一種新「時代」的聲音，使其時代的複雜性更能為人所瞭解。這令人想起英國詩人艾略特(T. S. Eliot)曾經說過的一句話：「詩人只是把人們早已熟悉的感情用更富有自覺的方式表達出來，因而能幫助讀者更加認識到他們自己。」[11]

明清之際女詩人畢著就是能「把人們早已熟悉的感情用更富有自覺的方式表達出來」

[10] 錢仲聯主編《清詩紀事》（南京：江蘇古籍出版社，一九八九），二二：一五五〇三—一六〇三九。

[11] T. S. Eliot, *On Poetry and Poets* (1943; New York: Noonday Press, 1961), p. 9.

的一位詩人。畢著二十歲時用一首〈紀事詩〉描寫其父為國戰死，她自己又如何率領精兵去夜襲敵營、取回父親屍體的經過：

> 吾父矢報國，戰死於薊丘。父馬為賊乘，父屍為賊收。父仇不能報，有愧秦女休。乘賊不及防，夜進千貔貅；殺賊血漉漉，手握仇人頭。賊眾自相殺，屍橫滿坑溝。父體與櫬歸，薄葬荒山陬。相期智勇士，慨焉腹同仇。蟻賊一掃清，國家固金甌。⑫

畢著此詩以直敘法說明自己在戰時亂離之際，潛入軍營而殺賊的經過，其為父報仇的勇敢行為頗似花木蘭及其他許多古代俠女的光榮事跡。然而，與前此之奇女子明顯的不同在於，畢著能用詩歌敘述自己勇敢的行為，從而也表彰和宣揚了婦人的丈夫氣。所以在《名媛詩話》中，沈善寶特別用傳奇之筆大寫其勇敢的事跡，並特別強調：「余讀其傳而慕之」。⑬其實早在沈善寶之前，已有無數史家及評論家分別在他們的書中記載了畢著的生平事跡，而他們所用的史料根據不外乎畢著所寫的這首紀事短詩。⑭由此可見，正是

---

⑫ 錢仲聯主編《清詩紀事》，二二：一五五〇七。

⑬ 沈善寶《名媛詩話》，一：二b；杜松柏主編《清詩話訪佚初編》，九：六。

通過了這首詩，畢著不但使自己作了歷史的見證人，同時也給後世留下了一個女英雄書寫的詩史。

此外，畢著此詩充滿了男性的口吻，與傳統婦女詩歌的風格迥然有別，而這也正是晚明女性詩歌的特異之處：由於女作家選擇了「文人化」的方向，開始有意寫作她們那個特殊時代的「詩史」，因而抒發出才女們特有的歷史情懷。其特殊之處在於她們雖對社會與政治現實表現出關注，但與此同時，她們並沒因此而忽視女性在家庭問題上固有的顧慮，所以晚明女性詩歌時常出現了一種全面性的「男女雙性」的風格。⓯在很大程度上說，其實這也是蔡琰詩歌的特殊風格：她的〈悲憤詩〉一方面記載了對廣大社會與政治危機的關懷（「漢季失權柄，董卓亂天常」），另一方面也抒發了她個人的女性聲音（「兒前包我頸，問母欲何之」），因此她既是客觀見證的敘述者，也是主觀經歷亂離的女性本身。如果我們仔細分析畢著的那首〈紀事詩〉，我們就會發現該詩也有著家國與個人的雙重意義，可以說整首詩都必須經由這兩種對應關係來理解。從個人的層面而言，此詩是

⓮ 錢仲聯主編《清詩紀事》，二二：一五五〇三—一五五〇六。

⓯ 見拙作《古典與現代的女性闡釋》（臺北：聯合文學，一九九八），頁七二—八四。

有關「父仇不能報，有愧秦女休」的孝女精神之發揮。但從社會國家的層面來說，這卻是一首描寫戰場驚心動魄情境的詩歌。這兩個敘事層面交織在一起，相得益彰。總之，無論從哪個方面看，我都以為這是一首從個人(private)走向公共(public)領域的見證詩歌。

另一位特別具有「公共」意識的明末女詩人就是有名的才女王端淑，即明朝禮部右侍郎王思任之女。她身經戰亂，飽受亂離之苦，尤其在聽說父親已經殉明之後，更加以哀悼傷感的筆調寫出許多感人的詩篇。所著《吟紅集》三十卷，乃為了「不忘一十載黍離之墨跡也」。[16]在流離顛沛之餘，王端淑把自己比成懷才不遇的屈原（有「長沙三閭」之句），[17]也把自己想像成流落天涯的杜甫。[18]對王端淑來說，也許只有詩歌寫作才能給她活下去的勇氣，因為在人生的困頓中，一個詩人也只有通過艱苦卓絕的吟詠才有可能把一己之經歷銘刻成集體的記憶。她所寫有關流離戰亂的種種親身經歷，可說都是為了保留記憶而寫的，因此，個人的回憶本身縱有很多痛苦，但在詩歌寫作的過程中，詩人

[16] 王端淑《吟紅集》(一六六一？)，丁聖肇〈敘〉，二b。

[17] 王端淑《吟紅集》，丁聖肇〈敘〉，二a。

[18] 鍾慧玲《清代女詩人研究》，博士論文（臺北：國立政治大學中文研究所，一九八一），頁二八六。

則隨時可領悟出人世變化的意義，詩歌創作於是有了錘煉人格和提升精神的價值。

王端淑的「亂離」詩，尤以其歌行體特有的激揚聲氣而感人。其〈悲憤行〉即寫出了國變之後，自己倉皇避禍，備嘗辛苦的感慨：

> 凌殘漢室滅衣冠，社稷丘墟民力殫。勒兵入寇稱可汗，九州壯士死征鞍。嬌紅逐馬聞者酸，干戈擾攘行路難。予居陋地不求安，葉聲颯颯水漫漫；月催寒影到闌干，長吟漢史靜夜看。思之興廢冷淚彈，杜鵑啼徹三更殘……⑲

此詩顯然援用蔡琰〈悲憤詩〉的本意。蔡琰在其詩中曾把北方的侵略者視為沒有文化的胡人：「邊荒與華異，人俗少義理。」王端淑也同樣把入侵的清兵稱為「寇」（「勒兵入寇稱可汗」）。值得注意的是，在其〈悲憤行〉中，王端淑屢次提到了「漢室」「漢史」等字眼，可以說很明確地把戰亂與民族主義聯繫了起來。但我們必須指出，王端淑同時也把「漢室」與「漢史」拿來作為「明室」和「明史」的隱喻。作為一種巧妙的「用事」法則，這樣的隱喻方式不但可以促進讀者的聯想力，使他們盡力往「言外微旨」的方向

⑲ 王端淑《吟紅集》，三：一—一b。

推敲文意，而且還可以使作者本人躲避政治風險。此外，在王端淑提到「思之興廢冷淚彈，杜鵑啼徹三更殘」時，她一定也會想到東漢才女蔡琰漂泊異地、顛沛轉徙的苦楚。

比起蔡琰的詩，王端淑的〈悲憤行〉更加有一種「憤」的情緒。如果說，蔡琰的〈悲憤詩〉中充滿了個人「悲」的痛楚之感（「欲死不能得，欲生無一可」），那麼王端淑所抒發的則是明末清初才女們所共有的普遍挫折感和憤怒。在這首〈悲憤行〉中，王端淑所表現的憤怒乃是對一般男子的不滿，埋怨他們在國家傾覆之際還以個人利益為重，因而造成了江山易主的大禍：

> 何事男兒無肺肝，利名切切在魚竿。

這種把亡國的罪過完全歸罪於男性的態度，實與傳統流行的「女禍」觀有了本質的改變。[20]根據古代的史料，亡國一般皆起於女色的禍患或是由於女性干政而引來的禍患。然而，王端淑和當時其他富有節氣的才女卻重新更正傳統的偏見，把社稷的傾覆說成是男人不負責任的結果。例如，當時有名的女詞人徐燦就在她的一首〈青玉案〉[21]中批評了那些降

---

[20] 劉詠聰《德、才、色、權：論中國古代女性》（臺北：麥田，一九九八），頁一五一—四二。

清的人士，而且強調明朝之所以滅亡絕非女人（「蓮花步」）造成的：

> 煙水不知人事錯，戈船千里，降帆（旛?）一片，㉒莫怨蓮花步……

徐燦這種對男性的批判態度，很容易使人想起五代後蜀的花蕊夫人所寫的〈述亡國詩〉，在那首詩中，花蕊夫人向宋太祖陳述後蜀滅亡的真正原因：「十四萬人齊解甲，寧無一個是男兒。」㉓花蕊夫人如此大膽地對男性譴責，曾在詩話史上贏得了「忠憤」的好評。㉔所以，像王端淑和徐燦這樣的才女一定在某種程度上，刻意效法了花蕊夫人的卓識之論。然而，事實上，就女性本身的認知而言，她們實已較花蕊夫人又進了一步。在〈述亡國詩〉中，花蕊夫人雖然勇敢地指出了蜀人降敵的過錯，但作為一個女子，她的境遇卻是

㉑ 徐燦《拙政園詩餘》卷中；徐乃昌編《小檀欒室彙刻百家閨秀詞》（一八九六），二集上，四a。

㉒ 此處「帆」字疑應作「旛」。關於「降旛」的正確用法，見劉禹錫的名詩〈西塞山懷古〉：「千尋鐵鎖沉江底，一片降旛出石頭。」

㉓ 《全唐詩》卷七九八（北京：中華書局，一九六〇），一一：八九八一。參見蘇者聰《中國歷代婦女作品選》（上海：上海古籍出版社，一九八七），頁一五六。

㉔ 薛雪《一瓢詩話》，郭紹虞編《清詩話》，二：七〇二。

無可奈何的（「妾在深宮哪得知」）。相較之下，明末清初的才女更對社會政治有了進一步的投入，而她們對於男性的譴責也自然採取了更有自信的態度。關於這一點，美國漢學家李惠儀曾在最近一篇文章裡指出，許多扮演男性角色的明清女英雄都在明顯地「控訴那些懦弱而不敢行動的男性」。㉕其實何止是「女英雄」，不少未曾上過戰場的才女也在批評當時的男人。女詩人黃媛介在她的〈丙戌清明〉（作於一六四六年）一詩中曾如此說道：

倚柱空懷漆室憂，人家依舊有紅樓……

該詩說明在國破家亡之際，黃媛介體驗到了亂離人世的痛苦，頓然起了「漆室憂」。她想起從前春秋時代魯國漆室女子的故事：當魯國國事紛紜之時，漆室處女深以為憂，故倚柱而悲歌。但現在明室新亡，在為國運悲嘆之餘，黃媛介卻發現許多男子竟然無動於衷，甚至有人出入紅樓，沉醉歌酒。為此，女詩人感到無比憤怒。㉖總之，明清之際，關懷國

㉕ Wai-yee Liu, "Heroic Transformations: Women and National Trauma in Early Qing Literature", *Harvard Journal of Asiatic Studies,* 59.2 (December 1999), p. 365.

㉖ 錢仲聯主編《清詩紀事》，二二：一五六〇八。

事的女子大有人在，例如，在她的〈哭父詩〉中，有名的祁彪佳之女祁湘君嘆道：「國恥臣心在，親恩子報難。」㉗江蘇的吳黃也在她的詩中寫道：「我亦髡髦者，深閨魁執殳。」㉘其實，許多生性灑脫的女傑都作出了比某些男士還來得執著而勇敢的姿態。例如，王端淑就被視為「英傑」，她的父親王思任曾說：「吾有八男，不如一女。」㉙因此她的叔父王子琠先生也特別在《吟紅集》的序中說她令人「肅然起敬」，在大是大非的問題上比男子還表現得激進：

> 至其評論古今，談引節烈，則凜然忠憤，吾輩偷生皆當愧死……㉚

一般說來，明清之際的婦女由於飽受了亂離的苦楚，她們時常把戰亂中受害的經驗和人生受苦的本質連接在一起。根據Nosheen Khan在其《第一次世界大戰婦女詩歌》一書

㉗ 錢仲聯主編《清詩紀事》，二二：一五六一五。

㉘ 錢仲聯主編《清詩紀事》，二二：一五六一二。

㉙ 陶元藻《越畫見聞》卷下，〈王端淑〉條。引自鍾慧玲〈清代女詩人研究〉，頁二七八。

㉚ 王端淑《吟紅集》，六b—七a。

中所示，戰亂期間一個婦女在生活中各個方面所受的傷害絕不下於實際在戰場參戰的軍人。31這樣的經驗可由王端淑的〈苦難行〉詩中一窺無遺。此詩確是一篇見證文學；其目的是為了見證個人與時代所共同經歷的巨大創傷。作者在詩的開頭就宣布一六四四年（甲申年）乃是她個人與時代命運的轉捩點：

> 甲申以前民庶豐，憶吾猶在花錦叢……

然而那一年的國變卻改變了一切，她與國人開始了顛沛流離的逃難生活：

> 一自西陵渡兵馬，書史飄零千金捨。髻鬟蓬鬆青素裳，誤逐宗兄走村野……

為了逃命，她與家人隨著部隊行動，於是飽嚐了倉皇避亂、狼狽不堪的痛苦。所有困頓流徙的艱難，還有生死之間的掙扎，都伴著戰爭的陰影存留在詩人的記憶裡：

> 武寧軍令甚嚴肅，部兵不許民家宿。此際余心萬斛愁，江風括面焉敢哭。半夜江潮若雷

---

31 Nosheen Khan, *Women's Poetry of the First World War* (Lexington: Univ. Press of Kentucky, 1988), pp. 7–8.

> 入，呼兒不醒勢偏急；宿在沙灘水汲身，輕紗衣袂層層溫。聽傳軍令束隊行，冷露薄衣雞未鳴。是此常隨不知止，馬嘶疑為畫角聲。汗下成班淚如血，蒼天困人梁河竭。病質何堪受此情，鞋跟踏綻肌膚裂。定海波濤轟巨雷，貪生至此念已灰……

在生不如死的情境中，還遭到匪徒行劫，實是不堪其苦。只有對親人的思念促使她繼續走下去：

> 思親猶在心似焚，願餐鋒刃冒死回；步步心驚天將暮，敗舟錯打姜家渡。行資遇劫食不敷，淒風泣雨悲前路……[32]

不幸的是，避難回來之後卻發現自己已無家可歸（「吾姊出家老父死」），其悲慘情景實不下於古樂府〈十五從軍征〉詩裡那位老戰士所面臨的挑戰：「道逢鄉里人，家中有阿誰。」

王端淑敘述亂離的筆調有如詩史，其反映歷史現實的風格很容易令人想起杜甫的〈彭衙行〉、〈兵車行〉、〈北征〉等詩篇。因為在那些記敘逃難經驗的篇章裡，王端淑也如杜

32 王端淑《吟紅集》卷三，二a—三b。

甫一般，總是把個人的記憶與大眾的情懷聯繫在一起，所以她的作品既是詩的創作也是歷史的再現。換言之，王端淑的詩結合了歷史和文學的敘事。有趣的是，這種文學的敘事和歷史的配合也正是現代人討論「見證」(testimony)問題的焦點。在《見證的危機》一書裡，作者Shoshana Felman和Dori Laub曾經說道：

> 敘事者作為一個證人，把事件結合語言，成為敘述與歷史之間的聯繫的見證橋梁，保證兩者之間的對應與結合。敘事者能夠聯繫敘事與歷史，乃因為他是一個既具知識，又誠實的人。一旦歷史藉由證人的中介而有語言為之器使，歷史成為自己的代言人……。[33]

王端淑見證歷史的欲望來自一種「文化記憶」的動力，目前流行於文學批評界的cultural memory一詞可以用來解釋這種「書寫記憶」的功能。根據這種解釋，只有通過書寫才能使歷史的「時間」重新有了「真實感」。[34]作為一個殉節功臣的後代，王端淑覺得她有義

---

33 費修珊、勞德瑞著，劉裘蒂譯《見證的危機》，頁一五四。原文見Shoshana Felman and Dori Laub, *Testimony*, p. 101.

34 Vera Schwarcz, *Bridge Across Broken Time: Chinese and Jewish Cultural Memory* (New Haven: Yale Univ. Press,

務把那段黍稷流離的悲慘經驗用語言記載下來，以便重新賦予那段歷史一種真實感，因而發憤寫出《吟紅集》一書。為了加深這種見證文學的文化意義，王端淑還特別在此書的前頭加上四十七位男士（「盟弟」）聯名寫出的〈刻吟紅集小引〉。顧名思義，「吟紅」即「吟朱」也，乃為吟詠悲嘆朱元璋所建立的明朝而寫。所以後來孟稱舜在其〈丁夫人傳〉中就說：「集成名曰吟紅，志悲也……此吟紅集所以作也。」[35]

有趣的是，王端淑不但為自己「志悲」，也為別人「志悲」。為別人書寫記憶乃為史家的義務，故一向以創作「詩史」為任的王端淑自然當仁不讓。在一首題為〈敘難行代真姊〉的詩中，王端淑充分發揮了這種代言體的見證功能：

> 國祚忽更移，大難逼何速。嗟我薄命人，愁心轉車軸。夫亡遺老親，家窘難容僕。一兒只三齡，雖慧還如木。予族若無人，孰肯憐孤獨。恐為仇家知，相攜奔山谷。山人索屋金，解衣浼鄰鬻。月光炤敗盧，雖寐難成熟。聞兵從西來，劫掠尋村宿。姑子能兩全，

1998), pp. 21–46.

35 引自鍾慧玲《清代女詩人研究》，頁二八〇。

> 此頸寧甘戮。節敗何生為，摧容鬢剪禿。志老寂空門，流光惜瞬倏。悲聲落紙中，能書不能讀。㊱

此詩雖為代言體，但其所抒寫的悲痛之情、身世之感頗有自傳體的風格。實際上，由於作者本人在亂世中的際遇坎坷，故更能與詩中的主角相合。詩中寡婦的困境也正是才女王端淑所遭遇到窮途潦倒、抑鬱失志的困境。所以詩的末尾所表達的「悲聲落紙中，能書不能讀」的悽愴之言，也正表現了女詩人自己難以言說之痛。

把寡婦真姊的「愁心」比成「轉車軸」，確為生動的比喻，因為它很形象地捕捉了一種不斷重複，而又揮之不去，愈轉愈深的無可奈何之心境。「車軸」的用法始自漢樂府古辭〈悲歌行〉：

> 悲歌可以當泣，遠望可以當歸。思念故鄉，鬱鬱纍纍。欲歸家無人，欲渡河無船。心思不能言，腸中車輪轉。㊲

㊱ 王端淑《吟紅集》卷四，九b—十a。

㊲ 郭茂倩《樂府詩集》卷六二（北京：中華書局，一九七九），三：八九八。

必須指出的是，這首古樂府描寫的只是一個遊子思家的痛苦，而王端淑的詩則設身處地地描寫一個女人如何在國破家亡的時刻應付一連串悲劇的故事。漢樂府的〈悲歌行〉可能在寫一個亂世中奔波戰場而終於無家可歸的軍人(「欲歸家無人」)，但不管其真相如何，那位失名的作者卻沒有仔細交待清楚。相較之下，王端淑的〈敘難行代真姊〉則是一篇充滿了具體事實的個人見證：國變之際，真姊不幸又遭到喪夫的痛苦。對她來說，最難捱的乃是日常生活裡生計的實際困難；她既要照顧年老的公婆，也要撫養稚齡的兒女。又由於身經戰亂，一貧如洗的她只得攜帶家人一起上山。但上山之後卻又遇到匪徒的劫掠，人生至此，可謂前途茫茫。真姊因而想到出家為尼，此外無路可走。

這種描寫亂離人世的悲涼正好印證了歷史的真相。就如明史學家Lynn A. Struve在她的書中所說，根據史實，「十七世紀中葉的中國可以說沒有一處能逃過兵禍的侵襲。」[38] 但關於寡婦如何在戰亂中存活的事實，史書中卻少有記載，所以王端淑的見證詩歌正好可以補史書之缺。另一方面，王端淑也在創造寡婦的形象上，給文學帶來了貢獻：與古

---

[38] Lynn A. Struve, *Voices from the Ming-Qing Cataclysm: China in Tergers' Jaws* (New Haven: Yale Univ. Press, 1993), p. 2.

代男性文人（如曹丕、潘岳、王粲等人）所寫的代言體「寡婦詩」不同，[39]王端淑的代言詩更能捕捉女性受苦的實際艱難。一般說來，傳統男性作者所創造的寡婦形象大多只是一些獨守空閨、長年寂寞的可憐女子，她們的痛苦與古代詩歌裡的思婦所承受的憂怨相差無幾。但王端淑筆下的寡婦真姊卻給人具體的印象。該詩的突出特徵在於：女主角一開頭就提出國難當頭的危機（「國祚忽更移，大難逼何速」），先說亡國之痛，才說個人的命運。而且在面對國難之際，她能迅速地作出決定，與家人「相攜奔山谷」。同時，在窮途末路之時，她也能勇敢地說：「姑子能兩全，此頸寧甘戮。」這樣的女子形象與傳統文學裡女子不涉政治的形象大為不同。王端淑所塑造的這個「新女性」形象可謂真正捕捉了明清之際受難婦女的情懷。

王端淑為寡婦真姊所寫的代言詩可拿來與當時有名的男詩人吳偉業的作品相比。明亡之後，吳偉業也用了不少長篇的詩歌訴說國難之際人們所經歷的多種浩劫，其詩中所表達感舊傷今的亡國遺恨每令人淚下。他於一六五三年所寫的〈遇南廂園叟感賦八十韻〉特別感人。[40]這年吳偉業重遊南京，與當年南廂（即明代南京國子監的司業廂）的舊役相

[39] 有關男性文人所寫的寡婦詩代言體，請見拙作《古典與現代的女性闡釋》，頁八五—八六。

遇，故有感而作。亡國之前，吳偉業曾任南廂的司業，現在江山易主，自己又窮途潦倒，來到舊地，只見從前的舊役已成為佃種廢墟的老園叟：

> 平生宦遊地，蹤跡都遺忘。道遇一園叟，問我來何方。猶然認舊役，即事堪心傷……

於是通過老園叟訴說國難之際的種種慘狀，詩人吳偉業用這首〈感賦〉詩見證了清兵進入南京後所造成的災難：

> 大軍從此來，百姓聞驚惶。下令將入城，傳箭需民房。里正持府帖，僉在御賜廊。插旗大道邊，驅遣誰能當。但求骨肉完，其敢攜筐箱。扶持雜幼稚，失散呼耶孃……

與王端淑詩中的真姊一樣，逃難的人們只求骨肉平安，顧不上帶走任何家中的財物（「但求骨肉完，其敢攜筐箱」），這種百姓流離失所的景況尤令人悽愴。作為一個見證者，老園叟（實為作者本身）也只能憑記憶，只是亂離的前後因果仍難以敘述完全：

---

40 吳偉業《吳梅村家藏稿》，一九一一年武進董氏誦芬室刊本，卷一，九a—十b，（臺北：學生書局影印，一九七五），一：六九—七一。

積漸成亂離，記憶應難詳。

不論在吳偉業或是王端淑的作品中，我們發現，所有承受亂離之苦的人們（無論男女）都有一種受盡傷害而又無能為力之感。事實上，這也正是男女詩人本身在亂世之中的心靈寫照。由此也正可以看出詩歌寫作的奇妙，一個詩人愈是感到「無能為力」、愈是遭到外力的壓迫，他就愈能化其現實中的「無能」為文字上的見證，因為寫作和想像的動力往往都是現實的失敗與挫折感激發起來的。中國古人一貫以「詩窮而後工」的概念來解釋這種現象，但在今日盛行「權力」意識的後現代上下文中，我們或許可以借用西方評論家傅柯(Michel Foucault)的「壓迫權能觀」(repressive power)來闡釋此中的道理。在一篇題為〈壓迫的假設〉的文章裡，傅柯說明了「壓迫」(repression)與「權能」(power)的密切關係。他認為，一個人一旦承受一種壓迫，他就自然會將之發展為另一種能力，因為我們所謂的「權能」是多方面而無孔不入的。[41]所以，引申而言，我們可以說，外在現實

[41] Michel Foucault, "The Repressive Hypothesis", in *The History of Sexuality*, Volume 1: An Introduction, trans. from the French by Robert Hurley (New York: Vintage Books, 1978), pp. 17–49.

的壓迫感常會激發寫作的能力。儘管有人會反對把文學創作的能力與「權力」混為一談，但不可否認的是，文學的聲音——尤其是見證文學的聲音——確是一種表現話語權力的最有效的方式之一。

值得注意的是，作為一個身經亂離、飽受擾攘不安的遺民，吳偉業不但在其詩中發抒了悲憤的聲音，也不斷地透露了個人對理想世界的嚮往。早在魏晉時代，陶淵明已經在其名篇〈桃花源記〉為我們描繪了一個戰亂之中假想的世外桃源。因此，處在動亂歲月中的詩人吳偉業也自然表達了一種追求避世的聲音。一六四五年，清軍渡江，南京陷落，吳偉業就攜家人逃往樊清湖避難。在其〈樊清湖〉五古長篇的序裡，他曾回憶道：

> 樊清湖者，西連陳湖，南接陳墓，其先褚氏之所居也……余以乙酉五月聞亂，倉猝攜百口投之……

在該詩中，詩人更加形象地描寫了他對一個世外桃源的憧憬：

> 嗟予遇兵火，百口如飛鳧；避地何所投，扁舟指菰蒲……㊷

在另一組題為〈避亂〉的詩中，吳偉業又告訴我們，是自己對亂離生活的厭倦使他終於轉向了對隱逸生涯的嚮往：

> 歸去已亂離，始憂天地小。從人訪幽棲，居然逢浩渺。百頃樊清湖，煙清入飛鳥。沙石晴可數，鳧鷖亂青草。主人柴門開，雞聲綠楊曉。花路若夢中，漁歌出杳杳……[43]

從詩中我們可以看到，在戰火的肆虐之下，詩人已經不可能找到一個寧靜的安身之地了（「始憂天地小」）。天地本來是遼闊無邊的，現在竟然因為戰爭的侵襲而變得使人無地容身。於是詩人就與他人一同尋求避難的地方，終於找到了樊清湖這個好地方。詩中所描寫的「花路」使人想起了陶淵明的〈桃花源記〉裡的安寧世界：那是一個沒有戰亂、沒有禍患、人人和諧安樂、只聽得見雞聲報曉的理想境界。而遠處傳來的漁歌，加上悠然自得的鷗鳥都給人一種遠離塵緣的感覺，難怪在詩的末尾，詩人作出了「定計浮扁舟，於焉得終老」的決定。

---

[42] 王濤選注《吳梅村詩選》（香港：三聯書店，一九八七），頁三二。

[43] 吳偉業《梅村家藏稿》卷一，二b—三a（臺北：學生書局影印），一：五六—五七。

與吳偉業相同，王端淑也在戰火滾滾的時代極力尋求一個避難的桃源世界。在一次作客他鄉的途中，她曾題詩道：「夜來涼月下，一徑夢桃源。」㊹在上頭已提及的〈苦難行〉一詩中，她在描寫倉皇避難的經驗之後，也照樣以避世幽棲的念頭作結：

骨肉自此情意疏，僑寓暫且池東居。幸得詩書潤茅屋，僻徑無求顯者車。

可見在喟嘆人間行路難之後，女詩人仍然最嚮往陶淵明那種「結廬在人境，而無車馬喧」（〈飲酒第五〉）恬淡自適的生活。因為在亂世之中也只有歸隱的生活才能使人獲得精神上的自由。這是一種理想人生的堅持，也是心理上的需求。明清之際許多才女之所以選擇退隱山林，顯然與這種心理需求有著密切的關係。有趣的是，上頭已經討論過的女將軍兼女詩人畢著就在表現了「殺賊血漉漉」的英勇壯舉之後，毅然決定隱居在偏僻的水鄉，從此過起了貧窮卻怡然自樂的生活：

席門閒傍水之涯，夫婿安貧不作家。明日斷炊何暇向，且攜鴉觜種梅花。㊺

㊹ 王端淑《名媛詩緯》卷四二，六b。

然而我們必須指出，歸隱的情懷在中國傳統的文學中，早已屢見不鮮。但那一般都在強調男性文人在仕途生涯中對於「仕」與「隱」之間的選擇。例如，陶淵明由於厭倦於官場的生活，又對純樸的田園十分嚮往，故決定棄官歸隱——這樣，一方面可以獲得身心自由，一方面也能保持個人人品之高潔。[46]但明清之交像吳偉業那樣的文人，情況則較為複雜。他們原是一群充滿了希望的年輕人，懷著知識分子應當「志於道」的抱負。如果不是突然遇到了異族入侵、亡國換代的悲劇，他們是絕對不會選擇隱居不仕的。以吳偉業為例，他雖然不斷宣稱其隱居之志，但始終懷有一份無可奈何的心情。在一首〈家園次罷官吳興有感〉的詩中，他忍不住要說：「世路嗟誰穩，棲遲可奈何。」[47]在此，他藉著同族吳園次的罷官，而發出世路崎嶇不平、人生蒼涼不穩的感慨。另一方面，他也為自己一度不得已而仕清之事感到傷心，他對此終身遺憾，屢次在詩中自我辯解。在〈自嘆〉一詩中，他曾就這種因新朝故國的矛盾所引起的苦楚作出了解釋：「誤盡平生是一

[45] 錢仲聯主編《清詩紀事》，二二：一五五〇七。

[46] 王國瓔《古今隱逸詩人之宗：陶淵明論析》（臺北：允晨文化，一九九九），頁五〇—一〇八。

[47] 王濤選注《吳梅村詩選》，頁六〇。

官，棄家容易變名難。」[48]意思是說，被逼迫在清廷任職，實是不得已的事，因為自己已是個聲名遠播之人，即使更改姓名、隱藏身分，也難以擺脫清廷的矚目。沒想到他從前寫的兩句詩，「卻聽漁唱聲，落日有風波」，終於成了他後來仕隱抉擇困境之預兆。當時只在聽漁歌，欣賞落日照著湖面的風景，沒想到晚風又憑空製造了許多波瀾。[49]

反觀王端淑，她既然身為女性，本來就與人間仕途無緣，故自然不可能有踟躕徘徊於仕與隱之間的問題。但值得玩味的是，她的詩卻時常流露出一種「有志難伸、懷才不遇」的情懷。[50]例如，在〈述言〉一詩中，她曾說道：「嘆無鴻鵠志，困頓惟拳拳。」[51]這或許與她身為女子而無法多方面地展現其才情有關。然而，我認為王端淑的挫折感可能大多來自她與一般失意文人（尤其是明亡後的失意文人）的認同。首先，由於八股取士的重重問題，許多明末的文人早已開始對於官場和科場持冷漠的態度。[52]加上多種政治

---

[48] 王濤選注《吳梅村詩選》，頁二二五。

[49] 王濤選注《吳梅村詩選》，頁六〇。

[50] 參見鍾慧玲《清代女詩人研究》，頁二九四。

[51] 王端淑《名媛詩緯》卷四二，二b。

的壓力，文人已逐漸對世俗制度產生了一種無能為力之感。後來一旦遭到國變，文人這種窮途失志的情況自然就更加嚴重了。在亂世中，許多文人（包括王端淑的夫婿丁聖肇）也只得解官歸隱，從此過著窮途潦倒的一生了。對於這些不幸文人之遭遇，王端淑是「心有戚戚焉」的。難怪她要發出「更增禾黍嘆，歧路惜王孫」的感嘆了。[53]這個「惜」字特別重要，因為一般研究明清文學的學者通常只注意到當時的文人如何痴情地提拔才女，卻很少注意到才女怎樣感傷地同情過那些失意的才子。實際上，不少亂世中的才女都感到：與才子同是天涯淪落人，相知何必曾相識？

這種與失意文人相知相惜的態度一旦化為文字，就成為一種富有感召力的見證文學了。王端淑為哀悼明末文人徐渭（一五二一—一五九三年）及畫家陳洪綬（一五九九—一六五二年）所寫的〈青藤為風雨所拔歌〉便屬於這一類的作品。故事的背景為一個離紹興不遠的「青藤書屋」。該住宅原為徐渭的故居。據說屋旁有一棵青藤為徐渭手植，徐渭因自號「青藤」。又因藤旁有一個名為「天池」的水池，故他又自號「天池」。後來畫

---

52 參見康正果《交織的邊緣：政治和性別》（臺北：東大，一九九七），頁一七七。

53 王端淑《名媛詩緯》卷四二，一七b。

家陳洪綬也在青藤書屋住過一段日子。現在王端淑經過一段亂離的日子後，終於搬來此地定居。她的〈青藤〉詩作於一六五四年的一個大風雨之日，即陳洪綬逝世之後兩年。據王端淑的詩序記載，青藤原來「百尺緣木而上」，但那天「甲午五月忽大風雨，藤盡拔，予憐之，輒起援筆作〈青藤為風雨所拔歌〉。其詩曰：

> 青藤百尺緣枝起，葉葉憑雲壓花紫。今時記得徐天池，不識從來屬何氏。天池有文命亦薄，抵獄問天羨燕雀……惜哉待詔陳章侯，隱淪書畫徒淹留。余幸移居嘆禾黍，每喚青藤相共語……怒風忽拔勢萬斤，擊棟破垣如千軍。疾雷崩濤飄屋瓦，驚魂露立憑雨打……陽春三月試花色，青藤主人正驕客。自起抱藤對藤哭，會藤何遲毀藤速，青藤青藤勿復悲，天池既死來何為。[54]

此詩雖為寫實，但我們也不難從中看出其寄託之意。徐渭與陳洪綬都是在亂世中懷才不遇而抑鬱以終的才子。所以他們的命運有如那棵被狂風摧殘了的青藤。[55]事實上，用草木

[54] 王端淑《名媛詩緯》卷四二，三b—四a。

[55] 參見鍾慧玲《清代女詩人研究》，頁二八三。

的零落來象徵亂世中的失意之人早已就是中國文學裡的一大主題。宋玉曾曰：「草木搖落而變衰。」六朝詩人庾信也在其〈枯樹賦〉中藉飄零的枯樹之意象比喻自己失國喪家、流離異域的悲痛。56但對於徐渭和陳洪綬等懷才不遇的文人，王端淑最感痛心的乃是他們的「有才」卻「命薄」的一點，所以詩中不斷用「惜」、「哭」、「悲」等充滿神傷的字眼來表達女詩人的同情與哀悼。

當然，王端淑是藉著哀悼才子的機會來哀悼自己，不過她所用的託喻方式卻並非純屬虛構，而是有一定的現實基礎，她通常總是設法在真人真事中寄寓她個人的感慨。首先，她在戰亂中所經歷過的苦難，以及明亡後所承受的痛苦，都使她自己聯想到畫家陳洪綬的悲慘命運——陳洪綬原為有名的畫家，崇禎末年曾為國子生，但國變之後，哀傷無以自持，最後短命而死，死時才五十四歲（雖然王端淑本人後來一直活到八十多歲的高齡）。尤其重要的是，王端淑自己就住在徐渭和陳洪綬曾經住過的地方，而居然最終成了青藤枯死的見證人。在為徐陳兩人的命運嘆息之同時，女詩人不知不覺地產生了自憐的感慨。這種見證他人也見證自己的聲音既是感情的，也是道德的。

56 倪璠注，許逸民校點《庾子山集注》（北京：中華書局，一九八〇），一：四六—五四。

在詩中不斷地展現自我的志趣和節操，確是明清女詩人的一大貢獻。然而，她們更重要的突破則在於創造了一種新的文學聲音。如果說，傳統的男性文人一般總喜歡用「美人香草」的意象來寄喻他們的潔身自愛，那麼我們也可以說，王端淑所用「文人青藤」的意象正代表了明清女性逐漸走向男性的大方向。在這裡我們不妨採用cross-voicing一詞（仿時下文學批評所流行的cross-dressing一詞）來形容這種文學上的「男女雙性」。[57]蓋明清才女不但繼承了蔡琰所傳下來的女性見證的優良傳統，也吸收了古代男性文人的託喻美學。[58]由此也構成了本文的出發點，即在文人文化與婦女現實處境的上下文中來重看明清才女的文學貢獻。

---

[57] 參見拙作"What Can Gender Theory Do for the Study of Traditional Chinese Literature?" p. 6; Paper Prepared for the Conference, "Interpreting Cultures—China Facing the Challenges of the New Millennium", Sponsored by The Swedish Council for Research and Social Sciences (HSFR), Lidingo/Stockholm, Sweden, May 5–9, 2000.

[58] 關於晚清婦女見證亂離的詩歌，參見拙作"Women's Poetic Witnessing", *From the Late Ming to the Late Qing: Dynastic Decline and Cultural Innovation*, ed. by David Der-wei Wang and Wei Shang (Cambridge: Harvard Univ. Press, forthcoming).

西方性別理論與漢學研究❶

當代西方性別研究(gender studies)引起的一個重大變化就是增強了學術研究的跨學科性質。首先，它為文化批評提供了嶄新的視角，使我們對男女雙方的經驗有了較以前更為寬泛的了解，從而也在學院中引起了對知識重構的重視。透過性別含意的稜鏡，在重構既有知識之同時，也可對它作出重新闡釋，這正是性別研究的治學之道，即使把它置之傳統學術的領域，其應用也是很有效果的。著名漢學家Susan Mann有所謂「拿新眼光看熟面孔」(defamiliarizing the familiar)的說法，❷要點出女性主義和性別理論在最近幾十年來

❶ 本文為二〇〇一年三月三十一日—四月一日，史丹福大學「第二屆中華文明二十一世紀新意義學術研討會」所提交的論文。該會由財團法人喜馬拉雅研究發展基金會、中國哲學與文化研究基金會和史丹福大學亞洲語言學系聯合主辦，特此申明。

的特殊成就，她這句話就是最合適的表述。

本文主旨就是希望談談近年來性別研究對漢學研究（尤其是美國的漢學研究）的影響，尤其要討論一個關鍵的問題：那就是，西方的性別理論到底在哪些方面適用，哪些方面未必適用。同時我也想通過對中國傳統精神的討論，進一步提出新的闡釋性別的方法，藉以促進中西文化的會通。目前性別理論已經對漢學研究產生了莫大的影響，實際上已使沿襲下來的文本解讀方式受到了挑戰。而且，最近以來，學者們在性別關係問題上所做的大量研究已經引起了廣泛學術界的注意。如果把西方的性別理論和漢學研究(Sinology)視為兩個相關的知識領域，則我們更應當對於二者如何相關及其互相的關聯在文化上如何構成等問題，不斷地作出探問。

關於西方性別理論的興起和演進，是有一段漸進的發展過程。為了簡單說明其中的

❷ Susan Mann, "What Can Feminist Theory Do for the Study of Chinese History? A Brief Review of Scholarship in the U.S"《近代中國婦女史研究》(*Research on Women in Modern Chinese History*), 1 (June 6, 1993): 241–260.參見拙作〈老領域中的新視野〉，康正果譯，明清文學與性別國際學術研討會論文（南京大學張宏生教授主辦，二〇〇〇年，五月十六－二十日）。

來龍去脈，我還是要從一九六〇到一九七〇年代的婦女解放運動談起。那時候的先進婦女興起了一種叫做「提高意識」(consciousness-raising)的活動，簡稱為CR，那是一種自我界定的活動，其目的在於尋求婦女在當今和在歷史中的「聲音」(voices)。而這裡所說的「聲音」，不只包括婦女個人的「真正」聲音和主體性，而且也涉及她們互相不同和彼此挑戰的自我。❸我認為，這種自我界定的活動可分成兩方面來談。首先要談所謂的激進女性主義；這就是尖銳地批判父權制、號召建立婦女自身性別路線的激進主義。如Betty Friedan和Kate Millett都是這一派女性主義的代表人物。❹尤其是Millett的名著《性政治》曾在一九七〇年出版後引起了美國廣大文化界的反響，因為該書首先把傳統的文學寫作與解讀看成是一種有關政治和權力的性別主從關係。通過對廣泛男性作家的文本的閱讀，Millett發現自古以來的西方文學其實就是男性「厭女症」(misogyny)的發揮。❺在婦女解放運動開

---

❸ Nancy F. Cott, *The Bonds of Womanhood*, 2nd edition (New Haven: Yale Univ. Press, 1997), pp. xi–xii. 並參見康正果《女權主義與文學》（北京：中國社會科學出版社），頁一〇—一一。

❹ Betty Friedan, *The Feminine Mystique* (New York: Norton, 1963); Kate Millett, *Sexual Politics* (New York: Doubleday, 1970).

始之時，這種極端的性別立場也許是不可避免的，特別是在女性還勢單力弱的情況下，把大男人作為她們的「敵人」來攻擊，也就是很自然的事情了。所以早期西方女性主義批評的一個顯著特徵就是排斥男性介入她們的爭論與活動。這樣激烈的態度和以女性自我為主的閱讀法則自然引起了不少傳統作家的反彈，但同時也引起了一些男性學者的同情。例如，以研究法國文學著稱的R. Howard Bloch就在其《中古的厭女症與西方浪漫情觀的興起》一書中採用了同情女性的閱讀視角——他認為中古西方所謂的「宮廷式愛情」和「聖母情結」表面上似乎在提高婦女的地位，其實這種文學與藝術的理想模式只是對現實女性的實際權力的剝奪和壓抑，說穿了也就是傳統基督教厭女症的發揮。❻有趣的是，由於這本書的作者Bloch教授身為男性，所以他的同情女性的立場反而被曲解為大男人的錯誤視角，還因此受到了激進女性主義者的攻擊。

❺ 參見拙作〈在耶魯看女性主義〉，《批判與重建》（即《性別與中國》第四輯），李小江、朱虹、董秀玉主編（北京：三聯書店），頁二六四—二六五。

❻ R. Howard Bloch, *Medieval Misogyny and the Invention of Western Romantic Love* (Chicago: Univ. of Chicago Press, 1991).

比起激進的女性主義者，學院裡的女學者們則用一種較平緩、較理論化的方式來進行研究，於是她們開始建立了一門新的「婦女研究」(Women's Studies)學科。以耶魯大學為例，早在一九七〇年代後期就有了該學科的設置，而且一直在美國校園裡占有重要的地位。當初耶魯婦女研究的成功實與解構主義的興盛有著密切的關係，因為有不少出色的女博士生和年輕的女教授利用「解構」的批判方式把外頭正在流行的女權主義引入了學院的「中心」領域。後來這些女學者逐漸取得了學術成就和聲譽，並且把她們的研究方法推向了其他學科，其新穎的批評角度很自然地吸引了許多男性學者，使他們也開始嘗試用同樣的方法來考慮自己的專門學科，因而所謂的「婦女研究」也就逐漸地轉入了「性別研究」(Gender Studies)。這種包括男女兩性關係與問題的「性別研究」無形中助長了跨學科的研究，而且正如Mary Evans所說，它使得西方興起了一種「對知識本身的重新審視與組合」。❼

但是，在美國漢學界，長期以來學者們都遵循著傳統的治學方法，只是在企圖尋找婦女在過去歷史中的聲音時，才偶爾借用了性別理論的方法。❽可以說，開始之時，大家

❼ Mary Evans, *Introducing Contemporary Feminist Thought* (Cambridge, England: Polity Press, 1997), pp. 50–51.

所採取的只是一種「考古」的性別研究方法。首先，胡文楷先生的《歷代婦女著作考》對我們這些在美國漢學領域裡做研究的人啟發特別大，它使我們驚喜地發現，原來世界上沒有一個國家比傳統中國出版過更多的女詩人作品——僅僅在明清兩代，就出版了三千種以上的女詩人選集和專集。因此，「五四」以來把中國婦女完全說成是封建禮教犧牲品的話語也過於絕對化了。對於這些在她們的時代曾有過影響，也受過當時文人讚賞和支持的才女們，我們實在有為她們發揚光大的必要。何況若能讓西方讀者看到傳統中國曾有那麼多女作家寫過那麼多優秀的作品，這也是把中國文學提升到世界文學的經典地位的好方法。所以，一九九〇年由我和蘇源熙(Haun Saussy)發起，由六十多位美國的男女學者合作，開始了在美國漢學界算是前所未有的一件翻譯大工程，這就是龐大的《中國歷代女作家選集：詩歌與評論》一書的編選和翻譯的緣起。[9]藉著這個翻譯工作，我們無

---

[8] Jinhua Emma Teng, “The Construction of‘Traditional Chinese Women’ in the Western Academy: A Critical Review”, *Signs*, 22.1 (1996): 115–151.

[9] Kang-i Sun Chang and Haun Saussy, eds., *Women Writers of Traditional China: An Anthology of Poetry and Criticism* (Stanford: Stanford Univ. Press, 1999).

形中走進了世界性女性作品「經典化」的行列。

十多年以來，性別理論在美國的漢學（尤其是中國文學研究）領域的應用已取得了相當可觀的成績，尤其在探討文學中男性和女性「聲音」的主題上特別有貢獻。比如，Maureen Robertson研究明清閨秀詩人在她們的作品中如何通過對自己的表述，疏通了「德」與「才」的矛盾，並給自己塑造了一副德才兼備的形象，從而確立了婦女寫作的合法化。這就與Sandra M. Gilbert和Susan Gubar所著《閣樓上的瘋女人》一書中所剖析的西方女作家那種顛覆策略形成了明顯的對比。另一方面，Ellen Widmer則從男女兩性共通的文人文化出發，同時強調了婦女如何組成她們自己的圈子，如她們的詩社和其他婦女事務方面的聯繫等。還有，Judith Zeitlin曾通過許多明清作品的細讀，討論女性與鬼故事之間的密切聯繫。此外，還有學者深入分析良家婦女和歌妓的對立存在，或通過大量的數據統計分析，指出明清女詩人如何在文人愛才的鼓勵下找到了自己的聲音——例如，我自己和李惠儀(Wai-yee Li)分別就明清歌妓的作品論述了她們如何「自我塑造」及其與文人文化之間的聯繫。[10]所有以上這些研究主題都已在一九九三年我們在耶魯大學舉辦的明清婦女與

[10] Maureen Robertson, Ann Waltner, Wai-yee Li, Judith Zeitlin, and Katherine Carlitz, in *Writing Women in Late Imperial*

文學研討會上提出討論。可以說，大家從一開始都是相當獨立地從各自關心的問題來思考性別含義的，只是到了後來，互相之間才涉及到共同感興趣的題目。比如，至少有三位學者——方秀潔(Grace Fong)、康正果、Paul Ropp——都不約而同地討論了史震林《西青散記》一書中的農家才女雙卿其人及其詩詞，並就文人如何傳播才女的詩詞本事諸問題得出了比較一致的結論。⑪另外，Wilt L. Idema則在他研究朱淑真和張玉孃的文章中也探

China, ed. Ellen Widmer and Kang-i Sun Chang (Stanford: Stanford Univ., 1997), pp. 171–271, 46–73, 101–130; Ellen Widmer, "Xiaoqing's Literary Legacy and the Place of the Woman Writer in Late Imperial China", *Late Imperial China*, 13.1 (June 1992): 111–155; Dorothy Ko, *Teachers of the Inner Chambers* (Stanford: Stanford Univ. Press, 1994); Kang-i Sun Chang, "Liu Shih and Hsü Ts'an: Feminine or Feminist?" *Voice of the Song Lyric in China*, ed. Pauline Yu (Berkeley: Univ. of California Press, 1994), pp. 169–187; Clara Wing-Chung Ho, "Encouragement from the Opposite Gender: Male Scholars' Interests in Women's Publications in Ch'ing China—A Bibliographical Study", *Chinese Women in the Imperial Past: New Perspectives*, ed. Harriet Zurndorfer, pp. 308–353. 並參見拙著《陳子龍柳如是詩詞情緣》，李奭學譯（臺北：允晨文化，一九九二）。

⑪ Paul S. Ropp, *Search for a Banished Immortal: China's Peasant Woman Poet Shuangqing*, (Ann Arbor: Univ. of Michigan Press, forthcoming); Grace Fong, "De/Constructing A Feminine Ideal in the Eighteenth Century: Random Records of West-Green and the Story of Shuangqing", *Writing Women in Late Imperial China*, ed. Widmer and Chang,

討了中國傳統的男性作者如何擬女性聲音的類似問題。⑫從這一聯繫出發，我和其他學者便對文人和才女同病相憐的邊緣性之文化含義有了更進一步的研究。⑬總之，在所有這些探討中，我們可以看到古代中國文學裡，那種文人才女雙方「聲音」交相影響的現象。中國文人維護才女的現象實在很特殊，至少與西方傳統很不相同。

在中國古典文學中，對婦女及其聲音的強調本身就挑戰了西方女性主義學院派對「別」(difference)這個字的原初界定。一九七〇到一九八〇年代間，標舉性別的區分乃女性主義批評家建立其理論陣地的主要策略之一。在我們所熟悉的英美學派中，Barbara Johnson（現執教於哈佛大學）首先主張「別」是解構男性偏見的最佳法門：她認為，強

---

pp. 264–281；康正果《邊緣文人的才女情結及其所傳的詩意——西青散記初探》，《交織的邊緣——政治和性別》（臺北：東大，一九九七），頁一七一—二〇二。

⑫ Wilt L. Idema, "Male Fantasies and Female Realities: Chu Shu-chen and Chang Yü-niang and Their Biographers", *Chinese Women in the Imperial past: New Perspectives*, ed. Harriet Zurndorfer (Leiden: Brill, 1999), pp. 19–52.

⑬ Martin Huang, *Literati and Self-Re/Presentation: Autobiographical Sensibility in the Eighteenth-Century Chinese Novel* (Stanford: Stanford Univ. Press, 1995), pp. 76–89. 並見本書〈從文學批評裡的「經典論」看明清才女詩歌的經典化〉。

調男女之別可以促使讀者採用一種新的女性視角，糾正傳統的男性盲點，進而增進男女的平等地位。⓮其實Barbara Johnson自己當初就是用這種方法來解構她在耶魯的男性師長——如Paul de Man, J. Hillis Miller, Geoffrey Hartman等人——那種「大男人」的批評視角。⓯在這同時，Sandra M. Gilbert和Susan Gubar則用更富形象性的「瘋女人」來指受男性中心文學壓制下的女作家們；由於性別的差異，這些「瘋女人」作者始終都被排斥在經典之外。⓰

至於被稱為「法國派」的女性主義學派則從另一個角度來看兩性之「別」——由於她們受了後結構主義和拉康精神分析理論的影響，所以她們更重視闡釋性別中的語言所起的本質差異，如拉康的女弟子Helene Cixous和Luce Irigaray便把婦女等同於「沉默」和「無言」，把女性寫作看成是一種「開放的，非線性的，未完成的，流動的，激烈爆發的和斷

⓮ Barbara Johnson, *The Critical Difference* (Baltimore: Johns Hopkins Univ., 1980); *A World of Difference* (Baltimore: Johns Hopkins Univ., 1987).

⓯ Barbara Johnson, "Gender Theory and the Yale School", *Rhetoric and Form: Deconstruction at Yale*, ed. by Robert Con Davis and Ronald Schleifer (Norman: Univ. of Oklahoma Press, 1985), pp. 101–112.

⓰ Sandra M. Gilbert and Susan Gubar, *The Madwoman in the Attic: The Woman Writer and the Nineteenth- Century Imagination* (New Haven: Yale Univ. Press, 1979).

裂的」文體，她們認為女人有其女性的本質，而她們的書寫與她們的本質是一致的。⑰據這些法國的女性主義者看來，婦女之所以不能被表述(represented)，乃是因為她們本來就缺乏男性的「菲勒斯」形式。就如著名的心理分析作家Julia Kristeva曾說：

> 我看到「女人」身上有某種無法表述的東西，那是不可言說的……就其深層而言，就不存在女人一詞，在宇宙的存在中根本就沒有那樣的東西……。⑱

在此要特別強調的是，早期西方女性主義批評家所倡導的「性別差異」的許多言論都很難適用於中國古典文學的研究，因為那些女性主義者往往將男女兩性置於完全對立的兩極。事實上，中國傳統的表述並不是這麼一回事，比如男性文人都習慣在詩歌裡用

---

⑰ Christiane Makward, "To Be or Not To Be...A Feminist Speaker", trans. by Marlène Barsoum, Alice Jardine, and Hester Eisenstein, *The Future of Difference*, ed. Alice Jardine and Hester Eisenstein (Boston: C. K. Hall, 1980), p. 96; Nina Baym, "The Madwoman and Her Languages: Why I Don't Do Feminist Literary Theory", *Feminisms*, ed. Robyn R. Warhol and Diane Price Herndl, rev. ed. (New Brunswick: Rutgers Univ. Press, 1997), p. 282, 291.

⑱ Julia Kristeva, "Warnings", *New French Feminisms*, ed. Elaine Marks and Isabelle de Courtivron (Brighton: Harvester Wheatsheaf, 1981), p. 136; Mary Evans, *Introducing Contemporary Feminist Thought*, p. 49.

女性的聲音說話（儘管常常有寄託的傾向，即所謂「男女君臣」），而女作家則喜歡模仿男性的文風，極力避免脂粉氣的傾向。這種男女聲音的置換有如男扮女裝或女扮男裝，所以我曾將之稱為cross-voicing，因為在中國詩歌中所謂「聲音」往往是難以確定性別身分的。[19]我也曾在一篇文章中用「文化男女雙性」(cultural androgyny)的措詞來指這種傳統文化中的男女兩性均欲跨越性別區分的特殊現象。[20]從這一理解出發，這種「文化男女雙性」可以說是陰陽「互補」(complementary)的概念的發揮。但所謂「陰」和「陽」其實不只是互補的兩面，因為其中的每一面都通過一個改變和調整的過程，在文化上提升了男性和女性。關於這個超越性別的觀念，許多漢學家都已經作出了深入的研究。例如，Roger T. Ames研究男女雙性觀念在中國古代道家的廣泛應用，Barbara E. Reed也對觀世音菩薩的由男身變女相做了十分有趣的探討。[21]最近，Charlotte Furth在她的新作《繁盛的陰：中國

---

[19] Kang-i Sun Chang, "What Can Gender Theory Do for the Study of Chinese Literature", presented at the conference, "Interpreting Cultures—China Facing the Challenges of the New Millennium", sponsored by The Swedish Council for Research in the Humanities and Social Sciences, Lidingo/Stockholm, Sweden, May 5–9, 2000.

[20] Kang-i Sun Chang, "Ming-Qing Women Poets and Cultural Androgyny", *Tamkang Review*, 30.2 (Winter 1999): 11–25.

醫學史中的性別問題》一書中通過陰陽互轉現象的討論揭示了雙性身體的性別意義。[22] Charlotte Furth特別提出，中國男女的身體都是陰陽互補的身體，因為男女兩性都分別是「陽中有陰」和「陰中有陽」的，這與西方醫學那種「單性」(one-sex)身體形成了明顯的對比。對傳統中國人來說，性別之區分僅為身體的其中一個相對的因素，基本上男女的身體是同類的、互補的。比如說，在中醫的領域裡，男女的生殖器同樣被稱為「陰」，因為兩者都處於任脈的「陰」的部位，因而生殖的機能總是趨向陰的一面。只有再進一步劃分陰陽在人體的生殖機能時，才有所謂「男精」和「女血」的分別。此外，在很大程度上，中國傳統性別已成了一種隱喻，它象徵著天、地、人之間陰陽互相協調的宇宙秩序。[23]這樣看來，這個植根於中國傳統文化的陰陽互補觀正好可以用來解決「別」在西方

---

[21] Roger T. Ames, “Taoism and the Androgynous Ideal” , *Women in China: Current Directions in Historical Scholarship*, ed. Richard W. Guisso and Stanley Johannesen (Youngstown: Philo Press, 1981), pp. 21–45; Barbara E. Reed, “The Gender Symbolism of Kuan-Yin Bodhisattva” , *Buddhism, Sexuality, and Gender*, ed. José Ignacio Cabezon (Albany: State Univ. of New York Press, 1992), pp. 159–180.

[22] Charlotte Furth, *A Flourishing Yin: Gender in China's Medical History*, 960–1665 (Berkeley: Univ. of California Press, 1999), pp. 151–154.

性別理論中所遇到的困境。如以上所說，當初女性主義者對「別」的強調當然在解決男女不平等的問題上是有作用的，但目前大家卻把「別」講過了頭，因而已給我們帶來了不少問題。

應當指出的是，其實早在一九八〇年代，當男女兩極對立論剛被提出之時，就有女性主義學者自己提出過批評的意見。比如在〈瘋女人及其語言：我為什麼不研究女性主義文學理論〉一文中，Nina Baym便大大地批評了所謂「瘋女人」和「女性語言」的發明，她認為那些標籤都是硬要強調「性別區分」所造成的災難：

> 我的意思並不是說兩性不存在區別，我是擔心一旦「唯別是論」便會讓「別」遮蔽了一切，而把這「別」再和厭女症掛上鈎，你就把女人都逼得讓人覺得她們既不自然又很彆扭了。……㉔

㉓ 參見康正果所寫有關*Charlotte Furth*一書的書評：〈認識醫療和性別語境中的身體〉，載於《中國學術》，劉東主編，二〇〇一年。

㉔ Nina Baym, "The Madwoman and Her Languages: Why I Don't Do Feminist Literary Theory", *Feminisms*, p. 284.

顯然，Nina Baym認為，唯別是論會嚴重誤導性別的意義和兩性關係。而有關過分強調性別差異的危險性這個話題又進一步被女性主義史學家Joan W. Scott提出，並作出了更深入的分析；她認為，死守「男女有別」的觀念會導致不必要的對立，所以她反對過分糾纏所謂「主體」的問題，反對把男女的對立主觀地歸結為性別的核心實質。她也承認，建立「主體」的概念是有發展前景的，但她還是擔心這一理論會導致以偏概全的後果。㉕後來Judith Butler的《性別煩擾》一書出版，人們更在其影響之下繼續對「唯別是論」提出挑戰。在這本備受稱讚的論著中，Judith Butler強調性別的問題其實只是一個角色問題，若死守角色就會成了角色的囚徒，一個人完全可以調整自己的扮演來改變傳統的性別模式。㉖

關於以上幾位女性主義學者對唯別是論派的批評，我們這些在美國研究漢學的人大都非常贊同。由於受了中國傳統文化的影響，我們都認為性別身分表面上看來固然是恆定的，但也有其流動可變的一面。這樣一來我們就發現，西方性別理論學者和傳統中國

㉕ Joan W. Scott, "Gender: A Useful Category of Historical Analysis", *American Historical Review*, 91.5(Dec. 1986), p. 1064.

㉖ Judith Butler, *Gender Trouble* (London: Routledge, 1990).

研究學者雖在自己的領域中各有其新的研究心得，但對於性別的基本含義，我們還是最終達成了某種相近的結論，真可謂殊途同歸了。

除了糾正「唯別是論」的盲點以外，還有一種新的性別研究正在發展中——那就是，對女性的道德權力的重新思考。在西方性別研究的領域裡，耶魯大學的Nancy F. Cott也許是對通常所謂維多利亞時代的女性生活重新進行檢討的第一位批評家。一般人總以為在維多利亞時代，女性由於普遍受到了性壓抑，她們完全成了男權制度下的犧牲品了。但在她的一篇題為"Passionlessness"（〈毫無情慾〉）的經典論文中，Nancy Cott卻強調當時女人最引以為傲的就是自己擁有的某種「家庭模範」之信念。正是由此出發，十九世紀美國的新英格蘭婦女就自然從她們共同信仰的「道德母性」中得到了一種崇高的權威感。[27]換言之，這些女人並非如一般激進女性主義者所想像的「受害者」；她們在一定程度上，已找到了自己的聲音和權力意識。Nancy Cott這個發現與我的觀點不謀而合，因為在我的研究範圍中，我也同樣從中國古代女作家班昭身上看到，她的確從堅持她的閨範女誡中

[27] Nancy Cott, "Passionlessness: An Interpretation of Victorian Sexual Ideology", *Signs*, 4.2 (1978): 219–236; Nancy Cott, *The Bonds of Womanhood*, 2nd ed., pp. xiii–xvii.

得到了特殊的道德力量感。㉘同樣，許多明清時代的寡婦也從自己的道德信念之中得到了某種權威感；她們常把自己比成高潔的青松，即使歷盡寒霜，仍舊傲然不屈。㉙此外，有關中國女性的權力問題，漢學家Susan Mann對十八世紀盛清時期文人文化中閨秀的研究也是發人深省的。Susan Mann從不同的方面描述了閨秀詩人構造其才德權威的新概念，同時她認為盛清時期的不少男性學者也藉著讚揚昔日的著名閨秀來批判當時社會的腐敗，而由此也提高了當時閨秀的地位，使她們不但更加意識到自己的道德力量，而且也使她們

㉘ Kang-i Sun Chang, "Ming-Qing Women Poets and the Notions of 'Talent' and 'Morality'", *Culture & State in Chinese History: Conventions, Accommodations, and Critiques*, ed. Theodore Huters, R. Bin Wong, and Pauline Yu (Stanford: Stanford Univ. Press, 1997), p. 242.有關班昭的道德感，參見Lily Xiao Hong Lee, *The Virtue of Yin: Studies on Chinese Women* (Australia: Wild Peony, 1994), pp. 11–24.

㉙ 見拙著〈寡婦詩人的文學聲音〉，《古典與現代的女性闡釋》（臺北：聯合文學，一九九八），頁八五－一〇九。其他有關寡婦的研究，請見 Susan Mann, "Widows in the Kinship, Class, and Community Structures of Qing Dynasty China", *Journal of Asian Studies* 46.1 (February 1987): 37–56; Katherine Carlitz, "Shrines, Governing-Class Identity, and the Cult of Widow Fidelity in Mid-Ming Jiangnan", *Journal of Asian Studies*, 56.3 (August 1997): 612–640.

的學識贏得了普遍文人的尊重。[30]這個權力意識就是另一位漢學家Dorothy Ko稱之為「非官方的權力」，是傳統中國的婦女在其「內外相續」的世界中所享有的那個權威。[31]很多研究傳統中國文化的學者現在都開始認識到了這一權力概念，它似乎在一定的程度上是受到了當代西方批評中——特別是傅柯——權力新話語的影響。事實上，傅柯有關權力多向分布的說法已經在最近的性別理論上引起了革命性的變化。所以，早先那種給婦女派上一個「受害者」的預設形象便逐漸從九〇年代的女性主義批評中消失了。[32]傅柯認為，「權力是自下而來的」，而且「權力關係在根本上並不存在統治者與被統治者完全的兩極分化或全面的對立」——所有這些論斷都啟發女性主義學者質疑了先前那種全面控訴父權制的理論模式。[33]當然，女性主義批評中曾一度流行的「受害者」理論之所以得到修正

---

[30] Susan Mann, *Precious Records: Women in China's Long Eighteenth Century* (Stanford: Stanford Univ. Press, 1997), p. 31.其他有關女性道德感的研究，可參見 Katherine Carlitz, "The Social Uses of Female Virtue in Late Ming Editions of Lienu Zhuan", *Late Imperial China*, 12.2 (December 1991): 117–152。

[31] Dorothy Ko, *Teachers of the Inner Chamber*, pp. 10–14.

[32] 有關傅柯對女性主義的影響，見Mary Evans, *Introducing Contemporary Feminist Thought*, pp. 35–36。

[33] Michel Foucault, *The History of Sexuality: Vol. 1: An Introduction*, trans. by Robert Hurley (New York: 1978; Vintage

並不只是傅柯的影響，其實受到湯姆遜《英國工人階級構成》一書影響的Nancy Cott自從一九七〇年代以來就在強調指出：「別看婦女處處受支配，其實她們總在積極創造她們自己的環境。」[34]她認為不僅男人開創了他們的歷史，女人也同樣製造了她們自己的歷史。而且，任何社會及道德制度，若沒有女人的普遍參與和支持，也不可能一直存留下來。所以女人是歷史上的「參與者」，而非只是「受騙者」(dupes)。[35]

與Nancy Cott的看法很相近，漢學家Dorothy Ko也著重討論了婦女積極推動自己生活的現象。在她的《閨中教師》一書中，Dorothy Ko指出，Pierre Bourdieu有關「男主外」和「女主內」的劃分是一個與傅柯的非常規權力模式可資對比的理論，它確實有助於激發我們重新看待傳統中國的性別和權力關係。[36]由此出發，Dorothy Ko對儒家的「三從」作出了

Books, 1990), p. 94.

[34] Nancy Cott, *The Bonds of Womanhood*, 2nd ed., p. xiii.

[35] Nancy Cott, *The Bonds of Womanhood*, 2nd ed., p. xiii.

[36] Dorothy Ko, *Teachers of the Inner Chamber*; Pierre Bourdieu, *Outlines of a Theory of Practice*, trans. by Richard Nice (Cambridge: Cambridge Univ. Press, 1977), pp. 41–46.

新的解讀，她發現傳統中國的婦女「極其善於在通行的性別體系內部給自己製造空間，並從中給自己賦予意義，帶來安慰和尊嚴」。[37]她試圖重構十七世紀中國良家婦女的各種生活面貌，這一點正可以補充Francesca Bray近年來有關婦女在日常用品創製方面的「權力編織」(fabrics of power)之研究。[38]還應提到的一點是，與在婦女與婚姻的問題上很有研究的歷史學家Patricia Ebrey相同，[39]Dorothy Ko和Francesca Bray兩人也都在她們的性別研究中特別關注因時、地、階級之不同而產生的各種變化。這樣一來，就不會產生以偏概全的盲點了。因此可以說，許多這些關於傳統中國的性別論著確實都更正了今日西方性別研究理論中的一種缺陷，即Joan W. Scott所謂婦女研究中所常見的「脫離歷史」的缺陷。[40]

性別和權力的另一個問題關涉到性意識(sexuality)和欲望(desire)。在這一方面的研究

---

[37] Dorothy Ko, *Teachers of the Inner Chamber*, pp. 8–9.

[38] Francesca Bray, *Technology and Gender: Fabrics of Power in Late Imperial China* (Berkeley: Univ. of California Press, 1997).

[39] Patricia Ebrey, “Women, Marriage, and the Family in Chinese History”, *Heritage of China: Contemporary Perspectives on Chinese Civilization*, ed. Paul S. Ropp (Berkeley: Univ. of California Press, 1990), pp. 197–223.

[40] Joan W. Scott, “Gender: A Useful Category of Historical Analysis”, p. 1065.

只是在最近幾年才在漢學領域起步的。在其有關《紅樓夢》的研究中，余國藩(Anthony C. Yu)開啟了一個讀解小說的新策略，他引導讀者了解欲望「合法化」背後的動機和力量，而明清時期的男女正是藉此挑戰了傳統的規範。❹❶在稍早出版的《陳子龍柳如是詩詞情緣》一書中，我也曾就明末文人才女在詩詞裡的情觀與欲望作了詳細的討論。❹❷Bret Hinsch則在其《斷袖之情》一書中介紹了中國古代男人同性戀的種種——另附女同性戀的討論。❹❸另外，李惠儀(Wai-yee Li)則在其《入迷與解惑》一書中為我們揭示了中國文學愛情譜系中豐富多彩的內容，她詳析了神女形象所體現的欲望之虛幻力量，解釋它最終如何使男性的戀慕者得到了精神上的完成。❹❹但另一位學者Keith McMahon的方向則有所不同，

---

❹❶ Anthony C. Yu, *Rereading the Stone: Desire and the Making of Fiction in Dream of the Red Chamber* (Princeton: Princeton Univ. Press, 1997), pp. 82–109.

❹❷ 《陳子龍柳如是詩詞情緣》，李奭學譯（臺北：允晨文化，一九九二）。原文見Kang-i Sun Chang, *The Late Ming Poet Chen Tzu-lung: Crises of Love and Loyalism* (New Haven: Yale University Press, 1991).

❹❸ Bret Hinsch, *Passions of the Cut Sleeve: The Male Homosexual Tradition in China* (Berkeley: Univ. of California Press, 1990).

❹❹ Wai-yee Li, *Enchantment and Disenchantment: Love and Illusion in Chinese Literature* (Princeton: Princeton Univ.

他就傳統的「才子佳人」婚姻——對偶的或多妻的——主題，剖析了欲望的「理性主義」表現。㊺如果說以上幾位學者重點探討了情的力量，近來出版的很多新的著作則轉向了欲望的危險性。例如，最近Matthew H. Sommer曾就清代的情色案件與法律的關係作了嶄新的研究，深入探討了兩性之間由情慾而引起的各種危害性。㊻此外，還有幾位漢學家也關注到女性欲望的禍害。例如，William Nienhauser指出，很多唐人傳奇都表現了女性性慾「固有的危險性」，這就說明了為何男人總希望用「雙重標準」來控制女人的原因。㊼在《危險的女人》一書中，Victoria Cass則試圖發現某些邊緣女性人物的聲音，其中包括那些以色事人的歌妓。㊽這一獨特的論題可謂回應了Gail Hershatter描述近代上海賣淫業的一本新

Press, 1993).

㊺ Keith McMahon, “The Classic ‘Beauty-Scholar’ Romance and the Superiority of the Talented Woman”, *Body, Subject & Power in China*, ed. Angela Zito and Tani E. Barlow (Chicago: Univ. of Chicago Press, 1994), pp. 227–252.

㊻ Matthew H. Sommer, *Sex, Law and Society in Late Imperial China* (Stanford: Stanford Univ. Press, 2000).

㊼ William Nienhauser, Jr., “Female Sexuality and the Double Standard in T’ang Narratives: A Preliminary Survey”, *Paradoxes of Traditional Chinese Literature*, ed. Eva Hung (Hong Kong: Hong Kong Univ. Press, 1994), pp. 1–20.

㊽ Victoria Cass, *Dangerous Women: Warriors, Grannies and Geishas of the Ming* (Lanham, Maryland: Rowman & Lit-

書中所說的「危險的享樂」，㊾儘管其側重點非常不同。顯而易見，在近來眾多的中國文學和文化方面的論著中，這些重構欲望話語的嘗試都使我們不得不以新眼光重解傳統文學。㊿

另一個與欲望問題密切相關的主題是重新發現女性主義話語中的女性身體。早在一九八〇年代，美國女性主義詩人Adrienne Rich就說，通常人總是把女人同其身體分割開來。她對這樣的傳統觀念極為不滿，因此迫切地呼籲女性「應當重新擁有自己的身體」：

> 我們女人一旦重新擁有自己的身體，將會給社會帶來比工人掌握了生產資料還要本質的變化。女性身體既是領地又是機器，既是有待開發的處女地又是生產生命的流水線。我們需要想像一個每位婦女都能充分把握其個人身體天生能力的世界。51

---

tlefield, 1999).

㊾ Gail Hershatter, *Dangerous Pleasures: Prostitution and Modernity in Twentieth-Century Shanghai* (Berkeley: Univ. of California Press, 1997).

㊿ 有關這一方面的討論，見康正果《重審風月鑑》（臺北：麥田，一九九六）。

51 此段引文請見Janet Sayers, *Sexual Contradictions* (London: Tavistock, 1986), p. 42. 並參見Mary Evans, *Introducing*

在此，我們可以把Adrienne Rich的「女人身體能力論」視為女性主義把知識等同於權力的普遍傾向。在很多女人看來，認識自己的身體，以及把個人的身體從男人的控制中解放出來，就是一種權力的形式。這也可以說明整個八〇年代有關女性身體的女性主義寫作突然增多的原因。正如Mary Evans在她一本談女性主義思想的書中醒目地指出：「認識我們的身體是我們任何一個女人都首先熟知的知識，所以說這個身體和對它的發現在女性主義文學中具有根基的地位。」[52]由此可見，女性身體話語的感染力在於它始終強調重新認識自我，從而也認識個人的主體性。

但一九九〇年代以來，隨著婦女研究的重點逐漸轉向性別研究，女性身體的問題也就隨之轉向對男女兩性身體的普遍關懷，特別是涉及性別身分是如何與身體的性徵有關的問題。在今日漢學界，有關性別和身體之間的研究探討，最有貢獻的學者大多不在純文學的領域中。這一方面尤以研究醫學和歷史的專家最引人注目。這一方面的題目會使人想起黃俊傑和楊儒賓等學者所研究的「身體政治學」，[53]只是他們對身體的定義更為具

Contemporary Feminist Thought, p. 51.

[52] Mary Evans, *Introducing Contemporary Feminist Thought*, p. 50.

體，而且總是涉及性別的話語。如前所述，Charlotte Furth的新書《繁盛的陰》在介紹傳統中國男女身體獨特的作用之同時，也讓我們對男精女血的協調互補以及陰陽雙性的身體模式有了一個大概的了解。同時，Furth強調女性的崇高而神聖的生育能力，就因為那個蓄息後代的神聖力量使得身體上的母性被提升到了偉大母親的社會地位——於是那些母親年老的時候在家裡就有了特權（頁三〇七）。基於這個基礎，Charlotte Furth批評了西方女性主義者把性慾和生育分隔的做法，以及她們把性別身分過於情色化的傾向。[54]所以她在書的結尾處說道：「我要引導讀者想像性地接觸那陌生化的文化身體，了解與其相關的中國歷史以及另一種性別建構方式……」（頁三一二）。[55]在此，應當提到的是，另一位漢學學者Francesca Bray也在其近作中試圖重申中國人對身體的不同理解，她也強調了母

[53] 黃俊傑〈中國古代思想史中的「身體政治學」：特質與涵義〉，《國際漢學》（鄭州：大象出版社），第四輯，一九九九年八月，頁二〇〇—二一八；楊儒賓，《儒家身體觀》（臺北：中央研究院中國文哲所，一九九六）。

[54] Charlotte Furth, *The Flourishing Yin*, p. 311.

[55] 此段為康正果的譯文；見康正果〈認識醫療和性別語境中的身體〉，《中國學術》，二〇〇一年。

性在傳統中國社會中的重大意義。[56]正是中西文化對身體構成的「不同」這一概念，以及由此而引起的意義之改變，證明中國研究領域內的學者可作的有趣探討是十分廣泛的。比如，Angela Zito和Tani E. Barlow編了一本名叫《身體、主體和權力在中國》的論文集，我發現其中有很多富有啟發性的文章從人類學、歷史、文學和藝術的角度重新思考了中國文化的身體表述問題。[57]其中藝術史家John Hay的文章特別富有洞察力，他發人深思地談到了中國繪畫中少有裸體的問題，這一現象正與裸體在傳統西方繪畫中占有中心地位的現象形成了尖銳的對比。[58]這是因為古代的中國人從來就沒有把裸體當成藝術來欣賞，也沒有把裸體視為一種人體美。或許那些園林中的奇石對傳統中國人來說還更富有美感。其實據巫鴻(Wu Hung)多年以前對中國美女的研究，通常這些女人的住處、庭院、用品、服裝要比她們的顏面之美重要得多。[59]現在John Hay再次強調，中國藝術中的情色意味一

[56] Francesca Bray, *Technology and Gender*, p. 301.

[57] Angela Zito and Tani E. Barlow, eds., *Body, Subject & Power in China* (Chicago: Univ. of Chicago Press, 1994).

[58] John Hay, “The Body Invisible in Chinese Art?” in Zito and Barlow, eds., pp. 43–47.

[59] Wu Hung, “Beyond Stereotypes: The Twelve Beauties in Qing Court Art and the ‘Dream of the Red Chamber’” , in Ellen

向體現於服飾，而其文化含義特別重要。這是不難理解的，因為從古代中國人的觀點看來，穿戴在身上的服裝和裝飾——尤其是那些緊貼著肉體的腰帶、繡花鞋等——還更能引起人們對女性美的聯想。[60]這就把我們引到了另一個題材的研究——那就是有關古代婦女纏足的問題。在漢學研究的領域裡，纏足是個老問題，而早在一九六六年Howard Levy已經出版了他那本有關纏足史的書。[61]但一直要到最近幾年，學者們才開始從性別研究的觀點來重新闡釋女性的纏足問題。例如，王屏(Wang Ping)在她剛出版的*Aching for Beauty*（《美麗的受苦》）一書中，把纏足視為古代中國男女共同欲望的特徵，它也是婦女神秘語言的文化體現——不能只把它視為一種男權的壓迫。[62]另一位研究明清史的學者

Widmer and Kang-i Sun Chang, eds., *Writing Women in Late Imperial China*(Stanford: Stanford Univ. Press, 1997), pp. 306–365.

[60] 見康正果所寫有關John Hay一文的評論：〈裸體像和裸露〉，收入他的論文集《身體和情欲》（上海：文藝出版社，二〇〇一）。

[61] Howard Levy, *The Lotus Lovers: The Complete History of the Curious Erotic Custom of Footbinding in China* (1966; rpt. Buffalo, N.Y.: Prometheus, 1992).

[62] Wang Ping, *Aching for Beauty* (Minneapolis: Univ. of Minnesota Press, 2000).

Dorothy Ko則正在著手撰寫一本題為*Footbinding Is History*（《纏足即歷史》）的專著；她準備從社會史、身體觀、和器物文化(material culture)的新觀點來重新探索纏足的問題。[63]此外，香港中文大學的Eva Hung教授，最近曾在一篇極為深入的文章裡討論到婦女纏足的問題。一般人研究這個題目，總是強調纏足的弊害及其改革的必要，然而，Eva Hung卻注意到民國初年一些已經纏足了的婦女「被迫」還原到天足的苦楚；在這一段過渡的期間，這些婦女不但受到人們普遍的歧視，也受到了肉體的折磨——蓋纏足一旦從裹足布中釋放開來，則痛苦萬分，寸步難行。[64]Eva Hung的觀點十分新穎，相信她所提出的問題一定會引

---

[63] 參見Dorothy Ko有關纏足的幾篇著作：“The Written Word and the Bound Foot: A History of the Courtesan's Aura”, in Ellen Widmer and Kang-iSun Chang, eds., *Writing Women in Late Imperial China*, pp. 74–100; “Bondage in Time: Footbinding and Fashion Theory”, *Fashion Theory: The Journal of Dress, Body & Culture*, 1.1 (March 1997): 3–28; “The Body as Attire: The Shifting Meanings of Footbinding in Seventeenth-Century China”, *Journal of Women's History*, 8.4 (Winter 1997): 8–27; “Rethinking Sex, Female Agency, and Footbinding”, *Research on Women in Modern Chinese History*, 7 (August 1999): 75–105; “The Sex of Footbinding”, in Radhika Balakrishnan, Mary E. Hunt, and Patricia Beatrice Jung, eds., *Good Sex: Women's Religious Wisdom* (New Brunswick: Rutgers Univ. Press, forthcoming).

[64] Eva Hung, “Through a Glass Darkly: Footbinding and the Woman Question”, presented at the Conference, “Interpreting

1 0 4

廣 告 回 信

台灣北區郵政管理局登記證

北台字第10380號

（免貼郵資）

臺北市復興北路三八六號

三民書局股份有限公司收

姓名：　　　　性別：□男　□女

出生年月日：西元　　年　　月　　日

地址：

電話：（宅）　　　（公）

E-mail：

□□□

起進一步的比較研究。

由以上的討論可知，目前的文學史、藝術史、醫學、人類學和社會學等學科所持的嶄新的性別觀都對傳統中國文化的研究產生了舉一反三的效果。尤其是，性別研究在漢學研究中的應用顯然已挑戰了傳統的文本閱讀。值得注意的是，學者們都開始把大量的精力花在涉及到性別關係的課題上。但這一學術領域還需要持續的耕耘，如果我們把性別理論和傳統中國文化視為兩個相關的知識領域，那麼我們不僅要進一步探求兩者如何相關，而且要弄清那個關係如何成為一種文化構成。問題是，我們總誤以為只有西方批評理論會帶給中國文學研究一個新視角，卻忘了中國文化也可以影響西方。在張隆溪的《走出文化的封閉圈》一書中，他曾一針見血地點出：「我們如果以為理論的挑戰只是來自西方理論的一種外部壓力，那就錯了。」我以為，今日研究漢學的學者們，在展現中國傳統文化的「不同」特色之同時，他們更應當努力顯示中國研究到底能給西方甚至全球文化帶來什麼樣的廣闊視野？如何才能促進東西文化的真正對話？怎樣才能把文化

Cultures — China Facing the Challenges of the New Millennium", sponsored by the Swedish Council for Research in the Humanities and Social Sciences, Lidingo/Stockholm, Sweden, May 5–9, 2000.

中的「不同」(difference)化為「互補」(complementarity)的關係?·最近，在著名的評論家Fredric Jameson的有關全球化文化的作品中，他曾經特別指出，大家在有關女性主義的全球化一事上仍做得不夠。[65]實際上，正如本文所示，目前西方的漢學研究已給性別研究帶來了空前的震撼性之挑戰，但這一點還有待雙方面的學者進一步的交流。一般說來，無論是臺灣或是大陸的性別研究都有「全盤西化」的缺點，常常不假思索地套用西方理論，以為只要是西方的理論，一定是愈新愈好，於是對傳統中國文化的解讀也變成了西方理論公式的重複借用。反而是西方的漢學家們更能站在傳統中國文化的立場，用客觀的眼光來對現代西方文化理論進行有效的批評與修正。我認為有深度的「批評與修正」將是我們今日走向二十一世紀全球化的有力挑戰。

[65] Fredric Jameson, "Preface", *The Cultures of Globalization*, ed. Fredric Jameson and Masao Miyoshi (Durham: Duke Univ. Press, 1998), p. xvi.

輯二

經典的聲音

典範詩人王士禎[1]

近年來有關文學經典(literary canon)的論述儼然已成了西方文學批評的熱點，主要因為人們已逐漸發現：一個文學典範的產生與其文化傳統的特殊運作有著根深蒂固的聯繫。例如，著名文學批評家哈羅德・布魯姆(Harold Bloom)就在其《西方正典》(*The Western Canon*)一書中討論了個別的偉大作家如何在持續的歷史變化之中，逐漸被西方傳統納入正典，而終於在文學裡得以永垂不朽的前因後果。[2]布魯姆的經典論實源自於他先前所提

---

❶ 本文曾在哥倫比亞大學及北京大學聯合主辦的「晚明至晚清：歷史傳承與文化創新」大會中（二〇〇〇年八月十一－十二日，於北京大學勺園「七號樓」會議廳召開）宣讀。現略為改寫更正，特此聲明。

❷ Harold Bloom, *The Western Canon* (New York: Riverhead Books, 1994). 參見《西方正典》，高志仁譯，曾麗玲校訂（臺北：立緒文化，一九九四）。

出的「影響的焦慮」一概念，他以為詩的歷史就是詩的影響史，因為「所謂詩人中的強者，就是以堅韌不拔的毅力向威名顯赫的前代巨擘進行至死不休的挑戰的詩壇主將們」。❸換言之，根據布魯姆的理論，所有作者都是在前代作家的影響和壓力下進行創新的。在《西方正典》一書中，布魯姆再次強調後起的作家與前人競爭的現象，所謂「典範作家」就是在眾多作家互相競爭之下最終被文學傳統本身選出之傑出者。但必須指出的是，布魯姆以為衡量正典的準則應當是純藝術的，與政治無關，所以一個作家與前人的競賽只是一種美學的競賽。❹布魯姆這個理論確實和目前許多文學批評家所持之觀點不同，因而它也就引發了許多人的批評與攻擊。尤其在目前多元文化的社會裡，多數人認為名作家的產生與權力的運作息息相關。而且，作家本人不可能使自己成為經典作家，

---

❸ Harold Bloom, *The Anxiety of Influence* (London: Oxford Univ. Press, 1973). 參見《影響的焦慮》，徐文博譯（北京：三聯書店，一九八九），頁三。陳文忠在其《中國古典詩歌接受史研究》（合肥：安徽大學出版社，1998）一書中曾說：「美國學者布羅姆在《影響的焦慮》中提出一個富於挑戰性的命題：詩的歷史就是詩的影響史。初聽不免詫異，深究頗有道理。」（頁二一）

❹ 《西方正典》，高志仁譯，頁十。

除了需要讀者和評論家的支持以外，還同時受美學以外的因素之支配。❺總之，無論如何，今日有關正典的爭論已把文學批評引入了一個新的視野——那就是，不斷對話、不斷嘗試、不斷從各種不同角度來思考傳統文化的傳承關係之新視野。❻

由此，在今日西方文學批評界裡也出現了不少與經典論有關的新議題——例如，誰是影響文學方向的主導者？究竟是美學的考慮重要，還是外在的權力重要？在文學史裡是由哪些人來建立文學準則的？哪些作者算是經典作家？怎樣的人才是理想的先驅作家，能讓後起的詩人不斷地奉為典範，也能對後世產生一定的影響？怎樣的文學才是富有原創性的文學，而能在文學的競賽中獲得優勝？有趣的是，以上這些聽起來頗為「後現代」的議題其實早已是中國晚明時代各種詩派——前後七子、公安派、竟陵派、虞山

---

❺ Hazard Adams, "Canons: Literary Criteria/Power Criteria", *Critical Inquiry*, 14 (Summer 1988): 748-764. 參見〈經典：文學的準則/權力的準則〉，曾珍珍譯，《中外文學》（一九九四，七月號），頁六—二六。

❻ 近年來有關「經典論」(canon)方面的著作已多得不可勝數，除了布魯姆及Hazard Adams的作品以外，還有以下一些代表作值得參考：Robert von Hallberg, ed., *Canons* (Chicago: Univ. of Chicago Press, 1984); Charles Altieri, *Canons and Consequences: Reflections on the Ethical Force of Imaginative Ideals* (1990); Paul Lauter, *Canons and Contexts* (New York: Oxford Univ. Press, 1991).

派等詩派❼——不斷辯論的主題了。可以說，晚明文人所面對的文學環境乃是一個充滿了「影響的焦慮」的時代。他們的焦慮一方面來自於悠久文學傳統的沉重壓力，一方面也與當時文人喜歡各立門戶、互相詆毀有關。其中各種詩派之爭，猶如黨爭一般，其激烈的程度形同水火。著名現代學者周策縱就用「一察自好」一詞來說明晚明的這種凡事只依自己之所好，而導致以偏概全的尖銳的文學爭論。❽晚明文壇的爭論要點不外是：作詩應當以盛唐詩為標準，還是以宋詩為標準？詩之為道，應當本乎性情、還是本於學問？在門戶之爭的偏見之下，人人幾乎都在肆力抨擊其他派別的詩論，各個人都似乎在以偏取勝，儼然成了一股風潮。即使像錢謙益那樣，本來企圖糾正「詩必盛唐」這一面倒的詩風（他四十歲以後開始學習宋元之詩，不再囿於盛唐大家），❾後來也變得十分偏激，反而助長了門戶之見。怪不得黃宗羲不喜歡捲入唐、宋之爭，他批評當時人「爭唐爭宋，

❼ 見吳宏一《清代詩學初探》（臺北：牧童，一九七七）；胡幼峰《清初虞山派詩論》（臺北：國立編譯館，一九九四）；劉世南《清詩流派史》（臺北：文津，一九九五）。
❽ 周策縱〈一察自好：清代詩學測徵〉，《清代學術研討會論文集》，（臺灣：中山大學，一九九三），頁七。
❾ 胡幼峰《清初虞山派詩論》，頁三四—四四。

特以一時為輕重高下，未嘗毫髮出於性情」；他曾感慨地說，「但勸世人各作自己詩，切勿替他人爭短爭長。」❿

然而，入清以後（尤其是一六八〇年代社會普遍走向承平之世以後）詩壇上逐漸出現了一個新的現象：那就是，對文學正典的追求。如果說，晚明的詩風充滿了許多熱鬧的門戶之爭的聲浪，那麼我們可以說，清初普遍表現了一種走向「正宗」詩風的傾向。而詩人王士禎（一六三四—一七一一年）也正是在這個時候奠定了他的典範作家的地位和基礎。就如王掞在為漁洋所作的〈神道碑銘〉中所說：

> 公之文章既為天下所宗，其於詩尤人人能道之。然而公之詩非一世之詩，公之為功於詩，亦非一世之功也……公之詩，籠蓋百家，囊括千載……蓋自來論詩者，或尚風格，或矜才調，或崇法律，而公則獨標神韻。神韻得，而風格、才調數者悉舉諸此矣。明自中葉以還，先後七子互相沿習，鍾、譚、陳、李更相詆訶。本朝初，虞山、婁東數公馳驅先道，風氣始開，猶未能盡復於古。至公出，而始斷然別為一代之宗，天下之士一歸於

❿ 胡幼峰《清初虞山派詩論》，頁三八四—三八五。

> 大雅。蓋自明迄今，歷二百年，未有適於公者也……故曰公之詩非一世之詩，公之為功於詩，亦非一世之功也。⓫

從以上這段引言可知，王士禛之所以能從如此複雜的文學環境一躍而成為「一代之宗」，主要與他的神韻詩風廣受讀者的歡迎有關。但神韻詩風之所以如此風行，實與當時的政治環境有著密切的關係。據一六八二年著名詞人陳維崧的解釋，王士禛的「嫻雅而多則」的神韻詩風，加上其「柔淡」之性情，在當時的太平盛世裡，無形中起了一種「振興詩教」的作用。⓬陳氏此說，頗獲我心，因為我一向認為一個作家（尤其是典範作家）的文學和歷史地位，不僅與美學標準有關，也同時會受政治因素的影響。而王掞所撰的〈神道碑銘〉也主要在闡明這一點：「蓋本朝以文治天下，風雅道興，鉅人接踵。而一代風氣之所主，斷歸乎公，未有能易之者也。」⓭

⓫《漁洋山人精華錄箋注》，金榮注（一七二〇？，臺北：廣文書局影印），三b—四b。

⓬陳維崧〈王阮亭詩集序〉，《迦陵文集》卷一；見嚴迪昌《清詩史》（臺北：五南，一九九八），一：四一三。

⓭王士禛《王士禛年譜》（附王士祿年譜），孫言誠點校（北京：中華書局，一九九二），頁九九。

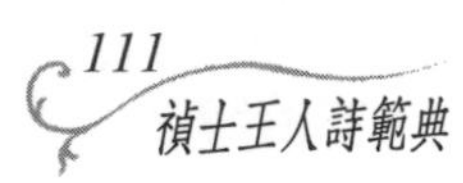

現代學者嚴迪昌，在其《清詩史》一書中尤對這種「詩風」與「政風」的必要聯繫作了深刻的研究。他以為，王士禎之所以成為清初的「騷壇宗主」，其實是「時代和某個特定人物之間雙向選擇的必然現象」。⓮這裡所謂的「雙向選擇」指的是一個新朝代和一個新時代詩人的互相配合。而且，更重要的是，這兒還牽涉到一個具有文學素養的滿族皇帝（康熙皇帝）對一個年輕才子的提拔。從當時的文化和政治背景看來，王士禎之所以終於擁有詩壇上的領袖地位，與皇帝的褒揚有著很大的關係。王士禎於一六七八年正月二十二日首次受到康熙皇帝的召見，次日即「改翰林院侍講，遷侍讀，入直南書房」，成為有清一代漢臣自部曹改詞臣的第一先例。⓯從此他的官職就不斷升遷，從國子監祭酒一直做到刑部尚書，這在當時漢人的文人圈子裡是很少見的。值得注意的是，王士禎之所以受到康熙皇帝如此地器重，並非因為他在政治上運用什麼手腕，而是純粹由於皇帝愛惜他的詩才。一六七八年正巧是清廷開設「博學鴻儒科」的一年，雄才大略的康熙皇帝（其實天性好學的他早已成了一位精通詩書義理的「學者」皇帝了）正在積極地廣招

⓮ 嚴迪昌《清詩史》，頁四一一。

⓯ 〈王士禎傳〉，《清史稿》卷二六六，見《王士禎年譜》附錄，頁一一八。

人才，特別注重「學行兼優，文詞卓越」之文人。⑯其實，當時求才甚切的康熙皇帝早已聽見不少大臣大力舉薦過王士禛。例如，一六七六年他曾問左右：「今各衙門官，讀書博學善詩文者，孰為最？」首揆高陽李公對曰：「以臣所知，戶部郎中王士禛其人也。」皇帝聽了很高興，立刻說道：「朕亦知之」，可見他早已聽見過類似的推薦。次年六月，康熙皇帝又用同樣的問題來問張讀學（張英），仍然得到同樣的答案。於是，他接著又問：「王某詩可傳後世否？」張對曰：「一時之論以為可傳。」⑰所謂「可傳後世」，亦即可以經得起時間的考驗而被納入「正典」的意思。由此可知，已精通中國古籍的康熙皇帝完全能了解一個典範作家在整個文化傳統所占的關鍵地位。

此外，王士禛的柔淡的個性與詩風正好適應了清初滿族朝廷凡事「以教化為先」的政策：在其著名的「上諭十六條」中，康熙皇帝就清楚地指出，「教化」的目的是為了讓「人心醇良，風俗樸厚」，唯其如此，才能使「教化維於可久」。⑱因此，康熙皇帝特別喜

---

⑯《清聖祖實錄》卷七一，頁一一—一二（臺灣：華文）。參見李治亭《清康乾盛世》（鄭州：河南人民出版社，一九九八），頁二五六。

⑰王士禛〈漁洋山人自撰年譜〉卷下，見《王士禛年譜》，頁三七。

歡王士禎詩歌裡的典雅與溫厚，認為那才是治世的標準詩風。尤其對於漁洋那種柔和恬淡的性格，英明的聖祖更是欣賞，所以他曾諭廷臣道：「山東人偏執好勝者多，惟王士禎否，其作詩甚佳。居家除讀書外，別無他事。」⓳有皇上如此垂青，難怪後人要說：「當康熙中，其聲望奔走天下，凡刊刻詩集，無不稱漁洋山人評點者，無不冠以漁洋山人序者。」⓴

然而，王士禎真正得以成為一個文學典範，其關鍵處還在於當時許多遺民詩人對他的詩風的支持與褒揚。早在一六五七年，當他才只是一個二十四歲的青年作家，他已經藉由〈秋柳詩〉四章的寫作而名傳大江南北，一時和詩者不下數百人——其中包括著名作者顧炎武、陳維崧、朱彝尊、冒襄等人。㉑究其原因，〈秋柳詩〉之所以能在文壇上引

⓲《清聖祖實錄》卷三四，頁三四。參見李治亭《清康乾盛世》，頁二五八。

⓳〈王士禎傳〉，《清史列傳》卷九，見《王士禎年譜》附錄，頁一一六。

⓴見《漁洋精華錄集釋》，李毓芙等整理（上海：上海古籍出版社，一九九九），三：一九八三。

㉑參見謝正光〈就「秋柳詩」之唱和考論顧炎武與王士禎之交誼〉，《明清論叢》，主編朱誠如、王天友，第一輯（北京：紫禁城出版社，一九九九年十二月），頁六四—七九。

起如此重大的反響，與其特殊的藝術手法有著密切的關係。蓋該詩所採用的含蓄手法除了在文字與意象方面給人一種朦朧美以外，它正好也巧妙地勾起了一些「敢悲而不敢言」的遺民情緒。用英文的批評術語來說，那是一種rhetoric of implicit meaning（李奭學將之譯為「言外意的修辭策略」），❷其最大的藝術效果就是激起讀者想像之無限空間。這樣的「修辭策略」其實也可以用來說明漁洋的「神韻說」之基本美學觀，因為正由於〈秋柳詩〉中似有似無的含蓄深幽之韻致，才引起了當時許多遺老和知識分子的想像與共鳴。不論這些個別的讀者對此詩組的具體闡釋如何地不同，❸但他們只要一讀到詩的開頭兩句（「秋來何處最銷魂，殘照西風白下門」）就自然會觸發一種興亡之感和失落感。這些讀者即使不敢公開地表明內心的亡國之悲，但他們總可以寫出各種不同的「和詩」，也可以學王士禎用一種含蓄朦朧的方法來發抒感情。例如，才女蘇世璋就在其〈和秋柳〉中寫道：「一曲淒涼羌笛裡，無情有緒總難論。」❹意思是說，不論有情還是無情，其中的主

❷ 見拙作《晚唐迄北宋詞體演進與詞人風格》，李奭學譯（臺北：聯經，一九九四），頁五〇。

❸ 有關對此詩組的各種不同闡釋，請見嚴迪昌《清詩史》，一：四二一—四二三。

❹ 錢仲聯《清詩紀事》（江蘇古籍出版社，一九八九），二二：一五六五九。

旨總是一言難盡。諸如此類的和詩與其說是「詩」，還不如把它們看成一種特殊的讀者反應。

這種由含蓄的文本所引發的讀者反應，很容易令人想起美國學者Leo Strauss在其名著《迫害與寫作藝術》中所描寫的一種只有在政治迫害頻繁的社會中才有的寫作和閱讀的特殊法則——那就是，一種意在言外(reading between the lines)而心照不宣的藝術：

> 這種文學作品不是寫給所有人看的，它的對象只是一些靠得住而又知識程度極高的讀者。這樣的寫作方式既有「私下傳遞消息」(private communication)的各種好處和目的，也不會只局限在作者自己的朋友群中。同時它也起了「公共傳遞」(public communication)的作用，而又不至於導致那個最為可怕的後果——那就是，作者被殺頭的後果……㉕

我認為，王士禎的讀者以及那些上百位的和詩者就是用這樣的闡釋方式來解讀〈秋柳詩〉。然而，正因為該詩組所用含蓄而朦朧的意象可以提供讀者各種懷念故國的聯想，所以後來在清乾隆年間，王士禎的〈秋柳詩〉差點被禁毀，幸而乾隆皇帝挺身而出，宣布漁洋

㉕ Leo Strauss, *Persecution and the Art of Writing* (1952; rpt. Chicago: Univ. of Chicago Press, 1988),p. 25.

之詩「語意均無違礙」，才終於平安無事。[26]其實，王士禛本人似乎早已預料到〈秋柳詩〉會有被後人查禁的可能，所以他早在編選《漁洋山人精華錄》（一七〇〇年刊刻）時就已將原有的〈秋柳詩〉的詩序刪去，或許因為詩序的字面涵義有些顯著，較詩之本身更容易遭受到文字獄的危險。該詩序曰：

> 昔江南王子，感落葉以興悲；金城司馬，攀長條而殞涕。僕本恨人，性多感慨。寄情楊柳，同小雅之僕夫；致托悲秋，望湘皋之遠者。偶成四什，以示同人，為我和之。丁酉秋日北渚亭書。[27]

有趣的是，惠棟後來於雍正年間（一七二〇年代）出版的《漁洋山人精華錄訓纂》卻把此序還原到該選集的注釋之中。後來，金榮在他於一七三四年（雍正甲寅）完成的《漁洋山人精華錄箋注》中終於閉口不再提起此序。[28]金榮年長於惠棟，而且早自一七一〇年

[26] 宮曉衛《王士禛》（上海：上海古籍出版社，一九九三），頁一八。

[27] 《漁洋精華錄集釋》，一：六七。

[28] 《漁洋山人精華錄箋注》，金榮注，卷一，二一a。

（王士禎死前之一年）起即為《精華錄》作注，同時他又本著「杜詩無一字無來歷，山人亦然」之信念，歷二十餘年，「殫力搜討」，其努力之程度可謂不尋常。[29]而他之所以絕口不提〈秋柳詩〉之原序，恐與他深切了解王士禎刪去該序的真正苦衷有關。若果如此，金榮也算是漁洋山人的一大知音了。

在王士禎生前，他的知音大多是一些喜歡唱和為詩的明代遺民。這些大多是比他年長的隱逸詩人及藝術家，他們雖然處於政治上的邊緣位置（他們大多拒絕仕清），但卻成了文化上的中心人物，占有掌握詩文詞壇的崇高地位。如果用西方批評家傅柯(Michel Foucault)的「壓抑權力」(repressive power)理論來解說這種現象，[30]那麼我們或許可以說：正因為這些遺民在政治上受到了多方的壓抑，所以才激發他們文學上的想像，進而促使他們尋找文學領域中的「權力」。總之，若非這些遺老逸民的啟發和提拔，王士禎大概也不可能那麼年輕就被尊為詩壇上的「一代正宗」的。[31]重要的是一六六〇那年，剛中了進士不

---

[29]《漁洋山人精華錄箋注・凡例》，金榮注，三a。

[30] Michel Foucault, "The Repressive Hypothesis", in Part 2 of *The History of Sexuality*: An Introduction, *Volume 1* (New York: Vintage Books, 1990), pp. 15–49.

久的王士禎被派到揚州上任，開始他五年的推官生活。而那五年也就成了他一生中的創作高潮，原因之一就是，由於揚州方便的地理位置，王士禎得到了與江南文壇鉅子交游唱和的好機會。後來他在《漁洋詩話》中回憶道：「余在廣陵五年，多布衣交」；他離開揚州時，遺老皆依依不捨，贈詩中有「難言無所住，齊有淚盈襟」等感人之句，[32]可見他與諸前輩交情之深厚。儘管他的亡國情緒或許不如那些前朝遺老濃厚（明朝滅亡時他才十一歲），但清朝入關後他的家族曾受到慘重的災難，他不可能無動於衷，所以自然和明遺民有某種感情上的共鳴。[33]特別是，他真的同情那些懷才不遇的前朝老人。再者，王士禎的性格具有一種魏晉名士的交友熱忱[34]，他喜歡在一天辦完公事後，與朋友們泛舟紅橋等處，同時酒酣賦詩，自由地展露才情。而且，他總是立刻將互相唱和之詩結集出版。

---

[31] 參見嚴迪昌《清詩史》，頁四二三—四三〇。

[32] 王士禎《帶經堂詩話》卷八；張宗柟纂集，戴鴻森校點（北京：人民出版社，一九八二），一：一九一。

[33] 有關王家的受難情況，請見宮曉衛《王士禎》，頁一四—一五。另外，關於王士禎與明遺民在感情上的共鳴這一點，我曾受美國的中國藝術史專家Jonathan Hay的啟發，謹此申謝。

[34] 宮曉衛《王士禎》，頁三八。

難怪著名詩人吳偉業就對他「晝了公事，夜接詞人」那種舉重若輕的風格敬佩不已。㉟此外，王士禎與冒襄、陳維崧、丁繼之等人的交情也都與類似的文學活動有關。其中最有名的集會就是一六六二年和一六六四年兩次修禊紅橋，㊱以及一六六五年與陳維崧等名士於三月三日上巳日修禊冒襄的水繪園——這些聚會分別以《紅橋唱和集》、《水繪園修禊詩》而得名。後來王士禎作《感舊集》，主要就為了懷念「自虞山、婁江、合肥諸遺老」，並載「死生契闊之感」。㊲

㉟ 王士禎《漁洋山人自撰年譜》卷上，見《王士禎年譜》，頁二七—二八。

㊱ 有關紅橋唱和的討論，見Tobie Meyer-Fong, "Making a Place for Meaning in Early Qing Yangzhou", *Late Imperial China*, 20.1 (June 1999): 57。

㊲ 王士禎自序（一六七四年），《感舊集》，見謝正光、佘汝豐編著《清初人選清初詩彙考》（南京：南京大學出版社，一九九八），頁一五六。《感舊集》一書在王士禎生前未嘗刊行，一直到一七五二年才有刻本出版（由盧見曾補傳）。謝正光以為漁洋的《感舊集》乃仿馮舒（一五九三—一六四九年）《懷舊集》（一六四七年出版）的懷念故國之旨而作（頁四）。馮舒因輯《懷舊集》而罹禍、被殺。另一方面，嚴迪昌則認為漁洋的《感舊集》並非完全為了「感舊」；他指出，該選集曾收了程松圓的詩作，但程老早已於一六四三年去世，與漁洋毫無相干，沒有什麼「舊」可「感」。（《清詩史》，一：四三四）然而，我認為「感舊」一詞或可引申為一種對故國文化整體的懷念，實不必執著於某個相識的遺民。

王士禎在揚州五年的文學活動和政績很容易使人聯想到曾在揚州立過功績的蘇軾和歐陽脩，而王士禎本人也很喜歡與這兩位出色的宋朝名家拉上關係。前面已經說過，王士禎在公事繁忙之後，總不忘與朋友們登臨賦詩。其中他最喜歡去的地方，除了紅橋以外，就是歐陽脩於一〇四八年在揚州任太守時所建的平山堂。平山堂在揚州城西北大明寺側，從該堂看出去，可以看見「江南諸山拱立簷下，若可攀取，因目之曰平山堂」。[38]許久以來，平山堂一直是詩人喜歡登臨賦詩的地方。所以王士禎屢次在此與朋友聚集酬唱，除了表示懷念歐陽脩以外，等於是繼承了一個很悠久的、懷古的文化傳統。其中他的〈九日與方爾止、黃心甫、鄒訏、盛珍示集平山堂送方黃二子赴青州謁周侍郎〉一詩最具代表性：

……今我不樂出行邁，西城近對平山堂。歐公風流已黃土，舊遊寂寞風煙蒼；喬木修竹無復在，荒蕪斷隴棲牛羊。劉、蘇到日已陳跡，況復清淺淪滄桑……[39]

[38] 錄自《方輿勝覽》，見《漁洋精華錄集釋》卷二，一：三二二。

[39] 《漁洋山人精華錄集釋》卷二，一：三二二。

詩中「劉、蘇到日已陳跡」一句指的是劉敞和蘇軾兩位揚州的文章太守。劉敞曾作〈平山堂〉詩，中有「蕪城此地遠塵寰，盡借江南萬疊山」諸語。至於蘇軾（一〇九二年開始為揚州太守），則更是王士禎心目中的文學偶像了。首先，在他的〈古詩平仄論〉裡，王士禎所用來作為範本的詩章，有大半以上都出自蘇詩，足見他對東坡的敬仰。[40]此外，王士禎還在《癸卯詩卷》（一六六三年）的自序中描述自己每讀蘇軾與蘇轍的感懷詩而「愴然不能終卷」的情景。[41]顯然，他把自己懷念兄弟間的情懷比成蘇軾的感慨離合之意了。

然而，除了東坡的文學成就以外，王士禎還特別佩服這位文章太守的行政才能，所以時常拿自己在揚州時的政績來與之相比，以為「揚州人一時誦美之，與坡公事頗相似」。[42]後來在《自撰年譜》中，他還特別引用其兄王士祿的話，以紀念他與蘇軾、歐陽脩等人的一段「緣分」：

---

[40] 〈王文簡古詩平仄論〉，王士禎定，翁方綱著錄，見《清詩話》，王夫之等撰（上海：上海古籍出版社，一九七八），一：二二四—二四二。

[41] 《癸卯詩卷・自序》，見《王士禎詩文選注》，李毓芙選注（山東：齊魯書社，一九八二），頁三一一。

[42] 王士禎《香祖筆記》，湛之點校（上海：上海古籍出版社，一九八二），卷七，頁一二五。

> 貽上〔士禛〕……為揚州法曹日，集諸名士於蜀岡、紅橋間，擊鉢賦詩。香清茶熟，絹素橫飛，故陽羨陳其年有「兩行小吏豔神仙，爭羨君侯斷腸句」之詠。至今過廣陵者，道其遺事，仿佛歐、蘇……[43]

由此可見，王士禛的「焦慮」就是希望能和古代的巨擘與經典作家建立一種聯繫、一種平等化的「競爭」。這種「影響的焦慮」雖然不像西方的「後來者詩人」(belated poets)那麼明顯地與前代的「強者詩人」(strong poets)進行各種抗衡，[44]但實際也代表了明清才子急於和傳統較量的新現象。

事實上，當時江南的布衣之士之所以如此推重王士禛，除了詩人本人的特殊才情以外，還與王士禛對古代詩學傳統和文學正典的重視有關。換言之，王士禛之所以被稱為「一代正宗」，乃因這些明朝遺老認為他可以做一個很成功的文化接班人。尤其在異族的

---

43 王士禛《漁洋山人自撰年譜》卷上，見《王士禛年譜》，頁二三。參見Tobie Meyer-Fong, "Making a Place for Meaning in Early Qing Yangzhou", p. 56。

44 Harold Bloom, *The Anxiety of Influence*.並見中譯本，《西方正典》，高志仁譯。

統治之下，能像王士禛那樣既得到仕途的亨通，又符合遺民藝術趣味的年輕人，實在不多見。可以說，王士禛在當時的政治地位對遺民文化的延續起了一種很大的輔助作用。所以，當錢謙益（當時已八十歲）第一次遇見如此富有才情的青年時，他就產生了一種且驚且喜的情緒。他在詩中把王士禛比成「獨角麟」，以別於當時那些有如「萬牛毛」一般的平庸之才。㊺多年後，王士禛在他的《古夫于亭雜錄》中很感慨地回憶道：

> 予初以詩贄於虞山錢先生，時年二十有八，其詩皆丙申少年作也。先生一見欣然為序之，又贈長句……又采其詩入所纂《吾炙集》……所以題拂而揚詡之者，無所不至……今將五十年，回思往事，真平生第一知己也。㊻

錢謙益確是王士禛的「平生第一知己」，所以在編訂他自己的《漁洋山人精華錄》時，王士禛特地把錢謙益寫給他的序和詩置於卷首。在該序中，錢謙益不但說王士禛的詩為「小

㊺〈古詩一首贈王貽上士禛〉，見《漁洋山人精華錄箋注》，金榮注，三b。

㊻錄自王士禛《帶經堂詩話》，一：一九四。有關錢謙益的《吾炙集》，見謝正光、佘汝豐編著《清初人選清初詩彙考》，頁三三一—四〇。今人所見《吾炙集》並無漁洋之詩。

雅之復作」，而且特別指出，其「感時之作，惻愴於杜陵，緣情之什，纏綿於義山」。[47]言下之意就是：王士禛的詩，在含蓄中帶有寄託之情懷。這樣的讀法自然在某一程度上反映了錢氏本人寄託興亡的寫詩之法，[48]但他這種一針見血的「讀者反應」確實要比後來有人誤以為漁洋「詩中無人」要來得敏銳多了。[49]蓋漁洋詩中並非無人，「無人」僅為一種修辭策略所製造的印象而已。就如王士禛在其〈木末亭作〉一詩中所說：「風景在江山，離宮半禾黍。顧瞻金川門，悲來不能語。」[50]

對於錢謙益來說，王士禛確為新時代文學的救星。錢氏一向反對明代李夢陽、李攀龍等人的「復古」運動，以為他們一味地模仿盛唐詩風、貶低宋元之詩，極不可取。至於鍾惺、譚元春等人的「竟陵派」，錢謙益更是肆力抨擊，並視其帶有「鬼趣」的詩風為

[47] 見錢謙益《漁洋山人精華錄箋注・序》，金榮注，一a—二a。

[48] 有關錢謙益的詩論，見Chi-hung Yim, "The Poetics of Historical Memory in the Ming-Qing Transition: A Study of Qian Qianyi's (1582–1664) Later Poetry", Ph. D. diss. Yale Univ., 1998.

[49] 關於「詩中無人」的討論，見吳宏一《清代文學批評論集》（臺北：聯經，一九九八），頁一八四—一八五。

[50] 《漁洋精華錄集釋》，李毓芙等整理，一：二三六。

亡國之前的徵兆。[51]他認為只有公安派因注重「真性情」還值得肯定，但又嫌袁宏道等人矯枉過正，完全忽視了格調法式。[52]總之，錢謙益對當時的詩壇風氣失望到了極點。現在，他終於找到了一個能兼取眾長而又才學並重的年輕詩人王士禎來做下一代的文壇領袖，其欣喜之情自然難以形容。這樣一來，詩學傳統的生命便可以延續下去了。

從一開始，王士禎就希望能擺脫長久以來的唐宋之爭的門戶之見。他不但標舉唐詩（尤其是王維、孟浩然、韋應物等人的詩），也推崇宋元詩人，[53]同時廣涉六朝之詩，如謝靈運、謝朓等名家的作品。此外，與錢謙益不同，王士禎並不反對明詩，他曾說：

明詩莫盛於弘正，弘正之詩莫盛於四傑（指李夢陽、何景明、徐禎卿、和邊貢）……四傑之外，又稱七子……以李、何為首庸，邊、徐二家次之。……昔鍾記事品詩，謂陳思為建安之傑，公幹、仲宣為輔；平原為太康之英，安仁、景陽為輔，謝客為元嘉之雄，

[51] 此類評論散見於《初學集》卷三〇，三一，三三；參見胡幼峰《清初虞山派詩論》，頁二〇二。

[52] 胡幼峰《清初虞山派詩論》，頁一九四—一九五。

[53] 有關王士禎與宋詩興起的關係，見蔣寅〈王漁洋與清初宋詩風之興替〉，《文學遺產》，三（一九九九）：八二—九七；張健《清代詩學研究》（北京：北京大學出版社，一九九九），頁三六二—四〇三。

延年為輔。而高棅論唐詩，亦有大家、羽翼之目。由是言之，四傑之在弘正，其建安之陳思，元嘉之康樂歟！[54]

王士禎把李夢陽、何景明等詩人比成魏晉時代的曹植和謝靈運，可見他對明代詩人推崇之程度了。在這點上，王士禎的看法確實和錢謙益有很大的不同，因為錢謙益曾經抨擊李、何等人。一般說來，王士禎的思想較為開放，他一直在找一個較能容納各家的詩觀。

另一方面，作為文壇泰斗錢謙益的得意門生，王士禎實在感到獲益良深，就如布魯姆在他的《影響的焦慮》一書中曾引用王爾德的話說：「每一位門徒都會從大師身上拿走一點東西。」[55]王士禎從錢謙益那兒學到最寶貴的東西，就是一種文學上的使命感和權威感，一種想在詩壇上嶄露頭角的願望。他知道，除了學問與性情二者應當並重之外，一個成功的文人非在寫詩的功力上奠定基礎不可。而王士禎自幼即由其兄王士祿授以詩法，精通各種詩體的寫作，所以早已具備了這個條件。後來他又著〈古詩平仄論〉，闡明

---

[54] 王士禎《帶經堂詩話》卷四，一：九九。

[55] 見徐文博譯《影響的焦慮》，頁四。

古詩的平仄方法論。[56]據翁方綱考證，「古詩平仄之有論也，自漁洋先生始也。」[57]有這樣紮實的作詩基礎，也難怪王士禎的詩論基本上都來自於他的創作經驗。這一點應驗了現代學者周策縱的說法：

> 一般的看法，往往以為詩人的創作必然受其自己詩論所左右，這固然不全失真；可是我認為，詩論家的詩論，受其自己詩創作的影響也許更重要。至少詩人的偏好往往左右了其詩論的觀點與趨向。[58]

眾所皆知，王士禎極力推崇「神韻說」，他以為司空圖的「不著一字，盡得風流」和嚴羽的「無跡可求」最能捕捉好詩的境界。[59]這樣的概念初聽起來了無新意，很容易使人

---

[56] 〈王文簡古詩平仄論〉，《清詩話》，一：二二四—二四二。

[57] 翁方綱〈王文簡古詩平仄論・序〉，《清詩話》，一：二二三。

[58] 周策縱〈一察自好：清代詩學測徵〉，頁七。

[59] 見《帶經堂詩話》卷四，一：九七。有關司空圖的《二十四詩品》的作者問題，最近幾年來已經有許多學者先後提出討論，見陳尚君、汪涌豪〈司空圖「二十四詩品」辨偽〉，《中國古籍研究》，(一九九四)：三九—七三；張健〈「詩家一指」的產生時代與作者——兼論「二十四詩品」作者問題〉，《北

覺得王士禛的詩法只是古人詩論的如法炮製。事實上，王士禛的神韻說大多來自於他的實際創作；是個人創作的體驗使他領悟到神韻的可行性。與司空圖、嚴羽之為純粹批評家不同，王士禛乃是詩人兼詩論家。這種以作詩為大前提的態度正好與錢謙益的思想相合。此外，王士禛之所以特別偏重有神韻意味的詩，也與他自幼的寫詩訓練有關。據他的《自撰年譜》所載，他八歲即能詩，由其兄王士祿教授王維、孟浩然、韋應物等人詩法(60)——恰好這些盛唐詩人的作品也都是帶有神韻風格的詩，即含有「得意忘言之妙」的詩。(61)

神韻的寫作也與王士禛自幼喜歡觀賞美麗的風景有關。值得注意的是，他不但喜歡撰寫山水詩，也喜歡閱讀古人的山水詩。因此，他把謝靈運等人詩中的「清」和「遠」

京大學學報》（哲學社會科學版），五（一九九五）：三四—四四。此外，南京大學出版的《中國詩學》也有專刊討論有關的問題，由王運熙、張少康、張伯偉、蔣寅等人執筆，見《中國詩學》，五（一九九七）：一—五六。在此我要特別感謝張宏生教授提供給我這一方面的材料。

(60) 王士禛《漁洋山人自撰年譜》卷上，見《王士禛年譜》，頁七。

(61) 王士禛《帶經堂詩話》卷三，一：六九。

的特質說成是「總其妙在神韻也」。[62]所以，神韻就是清和遠的因素之結合。所謂「清」就是一種「白雲抱幽石」的清靜崇高之美；「遠」就是對世俗繁華的超越，一種彷彿與世間隔絕的幽情，即謝靈運詩中「表靈物莫賞，蘊真誰為傳」的孤獨境界。[63]就如現代學者王英志所指出，王士禎欣賞的這種清遠的神韻意境或許受到了南宗文人畫派（詩人王維為該畫派之祖）重「氣韻」的美學趣味的影響。[64]例如，荊浩論畫就曾用相似的意象來形容一種含蓄深遠的畫境：

> 遠人無目；遠水無波；遠山無皴。[65]

這種清遠的視野其實是所有喜好旅行的人常有的經驗，而王士禎更是一個愛好山水之人。在他的《居易錄》中，他曾說自己「自少癖好山水」，尤其在揚州的那段日子，不論多忙，

---

[62] 王士禎《帶經堂詩話》卷三，一：七三。
[63] 王士禎《帶經堂詩話》卷三，一：七三。
[64] 王英志《清人詩論研究》（南京：江蘇古籍出版社，一九八六），頁六九。
[65] 引自王英志《清人詩論研究》，頁七〇。

總是「不廢登臨」。[66]而且，他平生最佩服六朝文人蕭子顯說的以下這段有關登臨的話：

> 登高極目，臨水送歸，蚤雁初鶯，花開葉落。有來斯應，每不能已……[67]

其實要在「每不能已」的靈感之下，一個人才可能寫出真正富有神韻的詩。王士禎本人也就在這種「不能已」的旅行經驗中創作了不少經典之作。所以，在揚州任官的五年間，由於旅行機會之頻繁，他一共寫出了一千多首詩，即一生中全部作品的三分之一。例如，一六六一年他由揚州至蘇州、過無錫、遊太湖，在短短的旅行中他一共寫出了六十多首紀遊詩，編為一集，稱為《入吳集》。重要的是，就在該回旅行中他開始自號「漁洋山人」，取詩人自己對「漁洋山」的情之所鍾也：

> 漁洋山在鄧尉之南，太湖之濱，與法華山諸山相連綴，岩谷幽窅，筇屐罕至；登萬峰而眺之，陰晴雪雨，煙鬟鏡黛，殊特妙好，不可名狀。予入山探梅信，宿聖恩寺還元閣上，

[66] 《居易錄》卷四，見宮曉衛《王士禎》，頁四八。

[67] 王士禎《漁洋詩話》，見《清詩話》，一：一八二。

> 與是山朝夕相望，若有夙因，乃自號漁洋山人……[68]

其實這種與山「朝夕相望」的境界，若化為詩，也就成了神韻。因為，所謂「神」就是「形」的反面，是一種想像的空間、一種精神的自由。而「韻」乃是美的化身，是對日常生活細節的超越。用王士禎的話來說，這種心境就是「入禪」的體驗，只能興會神到，偶然得之，故十分難得。他以為這種「入禪」的境界常在王維等唐代詩人的作品中出現：

> 唐人五言絕句往往入禪，有得意忘言之妙……觀王、裴《輞川集》及祖詠〈終南殘雪〉詩，雖鈍根初機，亦能頓悟……予每嘆絕，以為天然不可湊泊。[69]

據王士禎自己說，他在揚州的那段期間也寫過不少「入禪」的短詩，包括以下兩首五言絕句：

> 微雨過青山[70]，漠漠寒煙織。不見秣陵城，坐看晚秋色。（〈青山〉）

---

[68] 王士禎《帶經堂詩話》卷七，一：一七五。

[69] 王士禎《香祖筆記》卷二，頁二四。

> 蕭條秋雨夕，蒼茫楚江晦。時見一舟行，濛濛水雲外。（〈江上〉）

有趣的是，這些短詩所描寫的正是江南地區那種煙雨迷濛的境界，[71]是一個人在行旅路途中偶然捕捉到的「清」與「遠」的意象，亦即學者嚴迪昌所謂的「造境」。[72]那是一種視覺的妙境，由「看」的經驗而導致的超越。在《漁洋詩話》中，王士禎特別用欣賞晚霞的經驗來解說這種「忘我」的美學：

> 江行看晚霞，最是妙境。余嘗阻風小孤三日，看晚霞，極妍盡態，頓忘留滯之苦。雖舟人告米盡，不恤也。[73]

的確，對晚霞之美的專注可以令詩人「頓忘留滯之苦」。此乃王士禎所謂「禪家以為悟境，詩家以為化境」也。[74]這一類唯美的山水絕句詩很少用典，顯然與〈秋柳詩〉等充滿典故、

---

[70] 「微雨」兩字在《漁洋山人精華錄箋注》（金榮注）中作「晨雨」（卷一，四二a）。

[71] 宮曉衛《王士禎》，頁二七。

[72] 嚴迪昌《清詩史》，一：四六〇。

[73] 王士禎《漁洋詩話》，見《清詩話》，一：一八一。

並隱含懷古興亡之感的作品有所不同——雖然二者都採用了「無跡可求」的詩法。

從各方面看來，王士禎是希望讀者把他所寫的神韻絕句詩當成「入禪」和純粹的藝術經驗來理解的。而且，我相信有許多清初的讀者也的確是用這樣的眼光來閱讀漁洋的小詩的；尤其是，他的詩體正好迎合了當時大眾對一種新文體的需求。就如《四庫全書總目》所說：

平心而論，當我朝開國之初，人皆厭明代王、李之膚廓，鍾、譚之纖仄，於是談詩者競尚宋元。既而宋詩質直，流為有韻之語錄，元詩縟豔，流為對句之小詞。於是士禎等以清新俊逸之才，範水模山，批風秫月，倡天下以「不著一字，盡得風流」之說，天下遂翕然應之……

可見詩風也像其他各種風潮一樣，經常是從東吹到西，又從西吹到東。而清初國局漸定之時，人們正好喜歡上一種清新恬淡的短篇「山水詩」，那就是漁洋所擅長的那種五絕和七絕。其實王士禎也善於撰寫長詩，例如許多像〈六朝松石歌贈鄧檢討〉和〈蕭尺木楚

---

74 王士禎《帶經堂詩話》卷三，一：八三。

辭圖畫歌〉等長達二百多字的詩篇都被收入了《漁洋精華錄》中。[75]然而，或許因為讀者更喜歡漁洋的小詩，而詩人自己也屢次宣揚山水絕句「入禪」之意境，所以他也就以短詩著名了。

值得注意的是，不管王士禎本人如何地把短篇的山水絕句看成是一種純藝術的創作，不少讀者仍喜歡將之賦予政治的闡釋。其主要原因乃是：在中國文學傳統中，凡是被納入正典的作品無不被賦予某種政治的意義或寄託。換言之，只有當一個詩人的作品被政治化時，他才有希望被奉為典範。所以，漁洋的詩歌一旦籠統地被視為一種能「振興詩教」（陳維崧之語）的溫和恬淡之文學，他也就漸漸地成為「一代正宗」的詩人了。同時，王士禎的山水絕句也確實是清初滿族的新統治者所欣賞的一種短而精的文學。後來的詩人袁枚以一種諷刺的口吻稱漁洋詩歌為「盆景詩」，此為後話。[76]

當然，王士禎之所以成為一位詩中的典範，與他自始至終熱衷於出版有很大的關聯。上頭已經說過，他喜歡把與朋友互相酬唱的作品隨時印成集子出版。尤其是，創作率特

---

[75] 《漁洋精華錄集釋》，一：四二一－四二二，四三七－四三八。

[76] 袁枚《隨園詩話》卷七；參見宮曉衛《王士禎》，頁五八。

高的他，每到一處遠遊，必有一個詩集出版——如一六七二年的《蜀道集》、一六八四年的《南海集》、一六九六年的《雍益集》。同時，他也把古人的詩歌撰成選集：如早年編選的《神韻集》、中年以後輯定的《唐賢三昧集》、《十種唐詩選》、和晚年刊刻的《唐人絕句選》。此外，還有他自己的各種各樣的詩話和筆記，數不勝數。總之，對王士禎來說，出版算是一種與生俱來的使命（他十五歲左右就出版了一本自選集）。因為，所謂出版就是與人共享的意思——同時，通過選集的風行，一個作者也能藉以認識更多的讀者，擴大自己的生活和藝術空間。所以，王士禎熱心著述，至老不倦。一直到七十八歲高齡一病不起時，他還在枕上編選歷年所作諸書，總為九十二卷，死後由他的兒子代為刊印，名為《帶經堂集》。

另外，王士禎之所以成為一代的詩壇盟主，與他擁有龐大的門生集團很有關係。他不但得到了康熙皇帝的百般恩寵，而且身為高官，所以他自然有了很大的號召力。據估計，他的門人弟子數以百計，這些大多是他從前監考過的考生，或是曾經在國子監、太學等處和他讀過書的人。77但更多的乃是一些慕名而來，希望能與他拉上關係的人。而且，

77 嚴迪昌《清詩史》，一：四三六—四四二。

漁洋的天性也喜歡與人結交，只要情趣相投，他都一律來者不拒。所以阮葵生在其《茶餘客話》中就說「一時賢士，皆從其游」（卷二）；張宗泰也說，「漁洋先生以聲望奔走天下，天下之士爭赴其門，不啻百川之灌洪河」。78尤其在一六七〇年代以後，詩壇的幾位權威人士——如錢謙益、吳偉業、龔鼎孳等——都已相繼去世，所以漁洋自然就成了新一代的文壇領袖，而他的神韻之說也因而更加普及了。

這樣一來，隨著就發生了一個有趣的現象：本來王士禎在詩觀上之所以兼取眾長，乃是為了糾正明朝以來門戶之見的偏激意識，但現在他既有了那麼多的門生，實際等於在給自己建立「門戶」。一旦有了這麼多志同道合的人圍繞著他，他自然也就成了「門戶」的中心了。當然，漁洋詩派的人數之多、其影響之大，很容易使人想起從前錢謙益所主導的虞山詩派。79但二者的不同在於：虞山詩派的成員以虞山地區為主，有強烈的地域觀念，但漁洋詩派的人遍及各處、不拘地區遠近。此外，虞山詩派對其他派別的排擠不遺餘力，而且錢謙益又以攻擊當代媚俗的詩風為己任；但漁洋詩派則甚為開放，漁洋本人

---

78 《魯岩所學集・五跋帶經堂詩話》，轉引自宮曉衛《王士禎》，頁六一。

79 胡幼峰《清初虞山派詩論》，頁二二七－三六九。

尤其喜歡聚集各種不同詩風的人。以他為同仁和弟子所編的選集《十子詩略》為例，這些「十子」都來自不同的地域，而且其中只有兩三位作者採取了真正的神韻詩風。然而，不論他們的寫作作風如何地不同，漁洋仍一律稱他們為「門生」，絲毫不會因為自己特有的神韻風格而排斥他們，可謂十分寬厚。誠如他的弟子汪懋麟所說：「吾師之弟子多矣，凡經指授，斐然成章，不名一格。」[80]但另一方面，漁洋也可以利用這種廣招弟子的方法來擴展自己的文學集團，藉以進一步登上典範詩人的席位。其實，後來的詩人袁枚也採用這種廣收門生（不論男女門生）的「策略」來提高自己的文學地位。這裡我用「策略」一詞來比喻作者本人「自我經典化」的過程，似乎有些不確切。但在某種意義上，尤其在明清時代，也正是這種「策略」讓個別的詩人有意地與他人抗衡、競爭，以取得左右文風的權威。

但一個詩人要成為典範作家，除了在世時的努力以外，更重要的乃是身後的影響。例如，王士禛在文壇上的影響可謂源遠流長。即使在他死後，詩人仍發揮了典範的作用。例如，一七六五年乾隆皇帝追謚漁洋為「文簡」，乃是因為他的詩風「在本朝諸家中，流

---

[80] 嚴迪昌《清詩史》，一：四七一。

派較正，宜示褒，為稽古者勸」。[81]換言之，正由於他詩裡「雅正」的因素（包括內容與格式的雅正），使他那富有「詩教」的文風得以流傳後代。之後，沈德潛的格調說和翁方綱的肌理說基本上也是受了漁洋神韻說的影響，這都一一顯示出文學影響乃是經典形成的主要基礎。

然而，並非所有的人都一致地擁護王士禎。所謂「樹大招風」，漁洋的詩名遠播和官高位顯也招來了一些人的抨擊。最顯明的例子就是比漁洋年輕二十八歲的作者趙執信。趙執信的妻子是王士禎的甥女，照理說他應當也屬於同一個「門戶」，但由於某種原因，趙執信特別撰寫《談龍錄》來攻擊王士禎。在該書的自序中，趙執信說道：「新城王阮亭司寇，余妻黨舅氏也，方以詩震動天下，天下士莫不趨風，余獨不執弟子之禮……司寇名位日盛，其後進人士，若族子侄，有借余為諂者，以京師日亡友之言為口實。」[82]足見兩人之間長期的仇隙乃為趙氏撰寫《談龍錄》的主因。據現代學者吳宏一考證，兩人的誤會除了由於所謂「求序失期」的原因以外，或與有人在其間挑撥是非有關。[83]無論如

[81] 〈王士禎傳〉，《清史稿》卷二六六，見《王士禎年譜》附錄，頁一一二〇。

[82] 趙執信《談龍錄》，見《清詩話》，一：三〇九。

何，《談龍錄》的出版確實對王士禎的傷害很大。它的傳世版本至少有十三種之多，[84]可見它對當時讀者的影響之大。此外，另外有人純粹因為不喜歡漁洋的詩風而企圖貶低他的文學地位。例如，詩人袁枚認為王士禎雖為「一代正宗」，但其「才力自薄」，[85]主要可能因為袁枚無法欣賞漁洋詩中太過精煉的語言。而本世紀中王士禎的神韻說曾被一些現代的學者否定（包括眾所尊敬的錢鍾書先生），似也或多或少與批評者個人的特殊詩風有關。值得注意的是，最近幾年來中國大陸突然又有了一股王士禎熱，由李毓芙等人整理的《漁洋精華錄集釋》終於問世了。此外，美國漢學界則一向對漁洋的文學作品甚有興趣，或與西方的現代讀者普遍喜歡中國古典詩中的「言不盡意」之風格有關。無疑地，雖然王士禎的文學地位忽起忽落，但在許多現代學者的心目中，他確是一位大家。如果我們相信，所謂「典範」就是可以經得起一讀再讀(re-reading)的不朽之作，[86]那麼漁洋確

---

[83] 吳宏一《清代文學批評論集》，頁一五四—二〇三。

[84] 吳宏一《清代文學批評論集》，頁一九五。

[85] 袁枚《隨園詩話》卷二，見《隨園詩話精選》，張健精選（臺北：文史哲，一九八六），頁三一。

[86] 這是評論家布魯姆的理論。見Harold Bloom, *The Western Canon*, p. 29.參見中譯本，《西方正典》〈正典作品

是一位經得起考驗的不朽的作家。

總之，有關文學「經典化」(canonization)的問題是極其複雜的，主要因為它還牽涉到文化記憶的問題。不論研究哪一國的文學，我們都會想到以下的問題：例如，為何某些作者一直活在一個民族的文化記憶之中，而另外有些作者卻被無情的時間永遠淘汰了？此外，有人生前被奉為典範，後來又被歷史遺忘；也有人生前被普遍地忽視，但死後多年又突然「復生」。以美國十九世紀兩位最偉大的小說家為例，則Nathaniel Hawthorne (1804–1864)屬於一度為典範卻又被今日讀者遺忘的一型；[87]而Herman Melville (1819–1891)則生前沒沒無聞，直到死後三十多年才「出土」成名，從此其作品一直受到讀者的歡迎。[88]兩人同是一個時代的多產作家，同樣富有過人的才情，卻居然有如此不同的文學「命運」，可

必須通過一項精準無比的古老考驗：除非需要重讀，否則難擔正典之名〉，頁四二。

87 Richard H. Brodhead, *The School of Hawthorne* (New York: Oxford Univ. Press, 1986).參見拙作“Canonization of the Poet-Critic Wang Shizhen (1634–1711)”, (Paper Presented at the Workshop on Seventeenth-Century China, Harvard University, May 26–27, 2000), p. 18.

88 Elizabeth Hardwick, “Melville in Love”, *New York Review of Books* (June 15, 2000): 15–20.

見所謂文學典範的建立與變化也有著極其偶然的文化和政治因素，不僅僅受到美學考慮的影響。然而，研究文學正典的專家布魯姆卻喜歡只考慮美學的因素；他認為一個真正偉大的作家最終「絕不可能被埋沒，也絕不會被排除掉或給人取而代之」。[89]同樣，清代的詩人袁枚以為一位大詩人，只要有真正的實力，就自然會被人置於「大家」之中，自己其實大可不必故意去追求「大家」的頭銜，倒不如只求作一個當代的「名家」。[90]蓋袁枚相信，「大家」是個可遇而不可求的光榮寶座，它全靠個人的天賦才情而定，故不可力強而致。但王士禎顯然持有不同的看法，他更積極地有志成為一個永恒的大家。他以為，才情只是起點，要不斷地努力搏鬥才可以使一個人成為傳世的典範大家。所以，一直到生命的最後一刻，他仍充滿了「影響的焦慮」、仍在病床上不斷地編撰改寫他的作品。在布魯姆的《西方正典》一書中，他曾說：「影響焦慮壓扁了小才，但卻激發出正典之大

---

89 Harold Bloom, "The Anguish of Contamination", *Preface to The Anxiety of Influence*: A Theory of Poetry, 2nd ed. (New York: Oxford Univ. Press, 1997), p. xviii.

90 張健《清代詩話研究》，頁四七五—四七六。

才」，[91]真可謂中肯之言。

原載於《文學評論》，二〇〇一年一月號

[91] 見中譯本，《西方正典》，高志仁譯，一：一六。

揭開陶潛的面具

——經典化與讀者反應

陳磊譯

著名文學批評家哈羅德・布魯姆(Harold Bloom)曾說，偉大的作家總是那些「簡直就是壓倒傳統並包羅它的人們」。❶陶潛（三六五？—四二七年）這位多少個世紀來曾激發起文學史家研究興趣的中國傳統中最早的詩人之一，也正是這樣的一位詩人。陶潛一生才寫了約一百五十首詩，十篇文與賦，在當時的文壇上又是一個邊緣人物，他後來在中國文學史上居然能占有如此重要的經典位置，這真是一個引人注目的事實。在文學史上他的經典化的一個關鍵時刻就在於蘇軾宣稱陶潛是一位空前的大詩人，以及方回（一二

❶ Harold Bloom, *The Western Canon* (New York: Riverhead Books, 1994), p. 27.

二七—一三〇六年）稱讚陶潛和杜甫為兩位中國文學傳統中的至聖先師。❷在清代顧炎武（一六一三—一六八二年）和朱彝尊（一六二九—一七〇九年）等人也都嘖嘖稱讚陶潛的成就。王士禎（一六三四—一七一一年）在其《古詩箋》一書中還特別指出「過江以後，篤生淵明，卓絕先後，不可以時代拘限矣。」可見其評價之高。❸後來二十世紀初期著名散文家朱自清（一八七三—一九二九年）則將蘇軾也列入了這個偉大作家的行列。同時梁啟超（一八七三—一九二九年）遴選出陶潛和屈原（第一位有名有姓的中國詩人）為兩位最偉大的詩人，王國維也在同時發表了類似的觀點。在他的《文學小言》中，王國維說：「屈子之後，文學之雄者，淵明其尤也。」❹確實，不管這些經典作家的名單包含哪些人，陶潛的名字總會被列入。多少個世紀以來有關陶潛的學術研究汗牛充棟，以

---

❷ 見方回的組詩〈詩思〉中的一聯：「萬古陶兼杜，誰堪配饗之」。

❸ 參見鍾優民《陶學史話》（臺北：允晨文化，一九九一），頁一三六、一三九、一五五。王士禎的原文見《古詩箋》（上海古籍出版社，一九九〇），頁二。

❹ 參見梁啟超《陶淵明》（臺北：商務印書館，一九二三年第一版，一九九六年重印。）近來葉嘉瑩也對此表示贊同，見葉嘉瑩〈陶淵明飲酒詩講錄〉（臺北：桂冠，二〇〇〇），頁一三七。

至於一個特殊的術語「陶學」也被炮製出來，與詩經學、楚辭學和紅學遙相呼應。❺直至今日，讀者閱讀陶潛的熱情絲毫不減，都在聲稱重新發現了詩人真正的聲音。

然而究竟是什麼造成了陶潛的不朽，而事實上我們對於詩人卻又知之甚少呢？甚至在今天，我們仍無法確認他的本來的姓名。不幸的是，最早的有關陶氏的傳記都各自給出不同的名字——或是陶潛字淵明，或是淵明字元亮。或者就是元亮，又名深明。其中最有趣的是，《晉書》的編者乾脆就略去「淵明」這個陶氏所為人耳熟能詳的名字。❻至於陶氏的生日，則更是撲朔迷離，正如一九九六年出版的一本題為《陶淵明懸案揭秘》的書一開頭所問的：詩人「出生哪一年？」❼儘管事實上大多數學者都贊成西元三六五年為其生年，仍有一些學者（如梁啟超）卻堅持三七二年應為定論。❽還有一些學者則認為

❺ 見鍾優民《陶學史話》（臺北：允晨文化，一九九一），頁七。

❻ 有關這一點，王國瓔有一段極富洞見的討論，見其〈史傳中的陶淵明〉，載於《台大中文學報》第十二期（二〇〇〇年五月），頁二〇〇。

❼ 王定璋《陶淵明懸案揭秘》（成都：四川大學出版社，一九九六），頁三—六。

❽ 見梁啟超《陶淵明・陶淵明年譜》，頁四五—七七。

三七六年或三六九年才是陶氏正確的生年，總之這些人全在宣稱他們的理論都是建立在研究的基礎之上。❾具有反諷意味的是，正因為陶氏生平事跡的確切日期付之闕如，才會有如此多的年譜應運而生，都在試圖將陶氏的生平與作品予以「精確化」。有關這些年譜的種類之繁多，戴維斯(A. R. Davis)——陶潛研究最知名的學者之一——如斯說：

> 這一奇特的中國治學法有著內在的過於精確的傾向……我所要反覆說明的是這是不正確的，而且我之所以在此指出這種廣為人知的論點的缺失，並提出研究年代精確性的不可能，乃是因為我相信這樣做會為陶潛研究帶來一定的好處。❿

不管怎樣，這一「繫年確定性」之闕如凸顯出陶潛研究中最棘手的問題之一：詩人的名微反映了他在魏晉社會中的地位之無足輕重。在我的*Six Dynasties Poetry*一書中，我已經說

---

❾ 據古直的說法，陶潛生於三七六年，終年五十二歲。見古直〈陶淵明的年紀問題〉，載於《嶺南文史》，一九八三年第一期。

❿ A.R. Davis, *Tao Yuan-ming (A.D. 365–427): His Works and Their Meanings* (Cambridge: Cambridge University Press, 1983), 1: 2。

明了為什麼陶氏作品「不為時人所賞且為後人所誤解」，部分原因在於他的平淡的詩風。從他那時代的風氣來衡量，陶詩的確缺乏華豔的辭藻。⓫不過我以為陶潛的名微也可能是因為他在時人眼裡基本上是一位隱士，在仕宦生涯中是一個邊緣性的人物。在六朝時代，正如左思所言：「世胄躡高位，英俊沉下僚。」於是乎那些與朝中官宦殊無瓜葛的人士便註定了難以揚名。雖說陶潛的曾祖父陶侃也是建立東晉的有功之臣，早在陶潛降世以前其家境便久已式微。當然陶潛一生中的最後二十年也是在隱退中度過的，這也難以為他的社會地位增添榮耀。誠如陶潛在其傳記素描〈五柳先生傳〉所言：「先生不知何許人也，亦不詳其姓字。」

遺憾的是，顏延之（三八六—四五六年）的〈陶徵士誄〉一文——那是僅存的由當時人所寫的有關陶潛的篇什——很少留下有關陶潛生平的確切年代或事實資料。正如戴維斯所提出來的，這些人物軼事「或多或少有幾分誇張，有時刻意追求逼真的效果，反失之於可疑」。⓬同樣王國瓔也注意到某些保存在正史中的有關陶潛的重要逸事——包括

⓫ 見拙作 *Six Dynasties Poetry* (Princeton: Princeton University Press, 1986), pp. 3–14。見此書中譯本《抒情與描寫：六朝詩概論》，鍾振振譯（臺北：允晨文化，二〇〇一）。

有一則提到陶潛不願為五斗米折腰——都是基於一些不牢靠的記載。⑬在多數情況下，這樣的逸事只不過是傳聞而已，而《宋書・隱逸傳》的作者沈約（四四一—五一三年）主要是拿它們來增強戲劇效果。後來《晉書》編者房玄齡（五七八—六四八年）和《南史》編者李延壽（?—六七九年）都在他們有關陶潛的傳述中沿襲了這種說法。事實上，他們又擅自在自己的篇目中添油加醋，也許是意在將陶潛塑造成一位高士。

應當指出的是，所有這些陶潛的傳記都出現在「隱逸」類目。也就是說，傳記編者自己更關注陶潛作為隱士的「公眾」形象（與〈隱逸傳〉中的其他人物一致），而不是陶潛作為詩人的「私人」的一面。⑭例如沈約的〈隱逸傳〉，對陶氏的文學成就隻字未提；陶氏作為一個詩人這一事實不知為何卻給遺忘了。顯然陶潛的道德人格及其作為一個隱士的政治角色是這些官修史書的關注焦點。作為潯陽三隱之一，陶潛被拿來代表隱士的典型，堅貞不渝地拒絕出仕，棄絕世俗價值的典範人物。由此可見，通讀斷代史的隱逸

⑫ Davis, *Tao Yuan-ming*, 1: 2。

⑬ 王國瓔〈史傳中的陶淵明〉，頁二〇七—二〇八。

⑭ 王國瓔〈史傳中的陶淵明〉，頁二一六—二二八。

傳，我們可以發現無數個遭遇和心態與陶潛相仿的個人事例。⓯事實上，陶潛家鄉鄰近地帶素來以隱士稱譽，世代相傳。⓰特別是陶潛在〈桃花源記〉中所稱頌的劉驎之，在《晉書》中幾乎與陶潛齊名。⓱劉驎之也像陶潛那樣，在原則上毫不妥協，拒絕出仕。劉氏的生活起居儉樸自立，不慕名利而怡然自樂，也頗似史傳中的陶潛。如此完美的隱士形象對傳統的中國人來說，具有特殊的價值，因為他們反映了中國人所面臨的人生出處的大問題：也就是如何來看待正直的精神和汙濁的官場之間的關係？解決這一問題的途徑，自然是塑造出在汙濁的世界中，始終能尋求心地平和、能體現歷史人物風範的這樣一個榜樣。於是在史書記載中所發現的陶潛，充當了一個模範人物，其個體性與傳統隱士的典型性正相吻合。正如顏延之在追懷陶潛的〈陶徵士誄〉中所云：陶氏「廉深簡潔，貞夷粹溫」。這就說明了為什麼陶潛只被當作道德楷模，而其文章卻鮮為人知，至少在他身後一百年裡還是如此。

⓯ 王國瓔〈史傳中的陶淵明〉，頁二一六—二一八。

⓰ 曹道衡《南朝文學與北朝文學研究》（南京：江蘇古籍出版社，一九九九），頁一五一—一五五。

⓱ 唐房玄齡《晉書》卷九四（北京：中華書局，一九七四），頁二四四七。

然而一旦閱讀陶潛的詩作，就會發現另一個略有不同的陶潛，他絕非傳統史書編纂者所塑造出來的單一的人物。有好幾位現代學者指出了這一點。例如，戴維斯提到人們「從陶氏作品中所獲得的印象很不同於從早先史書傳記的逸事中所得出的印象」，因為在史書傳記中詩人原本的「矛盾不一的姿態」常無法得到彰顯。[18]宇文所安(Stephen Owen)也注意到陶氏的詩歌「充滿了矛盾，而矛盾出自一個複雜而富有自覺意識的人卻渴望變得不複雜和不自覺。」[19]近年來，臺灣著名學者王國瓔「發現」了（憑其細讀陶潛）遠比先前所體會到的更複雜而有趣的人格。她進而觀察到，儘管陶氏為他當隱士的慎重抉擇而引以為豪，他絕非沒有片刻懷疑過這個抉擇。[20]最顯著的是，在他的〈與子儼等書〉中（據說是陶氏的遺囑），陶潛為他的子輩在孩提時代飽受飢寒表達了相當的內疚。詩人還痛心於他的妻子未能像老萊子之妻那樣全心支持她丈夫的隱士理想，甚至勸阻他出仕。[21]陶潛

---

[18] A. R. Davis, *Tao Yuan-ming*, 1: 4。

[19] Stephen Owen, "The Self's Perfect Mirror: Poetry as Autobiography", in Shuen-fu Lin & Stephen Owen ed., *The Vitality of the Lyric Voice: Shih Poetry from the Late Han to the T'ang* (Princeton: Princeton Univ. Press, 1986)。

[20] 王國瓔〈史傳中的陶淵明〉，頁二一四。

的自白全然不同於蕭統的〈陶淵明傳〉將其妻描繪成陶氏的良伴。㉒而這樣富於洞見的比較始終未能引起關注，直至近來學者才開始細讀陶潛的作品。誠然，所有這些現代新讀法都在促使我們挖掘陶氏詩中的更深層次的意義，明瞭人性的複雜。我們發現，與常規傳記所描繪的簡單化的陶潛形象有所不同，陶潛自己卻有意向他的讀者傳遞眾多有關他自己的訊息——包括他一生中重要事件的具體日期，他朋友的名字，他掛冠歸田的動機，他個人的憂懼與困擾，他自嘲的性情等等。最重要的是，詩人內心世界的豐富多樣，就其詩歌所能把握的內容而言，總是將我們導向詮釋陶潛的不確定性。當現代學者鍾優民說「陶淵明說了一千五百多年，迄今仍是長議長新，永無止境」時，他所指的正是這種詮釋的「不確定性」，而這也構成了陶潛研究的一個特徵。㉓然而這樣的認識，是經過了

㉑ 王國瓔《古今隱逸詩人之宗：陶淵明論析》（臺北：允晨文化，一九九九），頁二四五、二六四及頁三二三—三五〇。又見陳永明《莫信詩人竟平淡：陶淵明心路新探》（臺北：臺灣書店，一九九八），頁七五。

㉒ 蕭統〈陶淵明傳〉，見清陶澍箋注《陶靖節集注》（臺北：世界，一九九九），頁一七。

㉓ 鍾優民《陶學史話》，頁三八二。

相當長的一段時間的解讀之後才達成的，它喻示了從單純道德的評判向陶氏作品的文學性和整體性欣賞的逐漸轉型的完成——它包涵了美學的、道德的和政治的解讀。

正是在這個意義上我們才說陶潛是為他的讀者所塑造出來的；如果我們採納哈羅德·布魯姆有關大作家影響力的理論，㉔或許我們甚至會說在某種程度上陶潛「塑造」了中國人。在過去的數世紀以來中國人通過解讀陶潛來塑造他們自身，以至於他們常常拿陶潛的聲音來當作他們自己的傳聲筒。而且在陶潛身上有如此多的「中國性」，尤其是在漫長的陶潛作品解讀的過程中，我們終於可以宣稱陶潛對於文化史的總體影響是難以估量的。無需說，要追溯陶潛經典化的漫長歷史，以及陶潛作為一個經典化的詩人在中國文化中所扮演的角色，這超出了本文的範圍。在本文中我只想強調，陶詩解讀史中幾個有助於揭開詩人面具的方面。誠然，假如我們把早期的傳記作品當作一種「面具」——有鑑於它們傾向於過分強調陶氏作為一個隱士的單純——那麼我們也許會說，後起的陶詩讀者在其根本上是揭開陶氏的面具。他們通常渴望發現陶氏真正的自我——揭露他作為

㉔ Harold Bloom, *Shakespeare: The Invention of the Human* (New York: Riverhead Books, 1998), p. xviii. 在該書中他說在一定程度上莎士比亞「創造了我們」。

一個有隱情和焦慮的真正個體——以便使他們更好地了解自己。毫無疑問，其中某些解讀並不完全牢靠，然而正是透過這些解讀（正確與否）所謂的「陶學」才得以成形，最終構成了陶潛之謎。

陶潛最為人所喜愛的形象之一便是嗜酒之士。傳說每有賓客來訪，陶潛必邀之共飲。確實，據沈約的《宋書‧隱逸傳》，若陶潛已醉在先，他便會直言告訴賓客：「我醉欲眠，卿可去。」沈約《宋書》所錄的另一則膾炙人口的軼事（可能是源於檀道鸞的《續晉陽秋》）則進一步說明了陶氏的飲酒，以及他與江州司馬王弘的交誼。這則故事說陶潛於九月九日重陽節無酒，便出門在其宅附近的菊花叢中久坐。有頃王弘攜酒而至，兩人飲至酩酊大醉。[25]這些軼事只是謠傳而已，編造出來也許只是要強調陶潛作為一個隱士的任誕的性格。然而正是這些不很可靠的來源才成為了最重要的背景，被後代的批評家拿來解讀陶潛作品。其中最引人注目的則是〈九日閑居〉一詩，批評家在箋注該詩時幾乎一致地援引王弘一事。這樣的一些解讀方法會被質疑，可是仔細對照陶潛自己的作品，我們當然也會產生一種詩人是酒徒的印象。在其自傳白描〈五柳先生傳〉中，陶潛不僅把自

---

[25]《宋書‧隱逸傳》卷九三（北京：中華書局，一九七四），頁二二八六。

已描繪成嗜酒之士，而且在〈擬挽歌辭〉中他還表達了已不能再飲的遺憾。確實，這也就是為什麼陶潛作為一個嗜酒之士和「無憂無慮」的隱士為人仰慕的道理。唐代詩人王維稱頌陶潛性格的任真及其與酒的關係（陶潛任天真，其性頗耽酒）。宋代詩人歐陽脩自稱「醉翁」，也顯然是受了陶潛的影響。偶爾有些批評家諸如清代的馮班等人，批評陶潛的嗜酒癖，不過總的來說，陶作為一個淳樸的飲酒者的形象在中國詩的讀者心目中已牢固樹立。值得一提的是，傳統中國詩歌中所說的酣醉並不一定意味著酒鬼的貪杯，而更像是靈感的激發。

然而，與這些陶氏飲酒詩的字面閱讀相並行的是一種更強的引喻詮釋的傳統，它最終有助於鞏固陶潛的經典地位。早在六朝時代蕭統（在他編輯的《陶淵明集・序》中）便已指出：「有疑陶淵明詩篇篇有酒。吾觀其意不在酒，寄酒為跡也。」[26]究竟這「寄酒為跡」是指什麼，蕭統語焉不詳，但在蕭氏影響之下，後代的批評家開始將陶潛視作不是單純愛喝酒的詩人，而是某個以飲酒為面具掩飾深意的人。陶氏有名的二十首〈飲酒〉詩的情形便是如此，它並不真是關於飲酒本身而可能是意在政事，正如組詩的結句所傳

[26] 蕭統《陶淵明集・序》，見宋李公煥《箋注陶淵明集》（臺北：故宮，一九九一年影印），頁四。

達的訊息：

> 終日馳車走，不見所問津。若復不快飲，空負頭上巾。但恨多謬誤，君當恕醉人。

這裡詩人明顯是在以醉為藉口來傳遞某種嚴肅的意味。正如詹姆士・海陶爾(James Hightower)所指出的，這些詩句一直是「儒家詮釋者所樂於稱道的」，㉗因為詩人宣稱即使他放縱狂飲，「那也顯然只是對時代之險惡的絕望，而不是對禮教本身的棄絕。」鑒於中國的箋注者多愛將詩「時代背景化」這一事實，可以想見他們多麼熱衷於將陶潛的〈飲酒〉詩在歷史事件中予以座實。對於許多箋注者來說，陶潛詩中所暗示的所謂「險惡的時代」一定是指他拒絕出仕的劉宋王朝。在某種意義上，這樣的解讀可以被視作是沈約將陶潛塑造為晉朝忠貞不貳之臣的延伸。沈約在其《宋書・隱逸傳》中點明，儘管陶潛在晉安帝義熙年間（四〇五—四一八年）之前採用晉代年號來紀年，而自劉宋朝之後便改用天干地支（甲子）來紀年——一個似乎為詩人之忠貞作見證的機關。㉘雖說沈約的話自有其偏

㉗ 海陶爾《陶潛的詩》，頁一五五。有關這幾行詩的討論，參見葉嘉瑩《陶淵明飲酒詩講錄》，頁二二五—二三三。

見及自身的意識形態，並因此在某些箋注者看來並不牢靠，然而它自宋代以來成了詩評家解讀陶詩的基本依據。對於中國的批評家來說，再沒有其他的闡釋方式更令人信服的了。確實，後來此類引喻解讀對於新朝的遺民來說是特別有效的闡釋手段。其中最有力的佐證是宋代愛國主義者文天祥（一二三六—一二八三年）在他自己也為王朝變遷的問題所迫時，他便稱讚陶潛以醉為其忠君的幌子（陶潛豈醉人）。[29]對文天祥而言，陶潛之飲代表了一種理想的手段或面具，使他在說什麼事情時卻暗指另一件事。蕭統所說的陶氏之飲另有所指在文天祥的回饋中找到了圓滿的答案。當然，也不是所有的批評家都同意這樣的引喻解讀，然而在尋求陶潛之飲背後所含深意的努力方向，卻鼓動了多少代學者將陶潛視作一個更複雜的人物，一個知道在其詩中如何在自我亮相和自我隱藏間作出抉擇的人物。例如現代作家魯迅，在他的一篇論魏晉文人的藥與酒之關係的文章中強調，寧靜的超越與積極的政治參與兩者在陶潛身上並存。[30]同樣，著名美學家朱光潛以為陶氏

---

[28] 見清陶澍箋注《陶靖節集注》，頁一六。

[29] 見文天祥〈海上〉一詩。

[30] 魯迅《而已集・魏晉風度及文章與酒之關係》，《魯迅三十年集》第十七卷。

之飲對於當時腐敗的政局來說，既是逃避又是抗議。[31]與此同時，許多現代學者——諸如梁啟超——開始對將陶潛看成是晉代遺民這種說法提出質疑。[32]某些學者甚至強調陶潛曾在劉裕（劉宋王朝的開國者）手下任過職這一事實，而這一事實排除了陶潛乃晉室忠誠不貳的遺民之可能性。[33]而另一些人則發現一些被當成政治引喻來解讀的陶潛詩作居然作於晉室傾覆之前，這樣一來，它們就不能算作遺民之作了。[34]所有這些對陶氏的新解讀都會使得人性的複雜性和藝術與現實間的溝壑明朗化。

另一個陶潛之謎是那個從不沾染女色的正人君子形象。也許是這個道理，陶氏挖掘情愛主題的〈閑情賦〉對許多傳統和現代學者來說便成了一個問題。問題之一便出自蕭統，陶潛作品的第一位編纂者，也是第一位指出〈閑情賦〉「白璧微瑕」的批評家。[35]儘

---

[31] 朱光潛《詩論》第十三章〈陶淵明〉。

[32] 梁啟超《陶淵明》，頁五—六。

[33] 例如宋雲彬〈陶淵明年譜中的幾個問題〉，載《新中華》（副刊）第六卷第三期（一九四八年二月），引自鍾優民《陶學史話》，頁一八三。

[34] 例如李辰冬《陶淵明評論》，（臺北：東大，一九九一年版第三版），頁二。

[35] 蕭統《陶淵明集・序》，見宋李公煥《箋注陶淵明集》（臺北：故宮，一九九一年影印），頁四—五。

管道德方面的考量在蕭統的褒貶中占了很大的比重，但我想這篇賦本身帶有淫靡的宮體詩女性化話語的文體，也可能因此導致了這樣的評價。不管怎麼樣，由於蕭統的批評，在長達數百年間無人敢再對此妄議，直到宋代的蘇軾（被公認為歷史上陶潛最重要的追隨者），才開始重新審視這篇長期遭人冷落的作品。與但願〈閑情賦〉不曾存在的蕭統有所不同，蘇軾將它視作卓絕的篇什，其價值可與《詩經》和屈〈騷〉相比擬。於是蘇軾在他為《文選》所作的跋文中寫道：

> 〈閑情賦〉正所謂〈國風〉好色而不淫，正使不及〈周南〉，與屈、宋所陳何異？而統乃譏之，此乃小兒強作解事者。㊱

蘇軾的見解後來博得了清代著名學者陳沆的附和，後者也稱陶氏的〈閑情賦〉是晉代最偉大的篇什。㊲蘇軾以為在〈閑情賦〉中最可貴的是「真」，這在蘇軾看來是陶潛詩藝的秘訣。㊳詩中求「真」意味著傳達心聲，雖說它也是通過假面的設置來達成的。而正是因

㊱ 蘇軾《題文選》，見鍾優民《陶學史話》，頁六一。

㊲ 陳沆《詩比興箋》（北京：中華書局，一九六五年重印），見鍾優民《陶學史話》，頁一五一。

為有了這份「真」，陶詩才能開啟人的情感，它既真切又費解，既靜穆又狂放。的確，有了〈閑情賦〉，陶詩才似乎提昇到了一個練達的新境界，因而也就是一個爐火純青的新境界。這樣一個成就包含了各種主題和風格實驗的成功糅合。也許這就是為什麼蘇軾說陶詩「質而實綺」，㊴這對一般譏貶陶詩「質樸」之辭是一個絕妙的駁斥。好在許多現代學者都能領會蘇軾對〈閒情賦〉的重新評價，並繼續提供新的解讀方式。例如，梁啟超曾如此稱讚陶潛的「言情」技巧：

> 集中寫男女情愛的詩，一首也沒有，因為他實在沒有這種事實。但他卻不是不能寫。〈閑情賦〉裡頭，「願在衣而為領……」底下一連疊十句「願在……而為……」熨貼深刻，恐古今言情的豔句，也很少比得上。因為他心苗上本來有極溫潤的情緒，所以要說便說得出。㊵

㊳ 蘇軾《書李簡夫詩集後》，見鍾優民《陶學史話》，頁四六。

㊴ 蘇軾〈與蘇轍書〉；李華《陶淵明新論》（北京：北京師範學院出版社，一九九二），頁二三一。

㊵ 梁啟超《陶淵明》，頁一三。

此外，朱光潛也為陶潛以傳神之筆狀「一個有血有肉的人」而深為折服。㊶同樣地，魯迅也褒獎陶潛有勇氣挖掘情愛各層面，使之讀上去幾乎像一篇自白。㊷所有這些現代學者的評語都代表了一種軌跡，逐步揚棄引喻解讀——包括揚棄蘇軾那種訴諸《詩經》的道德權威——而趨向更變換莫測、更深入人意、更豐富、更實在的解讀。結果是，當我們欣賞文本本身時，一個更具人情、更可信的詩人陶潛的形象便浮現出來。不過我在這裡應當補充的是，事實上，早在明朝，鍾惺（一五七四——一六二四年）等的批評家便已經開始探測陶潛詩藝的複雜性。㊸尤其是孫月峰聲稱陶詩「真率意卻自練中出，所以耐咀嚼」，因而其平易的印象也只不過是假象而已。㊹

與陶氏平淡詩風之謎緊密相連的，是一個為自己的小庭院和田園生活所陶醉而怡然自適的隱士。陶潛是否曾為他決定隱居後悔過？他是否有時候也想過另外一種生活？我

㊶ 朱光潛《詩論》第十三章〈陶淵明〉。
㊷ 魯迅〈題未定草〉。
㊸ 鍾惺《古詩歸》中對陶潛〈癸卯歲始春懷古田舍〉一詩的批語。
㊹ 孫月峰《文選瀹註》卷十三。

們已看到自清代以降批評家開始質疑陶潛作為一個隱士的「單純性」——例如十九世紀詩人龔自珍（一七九二—一八四一年）把陶潛當成有經世之抱負的豪傑之士，可與三國時代的諸葛亮相比擬：

> 陶潛酷似臥龍豪，萬古潯陽松菊高。莫信詩人竟平淡，二分梁甫一分騷。[45]

很顯然龔自珍並沒有把陶潛當作一個平淡的人。對龔氏及其同時代人而言，陶潛代表了一個典型的知識分子，有出仕的凌雲之志卻扼腕而棄之——都是因為生不逢時。他們相信在陶潛身上有一股孤立無援之感，儘管很微妙，卻是報效無門的中國傳統士大夫的典型特徵。而這一微妙的落寞感正是陶潛對魯迅如此有魅力的地方。

有一點幾乎所有的陶學學者都忽略了——直到近來大陸學者李華才提醒我們——那便是這樣的一個事實：即早在唐代，詩人杜甫便已對陶潛作為一個恬然自樂的隱士形象提出質疑。但不幸的是杜甫之言多少個世紀以來一直被誤讀，而他對於陶氏的見解也遭誤解。如杜甫在其〈遣興〉一詩中所說有關陶潛的話：

---

45 龔自珍〈舟中讀陶詩〉其二。

陶潛避俗翁，未必能達道。觀其著詩集，頗亦恨枯槁。

據李華所說，杜甫在這幾句中要傳遞的是這樣的訊息：「陶淵明雖然避俗，卻也未能免俗。何以知之？因為從陶的詩集來看，其中很有根自己一生枯槁之意。」㊻這裡李華將杜甫詩中的「枯槁」解作「窮困潦倒」是很有理由的，因為陶潛在他自己的〈飲酒〉第十一首詩中用了同一個詞來形容孔子的得意門生顏回之窘迫：

顏生稱為仁，榮公言有道。屢空不獲年，長飢至于老。雖留後世名，一生亦枯槁……

李華以為，陶潛在指出顏回為其身後浮名付出了高昂代價的同時，或許也在針對他自身的潦倒作自嘲。這也自然可以聯想到杜甫在他提到陶潛時，也會有一副自嘲的口吻。因此當杜甫在試圖揭開清貧隱士陶潛的面具時，杜甫實際上也在作自我曝光。的確，杜甫終其一生窮愁潦倒，也自然而然會自比陶潛。有鑑於此，浦起龍在評解杜甫〈遣興〉時指出「嘲淵明，自嘲也。假一淵明為本身象贊。」㊼這也就說明了為什麼杜甫在他的詩作

㊻ 李華《陶淵明新論》，頁二二七—二二八。

中一再提到陶潛，而實際上，杜甫正是第一個將陶潛提昇到文學經典地位的人。48

然而問題是，正如李華所指出的，在過去的數世紀內批評家一直在誤讀杜甫，或者可以說這是對杜甫解讀陶潛的誤讀。由於批評家常將「枯槁」解作「風格上的平淡」，他們自然而然會認定杜甫以其〈遣興〉一詩來批評陶潛的詩風。這種誤解導致明代學者胡應麟在其《詩藪》中以為「子美之不甚喜陶詩，而恨其枯槁也」。49後來朱光潛也沿襲了胡應麟的說法。直到一九九二年李華出版其陶潛專著《陶淵明新論》，學者才開始重讀杜甫。這一有趣的誤讀實例證實了我們的想法，即經典化的作者總是處於不斷變化的流程中，是讀者反饋的產物。

據我們所知，陶潛其實是很在意讀者反饋的那樣一種人。正如他在其〈飲酒〉組詩序中所言，他曾讓朋友抄錄其詩作（聊命故人書之）。儘管陶潛在說這話時用了一副謙遜的口吻——不過是為博得朋友的「歡笑」而已——毫無疑問他還是很在乎他作品的流傳。

47 浦起龍《讀杜心解》，引自李華《陶淵明新論》，頁二二八。

48 鄧仕樑《唐宋詩風——詩歌的傳統與新變》（臺北：臺灣，一九九八），頁十八。

49 胡應麟《詩藪》，引自李華《陶淵明新論》，頁二二七。

而且，正如戴維斯所指出的，陶潛同其他許多中國詩人一樣都在「營造自我的形象」。對讀者而言，陶潛自我形象中永保魅力的一個側面就是他對自己的誠實，即便在他惶惑的時候他也沒有違拗自己的良心……甚至是在他飢寒交迫時：

> 何則。質性自然，非矯厲所得。飢凍雖切，違己交病……[50]

正是靠這分自我的挖掘，陶詩的讀者才使得他們自己與詩作間有親密無間之感。故而許多讀者在窘迫之際便自然而然地轉向陶詩求助，為他們個人的困苦找尋一個滿意的答案。於是梁啟超抱病在身時所讀的，不是別的正是陶詩，因而寫出了他的著名的《陶淵明年譜》。[51]李辰冬在三〇年代抗戰期間在自家田舍間勤勉地研究陶詩，結果完成了發人深思的陶學著作《陶淵明評論》。[52]當然，也有讀者只是把讀陶潛當作消遣，諸如丁福保以日誦陶詩而自娛。丁氏為陶集編訂了二十多個版本，最終據宋珍本作《陶淵明詩箋注》而

---

[50] 陶潛〈歸去來兮辭〉。

[51] 梁啟超《陶淵明・陶淵明年譜》，頁三九—七七。

[52] 李辰冬《陶淵明評論》。

知名。[53]誠如宋代詞人辛棄疾在〈水龍吟〉中所言：「須信此翁未死，到如今凜然生氣。」

不錯，總的說來讀者對陶潛的生平頗感興趣，不過更準確的說法也許是，有更多的讀者著迷於陶潛對自己死亡的思索。事實上很少有作家能像陶潛那樣帶著一分自覺意識來關注現實、達觀和死亡——像他的〈挽歌詩〉及〈自祭文〉。下面一段話應為陶氏臨終前不久的絕筆，它只能是出自這樣一個人之手，即他對人的有盡天年雖有疑惑，卻又找到了終極的答案：

> 樂天委分，以至百年……識運知命，疇能罔眷。余今斯化，可以無恨……

像這樣的一副筆墨，寫來為自己作「挽歌」，在陶潛那個時代恐怕是史無前例的。正如梁啟超所說：

> 古來忠臣烈士慷慨就死時幾句簡單的絕命詩詞，雖然常有，若文學家臨死留下很有理趣的作品，除淵明外像沒有第二位哩。[54]

[53] 丁福保《陶淵明詩箋注》（臺北：藝文，一九二七年版，一九八九年重印），頁三。

當然，陶氏之言，是否可作字面理解，即它是否確係他的臨終絕筆，恐怕永遠也無法肯定。但毫無疑問許多讀者仍然相信這是陶氏的絕筆。據信也正是在陶潛的影響之下，日本詩集《萬葉集》輯錄了一些像是模仿陶氏預見自己死亡的「挽歌」詩。[55]

有趣的是，也許正是在陶潛的臨終篇什中，讀者才發現修史者對詩人的傳記描述與陶潛的自我描述正相吻合。顏延之在〈陶徵士誄〉中描述陶潛的「視死如歸」也印證了詩人為自己所作的描繪。[56]這正是陶氏希望自己為後人所記取的形象。然而他在這篇絕筆祭文的篇終還是禁不住向讀者流露出他的無奈感：

> 人生實難，死如之何，嗚呼哀哉。

---

[54] 梁啟超《陶淵明》，頁三八。

[55] 見王定璋《陶淵明懸案揭秘》，頁二四四。有關陶潛對《萬葉集》的影響的實例，見《萬葉集》，第四八六首。

[56] 王國瓔〈樂天委分，以至百年——陶淵明「自祭文」之自畫像〉，載於《中國語文學》第三四輯（一九九九年十二月）頁三二三—三四〇。

的確，陶氏最後這番話是一位經典詩人複雜而隱秘的自我告白。

原載於《中國學術》，二〇〇一年

劉勰的文學經典論

皮述平譯

當我們思考中國的宗經觀念時,《文心雕龍》是一部能令人立即聯想到的宗經性著作。作者劉勰(約四六五—五二二年)是一個對於經典力量及其在文學文化史上的正統價值具有特殊意識的批評家之一。而無疑地,劉勰亦極欲使他自己的著作也包含在經典之中。事實上,這種與經典合一的渴望極其巨大,他曾「夜夢執丹漆之禮器,隨仲尼而南行」,❶加入孔子的行列即意味著加入了傳播文化及發揚偉大道統精華的輝煌歷程。

然而,劉勰對儒家經典的態度一直是頗具爭議性的論題。一方面,某些學者已假定劉勰將《文心雕龍》的前數篇用以表彰儒經的主要原因,乃是希望藉著古聖先賢的道德教訓,作為當時劉勰所見文壇流風頹靡現象的一種矯正。另一方面,亦有某些了解劉勰

❶ 參《文心雕龍・序志》。

之文學基本信念的當代學者，主張劉氏並非一個真正的儒家經典擁護者，他只是對儒家學說表現出一種「口頭奉承」而已。❷個人以為，這兩種不同立場的問題在於其皆蹈入了一種共同的誤解，此誤解就是將儒家經典與文學的關係做了「二分法」的判斷，從而導致許多人忽視了劉勰對於儒家文化及其在文學典範中的角色所持有的創新見解。

首先，劉勰熱衷地相信五經即文學的起源。不同於與他同時代的大多數儒家學者，劉勰堅持經書——無論是內容或風格上——皆為最精粹的文學範式。在某種程度上，劉勰對儒學傳統的詮釋幾乎是在企圖重新界定經典的文學性意義，以及展示經典具備何等豐富的風貌、何等有力地表現了具體的真實。例如，在〈宗經〉篇裡，他詳述了早期作家揚雄如何譬喻儒家文章為「雕玉」，以及五經是如何地具有豐潤的文采。❸在整部《文心雕龍》裡，劉勰始終主張聖人最本質的條件就是明瞭如何創造性地透過優美的文字傳達「道」與人之情性。換言之，一個聖人首先必須是一個傑出的作家。❹事實上，從劉勰

❷ 參施友忠英譯本《文心雕龍》序言。

❸ 《文心・宗經》：揚子比雕玉以作器，謂五經之含文也。

❹ 《文心・徵聖》：夫作者曰聖。

強而有力的讚賞孔子文章之「辭富山海」來看，他是堅信孔子的文學成就已足以使其永垂不朽了。❺

既以孔子文章作為文學創作的典範，劉勰乃以一種十分關注語言運用的精神來評價其他古代哲學家及散文家的作品。他認為孟子和荀子的作品之所以格外傑出乃因其「理懿而辭雅」，而列子是因其「氣偉而采奇」，鄒子則是「心奢而辭壯」，淮南子是「泛采而文麗」（〈諸子〉）。進而，劉勰宣稱這些傑出的天才藉著他們優秀的作品及出色的辭采而「炳耀垂文」，故得以立言不朽有如「懸諸日月」矣。

最有意思的是，在試圖強調古文明的文藝中心思想時，劉勰相當推崇緯書，而緯書在傳統上只是被歸屬於某種史前神秘符讖的紀錄。在〈正緯〉篇裡，劉勰邀請讀者由一個文學的視角去重新評價緯書的地位，而不必只停留在討論真假信偽等老問題上。劉勰明白緯書之類的作品其實都來源可疑，並且絕不能代表聖賢訓典，但是他仍然提醒我們注意其內容上「辭富膏腴」的出色文采，從而論定緯書之作是「無益經典而有助文章」的。值得注意的是，劉勰對古代經典及緯書的考察角度具有某種特殊的新意，他以文學

❺ 參〈徵聖〉篇，詹瑛輯注《文心雕龍義證》（上海：上海古籍出版社，一九八九）上冊，頁五三。

內涵來推崇這些作品，無寧是相當有創見的。事實上，在劉勰之前幾乎沒有作家曾經給「文」（文學）立下這樣一個新的定義。不同於馬融、鄭玄或其他儒家學者僅局限於注解經書的教育性工作（參〈序志〉），劉勰選擇以創作一部最早的文學批評專著來呈現他所有「文」的觀念。就此而言，他或許可說是中國古代第一個意識到明確闡釋文學傳統之重要性的批評家。誠如艾略特(T. S. Eliot)曾指出的，真正的古典主義需要一種能夠認識歷史和「歷史意識」(the consciousness of history)的「成熟心智」(a maturity of mind)。❻以劉勰而言，「歷史」即意謂著一部可以追溯「文」之本源的真正文學史。因此，通過整本《文心雕龍》，劉勰一直企圖展示「文」的宇宙性意義（呈現於自然之形貌者）及「文」的文學性意義（反映於聖人之文章者）。這樣的認知乃基於「文」起源於一原始的「道」，惟有聖人之心能悟「道」並實踐「道」的真諦。由道而聖，由聖而文，其中隱然具備一種環環相扣的聯繫。循此，劉勰似乎辨明了「文」不只是關乎文學的，也是關乎文化的。引而申之，一個詩人或一個文藝批評家應不僅僅是一個純文學的提倡者，同時，由於宗法聖人之則，他也應是一個人文思想的孕育者。

❻ T. S. Eliot, " What Is A Classic?" *On Poetry and Poets*, p. 62。

劉勰這種闡釋性研究方法帶來的結果是將文學提升到了一個前所未有的地位，一個足可與權威的儒家經典相抗衡的高度地位。劉勰所做的工作雖然是文學的經典化，但是他所採取的程序卻與他的前輩極端不同。不像許多從前的學者一貫以道德準則作為其評價（或標舉）文學的方法，劉勰卻是將文藝美學思想應用至儒門經典之中，從而使得文學質性成為其判斷所有經典的基本準則。我認為劉勰對新準則的運用碰觸到宗經的最基本精神，因為對經典的評價標準總是因為時代的需要而不斷改變。

當我們開始思考劉勰將《楚辭》經典化的立場時，這種依文本性質不同而有不同準則的問題，對我們而言就特別重要。《楚辭》是一部源起於楚國地區的詩歌集，與〈詩經〉截然相異的一點是，《詩經》基本上是作者不詳的，而《楚辭》卻主要關係著屈原——中國歷史上第一個以詩名著稱於世的詩人，其曠世詩作〈離騷〉即居於《楚辭》總集之首。屈原是中國文學傳統裡，第一個藉著詩歌真率坦露地傾吐個人情感與怨憤的作家。對劉勰來說，由於其詩篇中的個人特質及文學性質，《楚辭》可算為第一個真正的「文學」典範。而且，就如王元化在其《文心雕龍講疏》（臺北：書林，一九九三）所說，劉勰把〈辨騷〉篇做為《文心雕龍》全書的總論之一，必有其用心（頁一九一）。可見〈離騷〉在劉勰心目中的主要地位了。在本論文中，我將以劉勰對《楚辭》的研讀為例，說明劉勰個人對文學之經典化的看法。

應當提及的一點是，在劉勰的時代，《楚辭》作為「經典」的身分多少還是有些不同意見的，這對正統儒家學者而言尤其如此。事實上，在劉勰之前的許多學者與史學家已經持續地努力設法對付了一連串的問題，以期能對這部重要詩集有所認同。雖然，在許多方面它違反了儒家的道德觀，但是它那純粹的文學品質卻換得了真誠的賞識。在〈辨騷〉篇中，劉勰綜述了各時代對《楚辭》的各種稱美：

昔漢武愛〈騷〉，而淮南作《傳》，以為〈國風〉好色而不淫，〈小雅〉怨誹而不亂，若〈離騷〉者，可謂兼之。……班固以為露才揚己，忿懟沉江；羿、澆、二姚，與《左氏》不合。……王逸以為詩人提耳，屈原婉順，〈離騷〉之文，依經立義，駟虬、乘翳，則時乘六龍，昆侖流沙，則〈禹貢〉敷土，……及漢宣嗟嘆，以為皆合經術；揚雄諷味，亦言體同《詩‧雅》。……（〈辨騷〉）

明顯地，這些評語不論是贊同《楚辭》與否，皆是依據儒家的禮法，採用了與《詩經》相同標準的詮釋傳統。不論是漢武帝、宣帝、或王逸、揚雄等人，他們以共同目的來聖化《楚辭》，明顯偏頗地認為屈原實踐了儒家基本的溫柔節制，是以在本質上以為《楚辭》與《詩經》並無不同。而相反的，班固或許有見於屈原表達悲情及憤懣的心願過於激切，故主張屈原之誤在於違反了儒家中庸的要求。對劉勰而言，這些著名讀者對《楚辭》的判斷，即使並非全然無據，似乎亦過於巧辯。是以，他評述道：「褒貶任聲，抑揚過實，可謂鑒而弗精，玩而未核者也。」（〈辨騷〉）

劉勰在文學規範上的新批評標準模式，在一定的範圍內，是對前人評價《楚辭》的一種反駁。他提出了一個新的閱讀《楚辭》的方式，即對其獨特的文章結構加以考察，所依據的是客觀的分析。他藉著展示詩篇中呼應古聖先王的四個途徑，來說明《楚辭》是合乎經典的。首先，屈原以《尚書》「典誥」之體頌讚古代聖王堯、舜之美德；其次，屈原以一諷諫的方式譴責了敗亂之君桀、紂之惡行。再者，屈原運用比興之義法，以虬龍和雲霓來譬喻君子與邪佞；最後，屈原表露出自我忠而見斥的傷怨之情。綜合此四方面言之，依劉勰的結論，《楚辭》似乎完美地切合了儒學詩教典範——即《詩經》「風」、「雅」之道統。

然而除了這些所謂與經典之「契合處」，劉勰也指出了《楚辭》中四個主要與經典的分歧之處：(1)鋪敘乘雲龍、求宓妃等神怪之旅，其事可謂「詭異」；(2)述說有關共工埸天、后羿射日、九頭木夫、三目土伯等神話，其事可謂「譎怪」；(3)屈原有意效法彭咸、伍胥沉江自得之志，識見似乎相當「狷狹」；(4)〈招魂〉中載男女雜坐，聽樂飲酒、沉湎日夜，其事可謂「荒淫」。

此「四異」之處涉及《楚辭》中所謂的「夸誕」成分，無疑地是違反了中庸與節制的經典原則。對正統儒家學者的感情而言，這些犯規或許理所當然地應該加以反對。然而，與大多數傳統學者處心積慮在道德意含上的作法不同的是，對這種「歧異」，劉勰僅僅是以相當具體實在的方式將它們列述出來，卻不加一句個人的評語。從而他進行了一種早期批評家極少嘗試的詮解途徑：評價《楚辭》，並非取由經典規範的角度，而是依據詩人本身的創造力。在此，我們可以很清楚地看出，按著正統的立場，劉勰已苦心積慮地表示出《楚辭》是一部特異的「非經典性」詩集，不過，劉勰認為正因為《楚辭》獨樹一格而與經書模式不同，它理應被視為一個新典範：

觀其骨鯁所樹，肌膚所附，雖取鎔經意，亦自鑄偉辭。（〈辨騷〉）

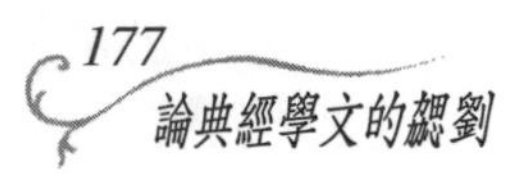

《楚辭》中雖然尚包括了其他詩人的作品，但劉勰卻明顯地只關注屈原個人的原創性，而概括地認定其他詩人僅是屈原流派的追隨者罷了。對劉勰而言，《楚辭》之文學力量的關鍵在於屈原（及其效仿者）那令人驚嘆的語言能源，它們是如此之廣博充沛，以致詩歌語言的許多極致似乎都已達成了：

> 故〈騷經〉、〈九章〉，朗麗以哀志；〈九歌〉、〈九辯〉，綺靡以傷情，〈遠游〉、〈天問〉，瑰詭而慧巧；〈招魂〉、〈大招〉，耀豔而深華；〈卜居〉標放言之志；〈漁父〉寄獨往之才。故能氣往轢古，辭來切今，驚采絕豔，難與並能矣。（〈辨騷〉）

實際看來，劉勰對屈原的尊崇幾乎已達到英雄崇拜的程度。藉著對後者的風格化及理想化，他熱烈稱揚了這位古代詩人的文學成就。對讀者而言，《楚辭》啟發了某種對一「遙遠」世界的嚮往驚羨之情，該世界與《詩經》所呈現之「平易」是完全不同的：

> 不有屈原，豈見〈離騷〉；驚才風逸，壯志煙高；山川無極，情理實勞；金相玉式，豔溢錙毫。（〈辨騷〉）

必須提及的一點是，劉勰典範屈原及《楚辭》的立場，長期以來一直被中國學者視為尚未釐清的難題，主要原因是許多學者認為所謂的「四異」足以證明劉勰對《楚辭》的非難。然而，另一方面，這些人同時也看到了劉勰明確地將屈原作品列於經典之林、並謂屈子為詞賦之「英傑」，故他們疑惑何以造成由嚴肅的保留至熱烈的讚美之間這樣的差距。這個問題多年來還是懸而未解，直到最近，在中國的《文心雕龍》研究中又再度成為辯論的焦點，是以有許多學者發現有必要重讀劉勰評述《楚辭》的相關原文。

然而，這些重新研讀的角度（或許除了王達津的之外）卻仍舊將重心放在「儒學／反儒學」的糾葛上，而且在詮解上並未真正的突破。不過，我相信，若以一個新的視角來觀察，那在某些人看來是矛盾對立的部分，實際上仍可以聯結統一。重要的是，我們應當先暫且撇開儒道思想，而專注於考量劉勰是如何試圖在文學傳統中建立他理想的文學典範。其首要的問題是：使一個作家及其作品成為經典的因素是什麼？我以為，這個問題在今日的重要性實不亞於在劉勰的時代。Harold Bloom曾經說：「使一個文學作品贏得經典地位的原創特質，乃是一種特異性(strangeness)，這種性質，我們要不就是永遠無法予以歸類同化，要不就因它顯得那麼司空見慣，以致我們根本忽視了那種特異之本質(idiosyncrasies)。」❼我認為屈原及《楚辭》在整體而言確有一種典型的特異性，即劉勰所謂的「詭異」或「譎怪」，它們縱橫錯織在文中的現象，使人自然而然地為之懾服、感染。實際上，劉勰並沒有封屈原作品為經，而遠在劉勰之前已有人稱〈離騷〉為「經」，漢代學者王逸也試圖藉著聯繫《楚辭》與《詩經》的關係來聖化屈原。或者，我們可以說，由於他以創作真實深刻的作品而使得世世代代不斷地對之一讀再讀，故其實是屈原本身使他自己成為了一種典範。在此，我們可以引用Harold Bloom對普遍文學經典的論點：「一個由古至今最可靠的評價文學經典的準則就是：除非作品本身使讀者有一讀再讀的欲望，否則它就不具備成為經典的條件。」(p. 29)

　　無論如何，劉勰雖然不是第一個將屈子帶上經典地位的人，但在評釋《楚辭》的工作上，他卻是非常盡責地創立出新的文學準則。由此，《楚辭》首度被視為純文學的一種典範，代表著偉大詩人的心聲，是後代作家藉之以表白自我的典範。而更重要的是，由於突出《楚辭》的地位，劉勰擴充了經典的範疇，以容納更寬廣多樣的風格及主題。他既展示出一個傳統是如何地在一個詩人身上運作出那般巨大的力量，同時也反過來呈現

❼ Harold Bloom, *The Western Canon* (New York, 1994), p. 4.

出這個詩人是如何地影響並改變了這個傳統。換言之，劉勰在他的《文心雕龍》中建構出一種在傳統與個人之間強大活躍的動力，❽既讓我們認識到一個詩人以文學經典為模範的理由何在，也同時說明了為何詩人又必須打破這樣的傳統模式。因為若無古典價值的維繫，詩歌創作將會處於迷失方向和準據的危險之中；但若是僅知一味地守舊，則可能扼殺文學的新生，遲早會導致文學本身的消亡。是以，劉勰宣示《文心雕龍》的主要目的不僅在呈現文人之心是如何地「本乎道，師乎聖，體乎經，酌乎緯」，並且還要呈現它是如何「變乎騷」的。

我們自然能從《楚辭》中看到許多的「變」，其所象徵之體性與《詩經》是全然不同的。以經典的標準衡量，「騷」的風格，不論是在詞藻或構句上，均顯得超絕精練、聲色

❽ T. S. Eliot曾說：「沒有任何詩人或藝術家具有全然獨立的意義。他的意義、評價均繫乎那些已逝去的詩人及藝術家的評價。你無法個別地判斷他；你必須將他放置在那已作古的人之間，以茲對照或比較。我認為這是一個美學原理，而不僅是歷史批評。他要遵守和承襲的創作要素並非片面；當一個新的藝術品誕生時所經驗的一切，同時間亦一併發生於所有之前的藝術品上。這些現存的傳統實例本身形成一理想的法則，但它是不斷經由新作品之引導來修定而成的。」參T. S. Eliot, “Tradition and the Individual Talent”, *Selected Essays*, p. 5。

繁縟，在古代經典中委實看不到這樣的風調。然而，以劉勰的觀點，正是這種「特異」本質適合如屈原那樣的偉大詩人表達出一種激情的、曲折的、尤其是一再受挫的欲望。最重要的是，屈原乃以一種新式類型寫作，新文類通常容許不同模式的文體塑造，以因應新時代或新地域的特殊文本的需要。實際上，在研讀《文心雕龍》的過程中，我們可以強烈感受到劉勰對文學類型的鑒別態度，他總是同時考量了文學本源與形式創新的兩個因素。以《楚辭》為例，劉勰精確地依據類型意識來進行他的文學重估，是以他評道「《楚辭》乃〈雅〉、〈頌〉之博徒，而詞賦之英傑也」。

明顯地，劉勰已正視到《楚辭》中有一種新的精神覺醒，以及一種新的詩歌修辭風格的形成。他認定，尤其就文學性的影響力而言，《楚辭》其實並不亞於、甚至是超越經典的。一代又一代，如劉勰在〈辨騷〉篇中所述，《楚辭》已經成為文學上爭勝追摹的流行範式了。我們也可以說，《楚辭》最傑出的成就便在於它那能夠吸引不同類型讀者的力量。Wendell Harris曾說：「經典乃是由許多閱讀方法組構而成，而不是剝離的文本段落。」(Harris, p. 110)以《楚辭》之例，由於這部作品在歷史中受到讀者的喜愛，已經被充分的認同了。儘管其讀者們有著不同的背景和才華，但在心理上似乎有著相同的目標——他們希望摹習到《楚辭》的特色：

> 故才高者菀其鴻裁，中巧者獵其豔辭，吟諷者銜其山川，童蒙者拾其香草。（〈辨騷〉）

經由閱讀而獲得文學感染力的概念，在劉勰時代並非什麼新見。但是當時幾乎沒有人像劉勰一樣想到一個如此有創造力的詮釋策略，那就是把讀者反應與經典範式這兩個概念相互聯繫起來的閱讀方式。也就是說，一部像《楚辭》之類的偉大作品，其實根本是由讀者來奉為經典的，讀者的力量巨大到使作品本身非得晉升於經典之林不可。循此，劉勰似乎暗示了純文學經典與儒家人文經典仍是有所不同的。如果說儒家經典有走向封閉的傾向，那麼文學經典則本質上是無限開放性的：永遠預期著新讀者的需求、新文類的形成、新傑作的出現、以及新範疇的準則。

然而，比起西方傳統中文學經典與《聖經》之間所存在的巨大的鴻溝，[9]則中國文學

[9] 在區分西方文化中的《聖經》典範與文學曲範時，Wendell V. Harris說道：「《聖經》典範歷程的本質作用是趨向封閉，而文學經典則永遠默許最低限度的可行性，以便加入新的或不同評價的作品。」參見Harris, "Canonicity," PMLA (January 1991), p. 111。我無意製造一個錯誤的印象，就是將儒經與《聖經》等

與儒家經典的關係要密切得多。這是因為在古代中國，文學與儒家經典均以「文」為基礎，二者不斷有著連續性的直接關係。

這就是為什麼，無論新變為何，劉勰始終堅持儒經永遠是文學演進中最主要的應用原則。我們若回顧劉勰對《楚辭》的分析便能理解，儘管具有奇異和詭譎的性質，但《楚辭》之文體風格與經典相背離的現象，並沒有違反古典理念的整體性。對《楚辭》中他所指出的「四異」——主要是一些奇特的描寫有關神秘境域的漫長迷幻之旅，以及對鬼神始終不渝的情色追尋——劉勰似乎認為其與《詩經》世界的古典人文理念實為一種互補，而非對立。而另如劉勰所辯稱的，由於《楚辭》包含了「奇」與「真」兩種特質；它既有「華」采，也兼顧「實」質。所謂「酌奇而不失其真，玩華而不墜其實」也。而對古人來說，「真」和「實」是表現在聖人作品中的兩種主要內涵，其他一切則相對地被視為次要。前文曾提及所謂的「四同」即含有此兩種品質，故《楚辭》可謂清晰地反映了古典人文的精神。在另一層面，劉勰似亦欲辨明《楚辭》真正的貢獻在於它創新地揉合了「適宜」的內容與怪異的風格，這兩種成分在以前詩歌中一直被認為是難以並存的。

同而觀，而只是希望表明我從Harris那裡得來的啟發。

易言之，屈原創造了一種新的詩歌類型，既包含了嚴肅的思想內容，也同時以其華美激情的語言著稱。在劉勰看來，這種新的屈原式的混合風格，仍然是建立在孔門的人文思想上，孔子文章所煥發出的典雅風格，已經顯明「銜華而佩實」（〈徵聖〉）之特點了。

因此，劉勰明確地認為，一個好作品的關鍵，是其能夠在形式與內容之間謀取適當的平衡，這是任何人在效法一個偉大作家時所需思考的原則。以學習屈原而言，一般人最常發生的問題就是對其思想內容的注意力容易轉移到迷幻感官的想像之中。這或許可以理解為因屈原文章裡饒富對外在物象、尤其是魔魅景觀鮮明而感官的描寫，確實提供了寬廣的視覺官能想像空間。但是這種感官敘事的力量，卻可能導致其濃密的意義結構相形失色的危險，此即屈原的摹仿者經常只學得屈原的一面。覺察到這樣的危險，劉勰乃建議他們練習自我節制，而「憑軾以倚雅頌，懸轡以馭楚篇」（〈辨騷〉）就是最佳途徑了。

艾略特(T. S. Eliot)說過：「一個人可能是偉大的藝術家，卻也許有著不良的影響力。」劉勰所指出六朝文學問題的許多現象，或許即牽涉到屈原所帶來的「不良影響」，如〈通變〉篇中感嘆道：

楚漢侈而豔，魏晉淺而綺，宋初訛而新，從質及訛，彌近彌澹。

依劉勰看來，他那時代及稍前的作家們，在創作上最大的問題是仿效《楚辭》的傳統，卻只學得了屈原辭賦中「奇」的技巧，而未觀察到他那古典的「真」的要求。是以古代作家是「為情而造文」，近代詩人則是「為文而造情」（〈情采〉）；易言之，古詩人們誦唱出他們的真實心靈，而許多近代詩人寫的僅是以華采修飾的虛偽情感。劉勰以「真」作為他判斷當時代作品的基本標準，認為當時作家既「率好詭巧」又「苟馳夸飾」，結果是大多數六朝作家汲汲於「逐奇而失正」（〈定勢〉），他們熱衷於追逐新聲，以致投注所有精力僅止於「爭價一句之奇」（〈明詩〉）而已了。

儘管劉勰雄辯滔滔，我們仍不得不考慮到或許他是受了文學上普遍存在的「歷史退化觀」的影響，故而認定當代作品必然是遜於前代的。他熱心地提升古詩人屈原的地位，認為其作品在真、奇、華、實之間把持住良好的均衡，卻完全忽視六朝及稍前作家的文學成就。依此，我們不免質疑是否劉勰視五經為文學之完美典型的基本看法，可能多少來自於一種「歷史退化觀」的偏見。這種偏見在傳統中國是許多知識分子和學者共同持有的。

然而，在文學上所謂「歷史退化」，某個程度而言只是反映出一種對開創型作家的矛盾心理。我們可以這麼說，寫作本身是一種在理論與實踐、原則與變通以及理念與個性之間不斷爭戰的經驗。以劉勰為例，他崇尚中庸之道的古典思想，並試圖以這種思想作為其文學批評的尺度，但另一方面，他自己的寫作風格亦無疑地受到了時代口味(period taste)的影響，顯示出一種對華麗文采的強烈傾向，明顯地有別於經典的平淡風格。在理念與實踐之間，如此之差距或張力，對作家來說，其實是非常普遍的。而事實上，就在這些矛盾和緊張的體驗之中，一個作家多少能夠領悟到詩歌所有模式的豐富性，使他可以創作出新舊相容、既博且約的作品來。

就另一層面言，劉勰對經典的特殊尊重亦反映出一種存在於所有不同文化中基本的宗經思想。在Charles Altieri的一篇文章("An Idea and Ideal of a Literary Canon")中，他特別提醒我們藉由對古典作家的理想化來建立一標準模範的重要性。他說「我們對典範的判斷必須是那些我們推崇為模範人物或那些受到模範人物所推崇者」。實際上，劉勰對孔子及屈原的絕對推崇也讓我們想起Longinus心目中典範化的人物如荷馬及柏拉圖。Longinus曾如此寫道：

> 依此而言，當描述任何要求高尚的情感及昇華的意念時，我們本身也應在腦海中形成某些概念，如荷馬可能如何表達，或柏拉圖、狄摩西尼斯、史學家修西提底斯可能如何呈現那莊嚴崇高的極致。因為這些人物——這些向我們獻出他們自己，燃出我們的熱情，並曾照亮我們的道路的人物——會以一種神奇的方式引領我們的心靈到達一想像中的高度標準。⑩

猶如Longinus，劉勰也受到古代經典人物的巨大影響，他們——雖然或許僅存在於劉勰自己想像之投射中——給予了劉勰創作不朽之《文心雕龍》的理念、志趣，以及從事此一事業所需的崇高準則。如他在〈序志〉篇中所稱，他之所以「搦筆和墨，乃始論文」，即由於體認到「去聖久遠，文體解散」（〈序志〉）之故。

寫作《文心》，劉勰亦清楚地知道他的前輩和文壇後人將評斷他。他強烈地意識到自己和歷史上其他作家之間的關係；在經營偉大文化傳統的事業中，他認同並接納自己成

⑩ Longinus, *On the Sublime*, p. 86.

為此一文化傳播者的角色。他苦心期盼的是，其文學批評著作，即使可能不為他的時代所欣賞，也將為未來的世代所認同。由於他曾深受古聖賢之啟發，故希望他的作品也能對文壇後人產生相同的作用，不致於「眇眇來世，倘塵彼觀」矣。但是，他也意識到，在文學上，真實的理解是不容易的，也許只是「千載其一」（〈知音〉）罷了。他提及屈原即是一個受到所處時代誤解的人物，由於屈原曾說「眾不知余之異采」，劉勰即評道「見異唯知音耳」（〈知音〉），此語意味著劉勰本人能夠真切地領略屈原那異常之稟賦與抱負，無疑是屈原的知音了。閱讀全本《文心雕龍》，可以得著一個意念，即屈原其實就是劉勰想要並駕齊驅的真正對象，《文心》就是以一種類似《楚辭》的華美風格撰寫而成，這仿如劉勰與屈原藉著相互的理解而在歷史中相互呼應了。

期望自己的作品能夠實現超時空的價值，允為人情之常。在“The Living Hand”（〈活著的手〉）這首詩中，詩人濟慈(John Keats)說到他自己的手是如何在他死後復活。而Alfred Tennyson在其挽詩“The Memoriam”（〈懷念〉）中也生動地描述了緊握著他去世朋友的手，仿如是對永生的一種頌讚方式。所有這些例子都涉及到作家期待由於他們的文學力量被認可，而得以在歷史中與人們相識相知。劉勰並未以「手」作為不朽之象徵，他乃是強調了「心」的力量。對他而言，「文心」是唯一可以永存的心智，因為就是藉著文學作品，才使得一個作家的心靈可以超越時空而與另一個心靈相遇，就是藉著文學作品才使得人們找到了永恆不朽之真諦。故他稱孔子是「千載心在」（〈徵聖〉），而總結他的《文心雕龍》時也以「文果載心，余心有寄」（〈序志〉）來說明他個人對文章不朽的願望。當然，立言而不朽的觀念在中國文化中早已有了極為深遠的根源：漢代的太史公司馬遷之所以決定忍辱地活下去，乃是為了創造永垂不朽的《史記》。

但劉勰的文學不朽論對今日的讀者有其特殊的意義：他告訴我們，所謂典範，其本質上所顯示的意義就是一種渴望被紀念、被包含在一個文化記憶體中的需要。他的宗經觀念，尤其是對經典重新評釋或修正的堅持態度，對今天的我們來說確實別具意義。在評價古代聖人和屈原時，他以其修正過的美學準則來慎密地辨明出一個新的研究門徑，而同時地肯定了舊價值與新理念的力量。他真正理解文學內在心靈與作家外在需要的複雜機能，那種需要就是欲藉著典範以成為歷史中的永恆的聲音。

原載於《文心雕龍研究》第三輯，一九九八年七月號

從「文類」理論看明傳奇的結構❶

王璦玲譯

在傳統戲劇中，高明的《琵琶記》與湯顯祖的《牡丹亭》最能代表「傳奇」這一興起於元末明初的「新劇種」，也就是我們今日所謂的「新文類」。❷事實上，早在清初，著名戲劇家與小說家李漁（一六一一—一六八〇年）就已經把傳奇當成一種新文類來研究了。他所謂的傳奇結構主要是根據當時的幾部戲曲醞釀而出的基本模式。❸所以分析明代

❶ 本文原為一九七六年普林斯頓大學中西比較文學會中宣讀的論文。藉著王璦玲女士將此文中譯的機會，做了不少補充與更正。

❷ 高明《琵琶記》（北京：中華書局，一九五八），及湯顯祖《牡丹亭》，徐朔方、楊笑梅校注（北京：中華書局，一九六五）。

❸ 參見李漁《李笠翁曲話》（上海：新文化書社，一九三四）。

戲曲的結構，尤其是《牡丹亭》與《琵琶記》等名劇，不能不以李漁的理論為出發點，正如西方希臘戲劇的批評家絕不能忽視由亞理士多德《詩學》所奠定的基本戲劇理論一般。

文學創作一般而言均受到文化與文類(genre)條件之影響，文學批評亦為個人感知與文化狀況交流的產品。每一作家均在其所屬的文學傳統中從事創作，而其個別成就亦最能在此特定傳統中被評估。傳奇之所以被公認為一種特別的戲劇體裁，是因為它具有戲曲在結構原理上的某種特色。李漁企圖建立一戲劇理論的嘗試已充分顯示戲劇是一種自律的文學形式，而且可以視為一種獨立的文類予以系統的研究。

在他以「格局」（相當於西方文評中的「結構」）為副題的《曲話》中，李漁曾論及傳奇的五個結構單位。

一、家門（序言）；

二、沖場（第一齣，或第二齣）；

三、出腳色（人物出場序列）；

四、小收煞（小團圓）；

五、大收煞（大團圓）。

明傳奇的特殊之處不僅在於它總是以喜劇或至少輕快、歡愉的結尾作結，而在於此種結局在傳奇此文類中的「必要性」。這種必要性，不得不使我們問：難道我們目前因方便而習稱的所謂喜劇結構(comic structure)，在某種程度上也反映出傳統中國文化對人生所持態度的重要層面嗎？

在現代的喜劇中所謂皆大歡喜結局的重要性是眾所公認的；一般認為喜劇的結構是從失落到復原，從分離到團聚，從分散到整合，或是一些類似的形式。然而，在西方戲劇傳統中，喜劇的地位向來被視為低於悲劇。在彼傳統中，一個被疏離或折磨的英雄所承受的衝突或歷練，以及悲劇中所呈現的極端與決定性通常被視為戲劇中最重要的成分，誠如哈羅・瓦特(Harold H. Watts)在其論喜劇的論文中所言：

> 亞理士多德於此亦默然。有關喜劇本質的討論往往欠缺了能主宰所有探究悲劇本質之旅程的高峰。❹

❹ Harold H. Watts, "The Sense of Regain: A Theory of Comedy", *Comedy: Meaning and Form*, ed. Robert W. Corrigan

在明傳奇中則非如此。明傳奇只有一種結構——亦即所謂的喜劇結構。或許這是因為一般認為結局必須如此構思以顯示某種終極社會意義；它的理想是要建立一眾所想望的社會。它是以社群而非以個體為導向的。當然，這正是西方喜劇所側重的（尤其是所謂的新喜劇），❺但必須指出的是，這種「新喜劇」模式在西方並非明文規定非要遵守不可，然而明傳奇的獨特性在於，這種喜劇結構卻是一種唯一無二的模式。

透過對《琵琶記》與《牡丹亭》的一番細讀，我們可以看出明傳奇喜劇結構的輪廓。這兩部戲的中心議題都是離與合；問題都從人物一分離即開始產生；幸福只有在人物經過長久分離而再團圓後才重新獲得。通常問題產生於一幕田園式的場景（如《琵琶記》與《牡丹亭》開場的春景），而且在秋景的淒涼蕭索中渲染其嚴重性（如《牡丹亭》第十六齣中杜麗娘病倒，《琵琶記》第二十八齣中蔡伯喈在原本歡慶的中秋佳節卻對月哀思）。同樣地，全劇的最末一齣通常是克服一些始料未及之經歷後對社會整合的回歸。

(Scranton, Penn.: Chandler, 1965), p. 192.

❺ 關於新喜劇的定義，見Northrop Frye, "The Argument of Comedy", *Essays in Shakespearean Criticism*, ed. James L. Calderwood and Harold E. Toliver (Englewood Cliffs, N.J.: Prentice-Hall, 1970), pp. 49–57.

依照其離合的模式，《琵琶記》的結構可以截然地分為兩部分：從全劇開始到所謂小收煞（第二十三齣），以及從第二十四齣到全劇的結尾（第四十二齣）。雖然在全劇前半人物似乎都被動地接受悲劇分離的結果，後半段卻生動地呈現一系列刻畫主要角色的行動，使劇情朝團圓的共同目標推展。例如，即使蔡伯喈這樣一個極少依照自我自由意志行動，而本來只能透過一系列「程式化的言辭」（如焦慮、恐懼與希望的言辭）來認識的人物，後來卻逐漸變得果決而勇於修書給他的雙親（第二十四齣）。在明顯地朝最終團圓結局發展的第三十一齣中，我們也看到堅毅勇敢的趙五娘抱著琵琶，背著她行前為死去公婆所繪的畫像，千里迢迢趕到京城尋找夫婿。同時蔡伯喈的第二位妻子牛小姐亦為丈夫主動地向她嚴厲而固執的父親求助。

最重要的是，本劇其餘幾齣的劇情主要是關於這些活著的人物如何為死去的父母服孝三年，皇帝如何褒揚蔡府所有成員（包括死去的蔡公、蔡婆）的美德。換言之，本劇只有在家門的美德被凸顯後才能結束。從中國人的觀點來說，做人如果不能盡孝則無法達成家庭的整合。因此，在蔡家被朝廷褒揚後，趙五娘隨即對著公婆的畫像唱了一支動人的曲子。可以說，這幅畫像確已成為死去雙親重現的象徵。蔡氏老夫婦的重要性亦透過其畫像的力量而顯現，因為它曾是親人相認的媒介，而如今幾乎已轉化為兩老的真實再現：除了「親自」接受朝廷旌表的榮耀，還「親眼」目睹蔡氏一門最終團圓場面。

這種對於孝道的驚人強調也許讓西方的觀眾覺得有些好奇。根據卡德伍(Calderwood)及多立佛(Toliver)的說法，在莎士比亞的喜劇中，問題往往從年輕人與上一代的「儀式爭鬥」開始，這種爭端通常以夏與冬，生與死，肥沃與貧瘠之間的鬥爭來象徵。❻劇本的結局常被視為是年輕人的勝利，因為誠如我們在《暴風雨》(*Tempest*)中所見Prospero的職務，「如果生命是為了延續，年輕人必須被持護，亦即是年老並不意味被完全扼殺，而是被某種程度的轉化。」❼卡德伍與多立佛曾總結了這種西式喜劇解決的觀念：

> 通常……年輕的戀人是喜劇行動的中心，而鎮壓式的嚴父形象亦須透過一種幾近致命的煩擾與羞辱轉化為父系的允諾。❽

❻ James L. Calderwood and Harold E. Toliver, “ Introduction to Comedy” , *Perspective on Drama* (New York, Oxford University Press, 1968), p. 165.

❼ James L. Calderwood and Harold E. Toliver, “ Introduction to Comedy” , *Perspective on Drama* (New York, Oxford University Press, 1968), p. 165.

只要看看《牡丹亭》的最後幾齣，我們就可以清楚地看到西方喜劇解決觀念與中國大團圓意識的尖銳對比。杜寶這個父親不僅未在《牡丹亭》的結局中受到莎式喜劇所要求的羞辱，反而是無辜的女婿被老丈人痛毆了一頓。此種與兩代關係有關的中西價值體系之對立在此特具效力，因為《琵琶記》與《牡丹亭》均以此種關係所產生的問題為其戲劇主題。

《牡丹亭》的喜劇結構事實上是環繞著全劇所有主要角色的逐漸團聚而產生的。雖然《琵琶記》中蔡家兩老在距團圓尚遠之前早已辭世，而以畫像的方式來象徵他們對結局的「參與」，《牡丹亭》則達到一種自然的結尾而毋須設計一種手段來讓人物團聚。在《牡丹亭》中，我們似乎看到了喜劇結構的真正藝術，它必須自然地完成，亦即李漁所謂的「水到渠成」。❾

就團圓結局的角度而言，《牡丹亭》中幾乎每一個發生於「小收煞」（即第二十八齣

❽ James L. Calderwood and Harold E. Toliver, " Introduction to Comedy" , *Perspective on Drama* (New York, Oxford University Press, 1968), p. 165.

❾ 李漁《李笠翁曲話》，頁五八。

中柳夢梅與杜麗娘鬼魂的團聚）的事件，都較《琵琶記》設計得來得細膩。第三十五齣杜麗娘的復活與第三十六齣中年輕愛侶的完婚並未立即把全劇帶向結局。因為這對新人還有義務找回杜家二老（杜家二老在杜寶出任將領的內戰期間，被不可抗拒之外力給拆散了）。誠如夏志清教授所指出，這對愛侶在劇中逐漸走往社會認同的道路：

> 當這對為情所苦的戀人超越了愛的層面而尋求社會和解時，起初在僵化的儒家社會環境裡被視為狂烈的浪漫熱情，已被改變得無法確認。[10]

聽來也許有些牽強，然而本劇的結局是由前幾齣線索相連的事件奠下基礎的。李漁所謂「大收煞」（團圓場面）的理想形式正足以形容《牡丹亭》喜劇結構的成就：

> 先驚而後喜，或始疑而終信，或喜極、信極而反致驚疑……所謂有團圓之趣者也。[11]

---

[10] C. T. Hsia, "Time and the Human Condition in the Plays of T'ang Hsien-tsu", *Self and Society in Ming Thought*, ed. William, Theodore de Bary (New York: Columbia University, 1970), p. 279.

[11] 李漁《李笠翁曲話》，頁五八。

《牡丹亭》的團圓過程主要是基於一系列杜寶與其女婿柳夢梅之間的誤解而複雜化。如前所述，《牡丹亭》最後幾齣的趣味是因被擢升為宰相的老丈人對女婿的羞辱而提升的。作為一個理性的人，杜寶不能不把柳夢梅這個荒唐地聲稱是他死去閨女之丈夫的傢伙視為騙子。在杜寶心目中，柳夢梅毫無疑問正是一個盜墓者，根據杜府西席陳最良的消息，他掘墳後就逃之夭夭。而柳夢梅擁有杜麗娘自畫像的事實更是他罪行的最好證明。結果，對柳夢梅而言是合法性的最佳證物，卻變成讓杜寶告他的最有力根據。

即使後來連皇帝都開始維護柳夢梅的正直，而且強調這位年輕人是當年京城科舉的狀元，杜寶仍然堅持己見。此時杜寶懷疑的不是柳生的正直與否，而是死去女兒復活一事之真偽。他拒絕與女兒、女婿相認，因為他堅信眼前這個小女子不過是一個披著女兒形貌的邪惡精靈。只有在女兒被證實是一活人而非鬼魂之後，他才願意認這個女兒。

截至此時，所有其他主要角色都已出現在第五十五齣。早些時，當柳夢梅考完秋試前往揚州尋找杜寶時，杜麗娘與母親及侍女春香終在京城相遇（第四十八齣與四十九齣）。而只有在聽到柳夢梅終於找到杜寶，未得一番道賀反而被痛毆一頓的消息之後，杜麗娘與母親才由春香陪同趕去與杜寶相聚。

所有這些有趣而複雜的場景都使得結尾的團圓顯得較具說服力而不覺突兀。此處我們可以看到其他的結構單元對團圓結局有何貢獻？早在「沖場」（第二齣）柳夢梅就被刻畫為一敏感、浪漫、好作白日夢的年輕人（事實上，湯顯祖描繪柳生的辭彙總帶點幽默）。正是此種浪漫本質使柳生面對嚴酷現實時心理基礎顯得不足，而終使團圓的過程變得日趨複雜。重要的是，所有在全劇開場出現的重要人物（即柳夢梅、杜麗娘、杜寶、杜夫人、陳最良以及侍女春香），都順暢而毫不牽強地被帶到結局相聚一堂。換言之，所有細節都經過精心設計與操控，使整部戲顯得十分自然。李漁的戲劇結構原理確可視為是《牡丹亭》結構的詮釋。

在強調明傳奇的有機整體性同時，我們必不可認為它與亞理士多德討論希臘悲劇時所主張的結構整體是同一回事。根據亞氏的定義，結構整體是指一由部分組成的整體，如果其中任一組成部分「被替換或移去，此整體將受到干擾而變得支離」。⑫在希臘悲劇中，情節本身所蘊含的因果率與或然率使得一部戲組成部分的有機結合成為可能。對亞

⑫ Aristotle, "Poetics", *Criticism: the Major Texts*, ed. Walter Jackson Bate, enlarged ed. (New York: Harcourt Brace, 1970), p. 25.

氏而言，悲劇之優於史詩只因為它具有較為緊密的內在結構整體，此整體乃以開端、中點、結尾之理想關係為基礎，其中只含有最少量的插曲。

比較起來，明傳奇顯得「枝節化」(episodic)的場景是透過一種不同的手法完成的。由場景的並列(juxtaposition)所創造的平衡與持續擺蕩造成了全劇的整一性。不同場景交替的原則是靠精確來完成的，以致於一旦其一齣場面失去平衡則全劇的結構將受到影響。也可以說，各種場景，包括張敬所謂「大場」、「正場」、「過場」等等，⑬均應妥善分配，而且每一齣中所出現的人物都應依嚴格的慣例加以規劃。齣與齣之間的結構並列是明傳奇的組織原則。正如生命本身展現了各種節奏的活動一般，它所強調的是不同層面之人類經驗的交替。

《琵琶記》的故事是一同時發生在京城與陳留鄉間之事件的並列，其中奢華相對於饑荒，婚禮相對於痛悔，節慶相對於流浪。如果我們視本劇為一整體，我們將發覺人類關係已成為一空間性的整體，其中事件的展開變得十分重要，帶有一整體平衡世界的意

⑬ 關於這些術語的定義，及《琵琶記》、《牡丹亭》中場景的分配表，參見張敬《明清傳奇導論》（臺北：東方，一九六一），頁一〇一——一二一。

味。明代劇論家呂天成指出對比手法是《琵琶記》的最高成就：「苦樂相錯，具見體裁」。[14]此中似乎是個吊詭，本劇中兩種背景持續交替的結果竟創造了整體的集中效果。

李漁在其「結構」一節中討論戲劇製作技巧時，曾標舉《琵琶記》為少數能成功地遵守所謂「主腦」的傳奇戲之一（「主腦」乃劇中所有事件發展的起始點）。[15]《琵琶記》所有並列的場景，雖然都清楚地分配至兩種不同的背景，實際上也都由蔡伯喈再婚於牛小姐此一特殊行動帶向一焦點。[16]《琵琶記》中類此之「主腦」的運用，是為了提醒觀眾所謂「一人一事」的原則。[17]對李漁而言，此即全劇的核心。

令人驚訝的是，此種「一人一事」的強調聽來像煞了亞理士多德戲劇行動統一的理論。在其《詩學》中亞氏清楚地主張戲劇的目的是為了模仿人類的行動，而此行動就其了解而言，「是指一個整體的行動」。[18]然而只要我們停下來檢視李漁對元雜劇《西廂記》

---

[14] 參見《曲品》，轉引自陳萬鼐《元明清戲曲史》（臺北：鼎文，一九七四），頁四五九。

[15] 李漁《李笠翁曲話》，頁八。

[16] 李漁《李笠翁曲話》，頁八。

[17] 李漁《李笠翁曲話》，頁八。

有關「立主腦」技巧的討論，我們將明白李漁「一事」之主張並不等於亞理士多德式的統一行動。在李漁看來，《西廂記》之「主腦」即是張君瑞請求「白馬解圍」一事，[19]而該齣戲絕非組成全劇「情節」的中心要素。

顯然，李漁所主張的藝術要求不同於古典希臘悲劇的行動統一。亞氏之意，行動的統一即指「情節」的整一，而此整體即為戲劇的靈魂。然如前所述，李漁所謂「主腦」，是指戲劇情節推展的起始點，只作為聯結全劇事件的核心，而不必然成為全劇「情節」的中心要素。沒有了「主腦」的設立，故事的各個組成部分之結合將被破壞，使全劇有如「斷線之珠」、「無梁之屋」。[20]

李漁相信早期傳奇的優點之一就是「立主腦」手法的運用。誠如李漁所聲稱，《琵琶記》中事件的「主腦」即蔡伯喈與牛氏的再婚，劇中所有重要事件都從此產生，如蔡伯喈雙親之去世，趙五娘之盡孝，張太公之仗義疏財。[21]這種對於「主腦」之聯結戲劇事件，

⓲ Aristotle, "Poetics", p. 24.

⓳ Aristotle, "Poetics", p. 24.

⓴ Aristotle, "Poetics", p. 24.

而非單一情節整一性之強調，亦有助於解釋為何在《琵琶記》中即使事件分散地圍繞兩種截然不同的背景，仍能創造出一種整體性。任何戲劇行動的發生，無論是在甲背景或乙背景，透過它與「主腦」及類似事件的關係，都將變得有意義。《琵琶記》的事件並未呈起點、中點、結尾的線性發展，而是如同一株植物枝葉的發榮滋長。

有趣的是，身處十八世紀的英國，撒繆爾・強生(Samuel Johnson)必須盡力去尋找莎劇中行動的一致性（雖然在莎劇中通常呈現如《琵琶記》之兩種背景，因為他所致力的戲劇傳統一向主張單一情節的整一性。）㉒相反地，李漁並未發覺在《琵琶記》中有尋求所謂「單一」情節的必要，因為這並非中國傳統戲劇製作的藝術要求。

另一方面，李漁亦指出《琵琶記》雖長於「立主腦」，卻在另一重要領域，即他所謂「密針線」方面有所缺失。依李漁之說法，「密針線」包含了照映（即對前面事件的回顧）與埋伏（即埋下敘事線索）。㉓《琵琶記》中若干情節的不一致反映了這方面的疏忽。例

㉑ Aristotle, "Poetics", p. 24.

㉒ 見Samuel Johnson, "Preface to Shakespeare," *Criticism: the Major Texts*, pp. 207–217.

㉓ 李漁《李笠翁曲話》，頁一〇。

如，我們很難相信蔡伯喈科舉高中後其家竟然未被通知。同樣地，當他享受榮華富貴之時，竟未能派遣一親信返鄉探親而必須仰仗一陌生人（此人正好是個說謊者）去完成他所託付的使命。[24]易言之，「密針線」是指連綴不同事件，而使戲劇具有邏輯連貫性的小規模邏輯性關聯。

李漁認為早期的傳奇劇本缺乏邏輯結構，後來的劇本則在劇情線索連綴技巧上有所超越。[25]隨著傳奇形式在明代的逐漸發展，它亦變得越來越以情節為導向。情節設計的技巧亦開始逐漸集中於組織較小而非較大事件之複雜關係。

誠如我們在團圓結局的精緻展現中所見，《牡丹亭》的特點之一即其包羅萬象的綜合性。[26]它的結構所具有的行動系統（即情節）集中在不止一個重要事件。它的廣度是由整

[24] 李漁《李笠翁曲話》，頁一〇。

[25] 李漁《李笠翁曲話》，頁一〇。

[26] 《牡丹亭》富含動力的長度與其持續的力量最為傳統劇評家（包括李漁）所讚賞。參見Cyril Birch, "Some Concerns and Methods of the Ming Ch'uan-ch'i Drama", *Studies in Chinese Literary Genres* (Berkeley: University of California Press, 1974), pp. 220–258。並參鄭培凱《湯顯祖與晚明文化》（臺北：允晨文化，一九九五），頁一八五-二七一。

體結構及其設法包含的人物所確立的。隨著行動作用者的增加，情節發展與意義延伸的可能性自然亦跟著增多。當戲劇結構伸展為長篇巨製，人們已不可能立即看完全本。結果較小的單元自然成為此種戲劇形式的美學焦點。

我們可以說《琵琶記》的行動環繞著一個問題（雖然牽涉了兩種背景），而《牡丹亭》則開啟了新的層面，不止包含一個主體事件。當然，它的中心事件就是杜麗娘在情傷而死後復生的著名故事。然此中心事件與其他同等重要的事是平行的，這些事件與有助於全劇整體性的多重意義亦密切相關。

當然，或許讀者往往在讀過《琵琶記》後會以同樣簡單的方法來續讀《牡丹亭》，可是一番細讀將導引我們透視《牡丹亭》涉及不同世界之情事的多重結構。這些發生了多重事件的多種世界並非只代表不同的戲劇背景；他們的存在是人類不同層面經驗的顯現。除了本劇較具模擬性的層面，劇中存在一真實如生活本身，並對人們發揮更大效應的夢幻世界。杜麗娘之死既緣於一場春夢的影響，其後她的復生亦基於她對該夢的信念。然而，世界猶有大於夢境與現實者；即使通常與人世相距邈遠的冥間亦在決定人物的命運上扮演了重要角色。夢境與冥間以同樣的方式拓展了生命的架構，如戰爭的系列（第

十五、十九、三十八、四十二、四十三、四十五、四十六、四十七齣）為人類事物的範疇帶來時間的層面，透過戰爭的場面我們開始察覺外在真實世界的存在，那是一個在較廣的歷史情境裡具有分位的世界。叛亂的發生使分離的問題複雜化，而叛亂發生的結構也使得最後的團圓更完整更有意義。

但精密的人際關係如何組織成最後的完整性呢？這實與劇情線索的聯綴(textual linkage)技巧有關（即李漁所謂「密針線」）。例如，《牡丹亭》中杜麗娘病中所繪的自畫像（第十四齣）即作為她最終與柳夢梅團圓的重要環節。作為與柳夢梅圓房的鬼魂，杜麗娘當時之逃入畫中提醒了觀眾她早先談及畫像之不朽的獨白（第十四齣）。陳最良之自我介紹為「知醫」，亦暗示了他在杜麗娘病中所將扮演的角色。花神對杜麗娘的仁慈（第十齣）亦預示了後來的復活場面（第二十四齣）。杜麗娘埋葬所在的梅樹亦使人憶起柳夢梅夢中所見的梅樹（第二齣）。柳夢梅之名乃成為聯結許多發生於此花園之事件的環節。

所有這些細節並不必然遵循一明顯的模式，但是作者似乎十分努力於透過組織的連綴來建立每一細節的可信度。如果這樣的角度回應了晚明戲曲或一般晚明俗文學中「寫實主義」的興起，[27]李漁之運用戲劇製作中組織連綴的理論，可用來強調其所處智識環境中對於寫實的高度關懷。

「寫實主義」通常意指在文學中將生活作一種詳細的再現(detailed representation)。徹底的寫實主義所牽涉的不僅是環境的細節，更重要的是所謂可信度的問題。李漁在討論「密針線」時曾解釋可信度的重要性：

> 一節偶疏，全篇之破綻出矣。……照映、埋伏，不止照映一人，埋伏一事，凡是此劇中有名之人，關涉之事，與前此、後此所說之話，節節俱要想到。㉘

在「戒荒唐」一節中，李漁清楚地指出戲劇真實性之重要，並勸劇作家在生活本身尋找題材，因為「物理易盡，人情難盡」。㉙對生活中神秘關聯性的寫實刻畫可以透過組

㉗ 在“A Landmark of the Chinese Novel,” *The Far East: China and Japan, Toronto*, 30, no. 3 (1961): 325–335，一文中，Patrick Hanan認為《金瓶梅》是十六世紀中國寫實主義興起時之文學產物，以「一社會橫斷面」中日常生活之細節處理為其特徵。

㉘ 李漁《李笠翁曲話》，頁一〇。

㉙ 李漁《李笠翁曲話》，頁一三。

織連綴的技巧作最有效的呈現。如果我們接受寫實主義與組織連綴的密切關係，我們亦將以同樣的觀點來看明傳奇的喜劇結構。

誠如李漁所主張的，喜劇結構的理想形式不可能不透過邏輯結構來完成。如前所述，《牡丹亭》結局的團圓場面並非突然出現，而是透過許多相連之事件線索的自然結合而呈現的。對生活的詳細描繪與可信度之觀念都對團圓結局有所貢獻。這樣看來，即使表面上不明顯，《牡丹亭》中所有似乎不相連的事件，實際上都聯結在一厚實的模型中。在明傳奇中所特為強調的調和與社會整合的理想，必須透過忠實的刻畫與人類經驗之複雜層面的連綴來實現。組織的原理在生活與戲劇中都是複雜的而非簡易的，是累積的而非線性發展的。

透過《牡丹亭》我們看到了晚明傳奇中發展長篇巨製之複雜情節的可能性。如果我們用「簡單情節」去描繪《琵琶記》中環繞一中心問題的情境式行動，則我們可以用「複雜情節」去標明《牡丹亭》中小事件錯綜複雜的線索。顯然就廣度與熟練度而言，「複雜情節」代表一種刻意呈現整一性的努力，以及一種對於各種人際關係之較細線索的控制。《琵琶記》與《牡丹亭》之間組織結構的差異是重要的，因為它顯示了晚明劇作家逐漸圍繞於整體意識之發掘的企圖，並透視了生命本身的多重層面。

原載於中央研究院文哲所《中國文哲研究通訊》，一九九四年三月，今略做補正

「古典」與「現代」

——美國漢學家如何看中國文學

數十年來美國漢學界一直流行著一種根深蒂固的偏見：那就是，古典文學高高在上，現代文學卻不太受重視。因此，在大學裡，中國現代文學常被推至邊緣之邊緣，而所需經費也往往得不到校方或有關機構的支持。一直到九〇年代，漢學界才開始積極地爭取現代文學方面的「終身職位」，然而其聲勢仍嫌微弱。有些人乾脆就把現代中國文學看作是古代中國文學的「私生子」。

是什麼原因使得美國的中國文學研究形成這種「傳統」與「現代」的畸形對立呢？這無疑是個十分複雜的問題，尤其因為它涉及許多「跨文化」的因素，不是一言兩語就能說清楚的。然而，今日當我們檢討「海外」中文文學的理想和實踐時，我們不得不重新思考這個問題所象徵的文化意義。本文擬從文化認同、藝術準則、文學典律諸方面來進行討論。

首先，讓我們從周蕾所謂「對他者物戀化」的文化現象說起。在她的近著《婦女與中國現代性：東西方之間閱讀記》中，周蕾特別提出西方人如何把「傳統」中國看成「他者」的問題。她認為西方人是以「物戀」的方式來研究「傳統」中國文化——在他們的心目中，最值得迷戀的就是「傳統」中國所代表尚未西化的「純粹」中國性，因此他們執迷於對古典的美化。從周蕾的觀點看來，諸如貝特魯奇所導演的「末代皇帝」以及克莉絲特娃的《關於中國婦女》一書都是這種迷戀「他者」的跨文化產物，它們所呈現的不是真正的中國，而是對「中國」的「物戀化想像」。

相對而言，周蕾以為許多西方人之所以蔑視「現代」中國文化，主要因為那是一個已經被西化、被現代化了的中國——換言之，那是被認為喪失了「純粹中國性」、被西方霸權「肢解」了的複雜主體。所以周蕾說，「漢學家在對中國傳統和本國本色執迷之中，缺乏的卻是對現代中國人民的經歷的興趣。」她甚至尖銳地指出：

> 漢學家是那麼酷愛古代中國文本裡面的中國，以致於他們不願意去參觀訪問中國。他們只能把中國文本當做圖畫來默默地閱讀，卻不會講中國話；他們擔憂中國與其餘的世界靠得太攏了，於是強調中國研究的方法是自足的……。

根據周蕾的解釋，正是這種古典「自足」的偏見使得著名漢學家宇文所安(Stephen Owen)於幾年前對詩人北島作品的「西化」有所批評，而引發了張隆溪、奚密等人對這種偏見的反彈。

不用說，周蕾對美國漢學界的批判具有一定的啟發性，它至少促使人們改變一些看問題的方法。但我認為這個問題還可以討論得更深刻，也可以從不同角度來看，才不致於落入「以偏概全」的陷阱。我願意站在客觀的立場，針對「古典」與「現代」的對立，做進一步的討論。

我認為美國漢學界從一開始之所以偏重於古典的研究，並不完全出於對「他者」的迷戀。而它之所以忽視現代文學的研究，也不意味著缺乏對「他者」的迷戀，因為任何研究目標都有被「他者化」的可能。其實真正的關鍵在於文學研究本身所強調的「經典」

(Canon)準則問題：當現代文學的批評準則正在形成、尚未定型之際，早期的漢學家只能研究傳統的「經典之作」(Classics)。像《詩經》、《四書》一類的古典文本對漢學家來說特別具有繼承性，因為那些都是過去傳教士所編譯過的「經典之作」。後來隨著對中文的逐漸精通，漢學家開始研究唐詩宋詞等典範詩類，接著近年來又開拓小說戲曲的研究以及明清文學的新科目。總之，漢學研究的發展是與文學典範的重新闡釋息息相關的。比起古典文學，現代中國文學大多尚未進入「經典之作」的行列，所以長期間一直被忽視了。

事實上，不僅漢學界如此，西方的文學批評界也是如此。整部西方文學史其實就是不斷奠定新文學經典的歷史。像波多雷(Baudelaire)、喬伊斯(Joyce)、惠特曼(Whitman)等現代詩人也都在長時間的考驗之下才慢慢進入大學課程中的「經典作家」之列的。在這期間，許多純因僥倖而流行一時的作者也相繼遭到淘汰。至於「何者被納為經典？何者被淘汰？」一直是西方批評史中一個重要的課題。例如，艾略特(T. S. Eliot)在其著名的文章"What Is a Classic?"（〈什麼是古典？〉）中特別提出，所謂「古典」就是「成熟的心靈」之表現——一個成熟的作家就是在一種語言中表達人類「普遍性」的作者，但不成熟的作者只會表達「狹窄的」意識。換言之，「經典」的準則就是經得起時空考驗的準則，偉大的作家自然會登上經典的寶座，二流的作者終究會被排斥在經典之外。

但問題是，人們對於經典的準則有不同的解釋和定義。尤其在多元文化的今日，來自不同文化背景的人在選擇經典時很難達到共識。目前最典型的批評策略就是，一致以「政治性」的說法來說明經典的形成與奠定。例如布侖斯(Gesald L. Bruns)在一篇有關「經典」與「權力」的文章中說道：「所謂經典，並不屬於文學的範疇，它是一種屬於權力的東西」。諸如此類的言論無形中使人把「權力的準則」代替了「文學的準則」，因而忘記了文學本身的重要性。有鑒於此，著名文學理論家布魯姆(Harold Bloom)就出版《西方正典》(*The Western Canon*)一書來重申「美學價值」(Aesthetic Value)的獨立性與必要性。他一反當前對經典作品政治化與實用化的強調，呼籲大家以「懷舊」的精神來看「經典之所以為經典」的根本文學性。然而問題是，布魯姆在書中對「西方」純文學的強調，以及他對女性主義和黑人文化運動的攻擊，都處處表現出「歐洲中心論」的偏見。難怪該書一出版就引起各界人士對其「錯誤」意識形態的抨擊。

事實上，在今日複雜的社會中，文學經典的研究不可能與權力無關——例如，長期以來歐美作家一直被視為最具權威性的經典作家，但少數民族與女性的作家則被普遍地忽視。幸而近年來由於「政治正確」運動的影響，許多美國大學都紛紛重新調整「經典課程」的內容，使有些「邊緣文學」的課程一躍而成主流文學。以耶魯大學為例，所謂「古典文學」一向只指希臘文學與拉丁文學；但自一九八八年起，比較文學系裡的「古典」選修科目則包括中國文學。此外，當今的文學批評思潮中最令人感到興奮的，莫過於女性主義的興起與女性作品的重新闡釋。這場文化風潮涉面之廣、影響之深是文學史中罕見的。而女性文學的「經典化」顯然在相當程度下是由於「權力準則」的運用而產生的。

然而，若把文學作品被納入經典與否一律視為權力的運用也是極其危險的；我認為許多信奉後殖民理論的學者正犯了這種錯誤。我可以很坦率地說，我雖然十分贊同周蕾在《婦女與中國現代性》中的女性主義閱讀，但對於她有關第一世界西方如何歧視第三世界中國的論點卻要提出質疑。至少在現代中國文學的問題上，若把注意力完全集中於西方的文化霸權上，把現代文學的邊緣性完全歸咎於西方人的偏見，那麼我們就等於自己放棄了做為「中國人」的自我批評職責。在重新估價現代文學的過程中，我們是否有勇氣自問：是什麼純粹的「文學」因素使許多現代作品被排斥於經典之外？例如，我們可以考慮：現代中國文學在藝術上及文化上是否已建立了一個成熟的審美傳統？它與古典傳統的斷裂意味著什麼危機？它是否長期間受害於「藝術反映現實」的文學觀？

我看只有當「我們」自己努力提高文學藝術的準則，現代中國文學才能真正地經典化。否則一味地指責西方的文化霸權，把文學一律視為權力的運作，則會無可避免地走向更大的困境。

事實上，近五六年來，中國現代與當代文學在美國漢學界的地位可謂突飛猛進。突然間，申請攻讀這一學科的人數戲劇性地增多，許多大學的東亞系都有供不應求的現象。這種興盛顯然與中國當代文學自身的發展、流傳與進步息息相關。像王安憶、莫言、蘇童、殘雪、北島等人的作品英譯本都由美國主流出版社出版，而且也先後得到讀者的好評。按照今日批評界所流行的「經典論」(Canonization)來說，中國當代文學正在逐漸走向「經典化」的過程：哪些作品將會成為永垂不朽的經典，哪些只是喧騰一時的暢銷書，則要看作品本身的文學價值而定。

無論是「古典」或是「現代」，文學的經典化還要靠批評家的努力。不用說，漢學界裡中國現代文學的逐漸興盛與王德威、李歐梵、周蕾等專家的推波助瀾是同步的。尤其在有關九〇年代小說的評析上，王德威帶給了我們新的美學眼光，讓我們在這個後現代、多元文化的環境中，更加意識到我們「看」的是什麼，要如何「看」，從什麼上下文中來「看」。只有像這樣的文學批評才能把當代中國文學逐漸從邊緣地位引向經典化的方向。僅只這一點就足以證明，過去中國現代文學之所以被忽視，並非由於第一世界西方歧視第三世界中國，而是由於現代（包括當代）文學的批評活動與準則尚未定型，而文學作品本身也還在不斷成長與被發現的過程中。

原載於《讀書》，一九九六年七月

輯三

抒情的聲音

擺脫與沉溺

——龔自珍的情詩細讀❶

龔自珍（一七九二－一八四一年）是晚清以來大家公認的一位偉大詩人、才子兼思想家。著名的南社詩人柳亞子稱其詩歌為「三百年來第一流」，另一位學者姚錫均也說「豔骨奇情獨此才」。❷多年來對龔自珍的研究早已成了一門顯學，研究龔自珍的專著、年譜、

❶ 本文為二〇〇一年八月二十－二十二日臺北漢學研究中心主辦「欲掩彌彰——中國歷史文化中的「私」與「情」」國際學術研討會」中所發表的專題演講。我要特別感謝中央研究院近史所的熊秉真博士，是她的鼓勵和期待，觸發了我撰寫此文的靈感。

❷ 劉逸生〈試論龔自珍的藝術特色〉，《龔自珍詩選》（臺北：遠流，一九九〇），頁二三六。

傳記資料、詩話、筆記、報刊文章早已數不勝數。❸但一般研究龔自珍的人都側重其作品的政治意義——例如，有關龔氏批評時政的言論如何影響後來康、梁的改革之風，他的公羊之學如何打破傳統的思想束縛和學術思想等。可以說，真正就龔氏的作品專門研討其文學造詣的，至今還不太多。另一方面，一些考據成癖的論者和小說家又對龔自珍生平傳聞的豔史投入了太多的偏好，以致把龔詩中某些綺語片段附會成實有其事的豔情之作。例如，近人冒廣生曾作詩暗指龔自珍與滿洲女詩人顧太清的曖昧之情，後來小說家曾樸就在他的《孽海花》一書中渲染了這個捕風捉影的風流韻事。對於這個毫無根據的傳說，史學家孟森、錢穆等人雖已屢次辯解，但至今仍為某些論者豔傳，成了眾說紛紜的疑案（即所謂的「丁香花」疑案）。所有這一切都起因於龔自珍一生中某些謎樣的事件，例如，一八三九年他突然辭職離京，一九四一年又驟然去世等，因為至今缺乏詳實的史料解釋這些事件，遂在後世引起了各種頗富傳奇色彩的猜測。一般說來，凡涉及隱私的新聞最能激發人們強烈的興趣，再加上龔自珍一向口不擇言（龔氏的好友魏源曾勸說道：

❸ 有關這一方面的舊書目，見郭延禮《龔自珍年譜》（濟南：齊魯書社，一九八七）書中的〈附錄〉，頁二三八—二六一。

「近聞兄酒席譚論，尚有未能擇人者。」）❹，並以「狂言」自居，❺所以他自然激怒了不少當時的高官貴人，而他的敵人也就趁機製造了一些有關男女情事的謠言，想藉此來破壞他的名譽。更為不幸的是，後來有些學者對龔自珍產生了一種偏見——例如鼎鼎大名的王國維就認為龔自珍的豔詞充滿了「儇薄語」，並斷定其人「涼薄無行」。❻關於這一點，錢穆先生最為公正，他十分同情龔自珍的處境，但不否認龔氏的個性中有一種招惹是非的因素：「大抵定庵性格，熱中傲物，偏宕奇誕，又兼之以輕狂。」❼一般說來，凡是「熱中」俗物之人，千萬不能持「傲物」之態度，否則一定會招來災難。但龔自珍的個性正好兼有這樣水火不相容的兩個方面，因而給自己引來了許多麻煩。然而，從另一

❹ 魏源〈致龔定庵書〉，《龔自珍研究資料集》，孫文光、王世芸編（合肥：黃山書社，一九八四），頁二九。

❺ 見《己亥雜詩》第十四首：「鐘虡蒼涼行色晚，狂言重起廿年瘖。」參見周啟榮〈從「狂言」到「微言」——論龔自珍的經世思想與經世文學〉，《近世中國經世思想研討會論文集》，中央研究院近代史研究所編（臺北：中央研究院近代史研究所，一九八四），頁二九五—三一八。

❻ 王國維《人間詞話》。參見《龔自珍研究資料集》，頁二四八。

❼ 錢穆《中國近三百年學術史》（臺北：商務，一九三七初版；一九七六第六版），頁五五二。

個角度看來，正因為詩人的本性充滿了異乎常人的熱情，他才會有那種「輕狂」的傾向。十九世紀法國小說家司湯達(Stendhal)就在他所寫的一封情書中說過：「對於一個沒有激情(passion)的人而言，要保持溫和謹慎的風度總是極其容易的。」[8]反之，一個感情異常豐富的人常會在行為上無所顧忌而違背了常規，最終便招致了別人的批評。因此，我們或許可以說，許多有關龔自珍其人其事的各種流言蜚語和批評，實與龔氏生來的詩人之情有著密切的關聯。蓋龔氏平生最重情，[9]並擁有一種放蕩不羈的想像，所以詩中屢次提起自己那種「下筆情深不自持」的痴情。其實，龔自珍的痴情也正是他的詩歌的感人之處——唯其痴情，所以才能「情赴乎詞」；唯其「抱不世之奇情」，[10]所以才能引致千變萬化的情感，而終究激發了讀者更多的想像。可惜一般讀者只對龔氏的風流軼事感興趣，

---

[8] 見司湯達給情人Dembowski夫人的一封信；參見Cathy N. Davidson, ed.,*The Book of Love: Writers and Their Love Letters*(New York: Pocket Books, 1992), p. 189.

[9] Zongqi Cai, “The Rethinking of Emotion: The Transformation of Traditional Literary Criticism in the Late Qing Era”, Monumenta Serica, 45 (1997): 63–100.

[10] 見程金鳳〈己亥雜詩書後〉，《龔自珍全集》王佩諍校（上海古籍出版社，一九九九），頁五三八。

很少有人深入龔自珍的情詩文本，對其情愛心理做進一步的分析。

本文擬通過龔自珍的情詩——尤其是他在《己亥雜詩》裡寫給妓女靈簫的一系列自傳詩——來研討龔氏的情觀。作為一個「聲情沉烈」的寫詩能手，⑪龔自珍正好代表著中國傳統文人那種既渴望情，又極力想擺脫情的矛盾心態。從古代文學裡的〈九歌〉、〈高唐賦〉等作品，我們早已看見了「情」所帶給人的誘惑，但也看見了它的威脅。所以我們發現，傳統的文人一方面沉溺於極其痴情的生涯，另一方面卻又竭力用各種方式來設法擺脫自己的痴迷。在這個上下文之中，我們真的可以藉著龔自珍的情詩來研討許多與中國傳統文化有關的問題——如情與慾、色與戒、私與公、沉迷與覺悟、愛情與人生等頗為錯綜複雜的種種問題。但另一方面，龔氏寫給靈簫的情詩也和傳統那種充滿了隱喻寄託的情詩有所不同，因為他所發出的是一種自傳式的、自白的聲音。其袒露自我的聲音使人想起了盧梭(Jean Jacques Rousseau, 1712–1778)的名著《懺悔錄》。僅僅這一點就可以拿它來和現代西方文學中的情觀作比較。同時，作為一種詩歌的表現方式，情詩最容易表現出公與私的矛盾與張力。近代英美詩人艾略特(T. S. Eliot)就曾說過，情詩「乃是公開

⑪ 見程金鳳〈己亥雜詩書後〉，《龔自珍全集》，頁五三八。

向你吐露的私語」。

對於天才詩人龔自珍來說，真正的情詩則是在不斷的自我體驗和述說之中把個人內心的存在經驗逐漸公開出來的寫作過程。他自己曾說：「不是無端悲怨深，直將閱歷寫成吟。」⓬這樣富有審視自我、梳理自己存在意義的詩歌特別吸引近代的讀者，所以近代大家如黃遵憲、梁啟超等均爭先效法龔自珍的詩風。⓭據郁達夫的判斷，蘇曼殊詩中的「近代性」很大程度乃得自龔自珍詩中的啟發。⓮一般說來，與過去傳統的男詩人相比，龔自珍的詩歌反省意識特別突出。其實，在近來不少有關明清文化的漢學研究中，重情或唯情（甚至泛情）早已被公認為明清文化的一個主要特徵。⓯在那個時代裡，龔自珍堪稱為

⓬〈題紅禪室詩尾〉，錄自劉大白《舊詩新話》（開明書店，一九二九），見《龔自珍研究資料集》，頁二一二。並見《龔自珍全集》，頁四七〇。

⓭張蔭麟撰〈龔自珍誕生百四十紀念〉一文的按語，《龔自珍研究資料集》，頁二三一—二三二。原錄自《大公報・文學副刊》，一九三二年十二月二十六日。

⓮郁達夫《郁達夫全集》（香港：三聯書店，一九八二）第五卷。並見《龔自珍研究資料集》，頁二四八—二四九。

⓯康正果〈泛文和泛情——陳文述的詩文活動及其他〉，二〇〇〇年三月十三日定稿。並見康正果〈文

一個痴情多才的文人。然而，與多數明清詩人才子不同的是，龔氏不但敢於揭示和渲染個人情感的複雜和矛盾，而且還不斷用考證學家的手法給自己的詩歌作注腳。於是他的詩作常常把閱讀引入了一種詩與文、情與事相得益彰的互文框架中。如果說詩歌本身時常給人傳達了一種較為模糊的美感，那麼詩人用散文寫成的「自我注釋」則又表達了一種以揭示為目的的紀實性。此外，身為一個今文經學家，龔自珍更是時常把自己的生平經歷和廣大的歷史文化交相比較。尤其在一八三九年南下所寫的那部大型詩組《己亥雜詩》中，龔自珍簡直把他個人的情史比成了他所熟悉的《春秋》大義了。例如，在給妓女靈簫的詩篇中，其中有一首（第二〇一首）如此寫道：

> 此是《春秋》據亂作，升平太平視松竹。何以功成文致之？攜簫飛上羽琌閣。（又祈墅）

注釋中既標明了「又祈墅」，可見這是龔自珍為自己那正在興建的羽琌別墅所作出的又一次祝禱。在前一首詩中（即第二〇〇首），詩人已經公開地說過，自己祈望能把初遇的情人靈簫安置在那個山中的別墅，即他所謂的「靈山」：「靈簫合貯此靈山，意思精微窈

人才女的痴迷〉，《萬象》（二〇〇一，二月），頁九一——一〇三。

竊間。」[16]但在這一首詩中，龔自珍更進一步把快要建成的別墅與公羊學裡所謂的《春秋》微言大義連在一起——這是因為在別墅開始購置的時候，周圍原是一片蕪亂，有如《春秋》因亂而作一般。公羊學家以為，孔子作《春秋》，本隱藏著「通三統」、「張三世」的理想——起初是亂世，接著是昇平世，最後才是太平世。[17]所以，在此詩人引申言之，對自己與妓女靈簫之間的愛情也抱有同樣的理想。他祈望，當羽琌山館建成之後——亦即太平世來臨之時——也是他迎接靈簫飛上山中別墅之時節，所以詩的結尾說道：「何以功成文致之？攜簫飛上羽琌閣。」

在詩中明顯地標出一個妓女的名字和事跡，並把他們之間的戀情比成《春秋》意義上的太平世，這確是龔自珍的一大發明。的確，詩人這一次的戀情與從前許多次的豔遇絕然不同。我們可以說，靈簫是個「致命的誘惑」(fatal attraction)。若用法國小說家司湯達的話來說，那是一種「致命的激情」(fatal passion)；[18]用佛教的術語來說，那就是劫數

[16] 劉逸生《龔自珍己亥雜詩注》（北京：中華書局，一九八〇；一九九九重印），頁二六八。

[17] 劉逸生《龔自珍己亥雜詩注》，頁二六九。

[18] 司湯達給Dembowski的信，見Davidson, ed., *The Book of Love*, p. 189.

難逃。

原來，對龔自珍來說，一八三九年是個危機多端的一年。據說，這一年他因放言高論而觸動時忌，某權貴（有人認為是穆彰阿）使用陰險手段對他進行政治迫害。⑲一直到龔氏再也不能在京城生存下去了，他才獨自一人於農曆四月二十三日倉皇出京（連眷屬都沒帶走），接著就前往江南各地，開始了他那長達九千里的飄流生涯。當時其萬念俱灰、徬徨失落的心緒可想而知。就在這年五月間，路過清江浦（即袁浦）時，龔自珍卻不期然地遇見了妓女靈簫。他確實動了真情，因為從一開始，他就感覺到這是一次命定的相遇。尤其是，在那次席間限韻賦詩時，他得到的正巧是個「簫」字。而這個「簫」字不但與靈簫的名字有關，而且他一向最喜歡吹簫（「少年擊劍更吹簫」）。對他來說，簫也代表著他個性中的優柔的一面（劍則代表剛烈的一面）。這樣的巧合，令他覺得不可思議。這樣的一見鍾情，真可謂命中注定。所以，他希望歷史不要忘記這一件大事，他盼望來日修史的人能為他稍帶一筆。當天初識靈簫，他一共賦詩三首，其中一首寫道：

⑲ 錢穆《中國近三百年學術史》，頁五五二。

> 天花拂袂著難銷，始愧聲聞力未超。青史他年煩點染，定公四紀遇靈簫（人名）。[20]

有趣的是，龔自珍還恐怕將來撰寫歷史的史學家不知道「靈簫」是個女子的名字，所以特別在注釋中強調它是個「人名」。同時，這首詩裡的「四紀」一詞也值得注意。詩人感嘆自己已經四十八歲了（十二年為一紀，故四十八歲為四紀），雖然繼續有各種花月冶遊的行徑，但按理說應當早已超越了男女之情，不會再陷入情感的漩渦了。按《維摩詰所說經》一書所載，天女常把天花撒在諸菩薩和大弟子的身上。花瓣落在諸菩薩身上，即立刻落地；但落在大弟子身上，則黏著不落。所以，天女就說：「結習未盡，花著身耳；結習盡者，花不著也。」[21]在此，龔自珍採用了這個佛教典故，比喻自己「結習未盡」，還經不起花的誘惑，所以雖然已到了四紀的年齡，居然還落入了情網而一發不可收拾。

關於「結習」的問題，龔自珍早已自覺地感受到，那確是自己個性上致命的弱點。《己亥雜詩》第一〇二首就談到了詩人自己那種結習未除的困惑。在這首詩的注釋中，

---

[20] 《龔自珍全集・己亥雜詩》第九十七首，頁五一八。

[21] 劉逸生《龔自珍己亥雜詩注》，頁一三八。

龔自珍特別記載了某江淮人士在給友人的一封信中對龔氏的批評，說其「客導之出遊，不為花月冶遊，即訪僧耳。」[22]出其意外的是，龔氏讀了那信，不但不生氣，反而將之視為一個「知我者」對自己的一針見血的忠告。龔自珍因而把那封信抄了下來，作為一個座右銘，正如那首詩中所述：

> 網羅文獻吾倦矣，選色談空結習存；江淮狂生知我者，綠箋百字銘其言。

然而，從妓女靈簫的事上，我們知道詩人並未擺脫詩中所謂的那種「選色」（尋求豔侶）的結習。龔自珍自己為此感到慚愧（「始愧聲聞力未超」），但另一方面卻又希望歷史能把他與靈簫的情史公開出來。他不但要在詩裡用抒情的方式寫出那段愛戀的經過，而且還希望以寫日記的紀事手法讓後來的讀者目睹靈簫的其人其事。因此我們發現在《己亥雜詩》中，龔自珍給靈簫寫了大量的情詩。在此，詩人確是把個人的私情整個公開出來了；愛情不僅是一種隱私，也是自傳體的主要內容了。

在龔自珍現存的詩集中，他的《己亥雜詩》可說是最完整的自傳體詩了。這個一八

[22] 劉逸生《龔自珍己亥雜詩注》第一〇二首，頁一四三。

三九年寫成的大型組詩，正好是龔自珍當年匆匆離京南下以後的旅途心得和心靈寫照。這段寫作始於當年農曆四月二十三日，終於十二月二十六日。據他給好友吳虹生的信中所說，他在旅途中，每作詩一首，必以「逆旅雞毛筆書於帳簿紙，投一破簏中」。數月之後，抵海西別墅，他才「發簏數之，得紙團三百十五枚，蓋作詩三百十五首也」。㉓所以，《己亥雜詩》基本上是詩人的旅行雜記。龔自珍自己說，他所要表達的是一種「心跡」，「乃至一坐臥，一飲食，歷歷如繪」的真實情況。㉔其實，就如著名學者劉逸生所說，《己亥雜詩》是「龔自珍有意識地對前半生經歷作一小總結而寫的」。㉕僅僅十個月的寫作時間，但詩中所牽涉到的時間卻有四十多年之久，所提到的人物共有一百二十人以上。尤其重要的是，與他從前喜歡燒詩焚詩的作風不同，這一次龔自珍顯然有意識地把這個集子作為他向廣大世界公開的宣言。所以，第一首詩開宗明義地說：

㉓〈與吳虹生書（十二）〉，《龔自珍全集》，頁三五三。

㉔〈與吳虹生書（十二）〉，《龔自珍全集》，頁三五三—三五四。

㉕劉逸生〈龔自珍和他的「己亥雜詩」〉，《龔自珍己亥雜詩注》，頁一一。

著書何似觀心賢，不奈卮言夜湧泉；百卷書成南渡歲，先生續集再編年。

大意是說：寫作雖然比不上「內心觀照」來得高明，無奈詩的語言有如夜間的泉水，難以控制；我已經完成了上百卷詩作，現在南渡過江，一定還要寫出續集，並且把詩編上年月。據《己亥雜詩》第六十五首作者自注，龔自珍的「詩編年，始嘉慶丙寅，終道光戊戌，勒成二十七卷。」可惜這個龐大的前半生編年詩集——收有詩人十五歲至四十七歲的作品——早已失散，今只剩下其中三百首不到的零星詩篇。基於這種原因，《己亥雜詩》作為龔氏晚年的一部完整的編年詩集，其重要性也就更加明顯了。

尤其是，該詩集裡那些有關妓女靈簫的詩實不容忽視。據龔自珍自己所作的注解，在他一八三九年「往返九千里」的旅行中，他一共只見了靈簫兩次。一次就如以上所述，於五月間南下，路經袁浦時，與靈簫的一見鍾情；一次是該年秋季出發北上迎接妻兒的途中，重到袁浦與靈簫見面的那回。從文學史的角度看來，龔自珍與靈簫的第二次見面乃是創造那中國詩史上罕有的自傳性情詩的火花。那次兩人見面僅是短短的十天，但詩人卻在這期間為靈簫寫了二十六首詩（即第二四五至二七一首），加上離別後四天所寫的七首，總共完成了三十三首情詩，占《己亥雜詩》全部篇幅的十分之一以上。在這些詩篇裡，作者以紀實的筆調，配以自省的感傷，淋漓盡致地寫出了自己晚年陷入情網的多種矛盾心境。其自剖之細膩，自述之沉痛，即使像龔自珍這樣一個痴情而又善寫情詩的人來說，還算是生平第一遭。

龔自珍非常看重這一系列寫給靈簫的詩篇，他特別把兩人密切相處的十天之中所寫的二十六首統稱為「寱詞」。他在該組詩的注釋中解釋道：

> 己亥九月二十五日，重到袁浦。十月六日渡河去。留浦十日，大抵醉夢時多醒時少也。統名之曰「寱詞」。㉖

這真是詩史上少有的「本事」自傳，雖然這段「注解」可想而知是作者清醒時回憶當時情境的一種描述。所謂「寱詞」就是詩人醉夢時所說的囈語。這裡的「醉夢」兩字值得注意。一般說來，中國古典詩人每在回憶愛戀的經驗時，很容易把那種銷魂的情境說成夢——那是自〈神女賦〉以來所建立的特殊豔情傳統。㉗在那個上下文中，夢基本上代表

㉖ 劉逸生《龔自珍己亥雜詩注》，頁三一四。

了一種幻想中欲望的實現。但龔自珍所謂的「醉夢」卻表達了另一層意義：這裡強調的是一個情痴對情愛的無止境的饑渴，他一旦陷入了愛戀的漩渦，就會像沉溺於酒醉的人一般，一味地想再喝，很難清醒過來。就如「寱詞」中的其中一首（即《己亥雜詩》第二五九首）中說道：

釃江作醅亦不醉，傾河解渴亦不醒；我儂醉醒自有例，肯向渠儂側耳聽。

大意是說：我通常的酒量是，即使讓長江之水變成酒，讓我把它喝完，我也不會醉。然而，如果我一旦喝醉了，就算把整條黃河之水傾盡了，也無法讓我解渴而清醒過來。總之，我的「醉」和「醒」都有自己的規律，怎肯側著耳朵聽別人的勸告呢？

這種處於醉與醒之間，充滿了頑強的矛盾意境正是詩人自己戀愛心態的最佳寫實。所謂醉就是沉溺的意思；醒則是一種擺脫。在與靈簫再次見面的短短十天中，龔自珍可以說就活在沉溺與擺脫的交相替換中。通過了他的詩歌，我們很清楚地感受到一般戀人所經歷的心理矛盾。如果說，沉溺是欲望的一種需要、一種刺激，那麼擺脫則是一種警

㉗ 康正果《風騷與豔情》（鄭州：河南人民出版社，一九八八），頁八五。

覺和掙扎，對不能自拔的恐懼，也是回到自我控制的努力。二者正好形成了強烈的對比。但對於熱戀中的人來說，這兩種感覺都可能同時襲入一個人的心靈中。龔自珍為靈簫所寫的「寱詞」正捕捉了這種情感上的矛盾和進退兩難的困境。

如何理解「寱詞」的複雜性？以下我想藉著幾個問題，以細讀詩歌的方式，逐次展開討論。

問題一：娶她還是不娶她？

如以上所述，龔自珍於一八三九年五月間在袁浦的宴席上初遇靈簫，就感到了一種命定的相會，甚至把他們的初度定情比喻成了佛教中的「入禪」（見第九十五—九十八首）。之後於八月底抵達崑山縣的羽琌別墅時，他曾賦詩「祈墅」，希望有一天能把靈簫安置在羽琌山館，以實現他的太平世的理想。（見第二〇〇—二〇一首）

然而，九月二十五日，他重到袁浦見了靈簫時，卻遇到了一個現實與理想之間的考驗。靈簫問，娶她還是不娶她？這個問題始終是兩人關係的焦點。從明清文化史的資料看來，要為一個妓女脫籍談何容易？（以明末四公子之一的冒襄，都還需要錢謙益的幫助才能為名妓董白脫籍，[28]何況是剛剛辭官又落魄於江南的文人龔自珍？）誠然，熱戀中的龔自珍面臨到了遠比一般多情男子更複雜的情況：他既迷戀妓女靈簫，想要獨占她，但又怕面對脫籍的現實考慮，因此他必須逃避問題，不敢輕易作任何應許。「寱詞」中的第一首詩（即《己亥雜詩》的第二四五首）描寫的就是這種無可奈何的情況：

> 豆蔻芳溫啟瓠犀，傷心前度語重提；牡丹絕色三春暖，豈是梅花處士妻。

身為一個窮知識分子，龔自珍如何養得起一個高消費的明麗女郎？所以他向靈簫推辭道：像妳那樣美豔的女子（牡丹絕色）最好繼續在風月場中作個明星，不要嫁給我這個窮酸的隱士。這樣一來，在感情上，詩人雖已陷入了情緣的漩渦而無以自拔；在現實的考慮上，他卻不得不力求解脫。

問題二：他擺脫得了嗎？

詩人開始畏怯，開始想逃離這一切情感的重擔，但立刻又被靈簫那有如珠玉瀉泉般的聲音給迷住了。她在他耳邊所說的溫馨嬌媚的情話使他那逐漸老化的心頓然有了生氣，好像又回到了少年的時代。所以第二四八首詩描述道：

㉘ 冒襄《影梅庵憶語》，見《香豔叢書》三集，卷一（北京：人民文學出版社，一九九二），頁五八四。

小語精微瀝耳圓，況聆珠玉瀉如泉；一番心上溫馨過，明鏡明朝定少年。

的確，靈簫的話有如騎鶴仙人賜給世人的語言，它「能蘇萬古落花魂」（第二四七首）。如果詩人是那早已死去的落花魂，那麼靈簫就是讓他甦醒過來的仙女；所以靈簫是他的紅袖知己，他應當對她表示知遇之恩（「此是平生未報恩」）。當時龔自珍自己剛離京南下時，不是曾經說過：「落紅不是無情物，化作春泥更護花」嗎？[29]現在靈簫不但幫助那落花「化作春泥」，還使之產生了護花的能力。所以，詩人相信，這個天人靈簫是專被派遣來世上清除他的「五濁」之病的：

難憑肉眼識天人，恐是優曇示現身；故遣相逢當五濁，不然誰信上仙淪。[30]

佛教裡所謂「五濁」指的是人世間的五種污濁之性，即眾生濁、見濁、煩惱濁、命濁和劫濁。詩人以為，這個佛國仙人靈簫之所以轉身下凡，乃為了點化他，使他能從五濁超

---

[29] 劉逸生《龔自珍己亥雜詩注》第五首，頁五。
[30] 劉逸生《龔自珍己亥雜詩注》第二五七首，頁三二二。

越出來，藉以順利地走向彼岸。面對這樣一個不尋常的女人，他真的無法用語言來形容，實在不忍把她當常人看待：

> 絕色呼他心未安，品題天女本來難；梅魂菊影商量遍，忍作人間花草看。㉛

問題是，這樣一個絕色佳人，哪能輕易擺脫掉？於是詩人在第二五二首詩中又忍不住向靈簫發誓：「風雲材略已消磨，甘隸妝臺伺眼波。」當一個男子向一個女人說，甘願放棄自己生命中其他的理想，想從此專心伺候她的「眼波」時，那真是比「春蠶到死絲方盡」的痴情更加動人了。比起李商隱詩中的情人，龔自珍詩中的主人翁似乎更加具有一種鞠躬盡瘁的獻身精神。所謂情痴，大概就是擁有這種「死而不已」的決心和激情吧！

問題三：她究竟是誰？

把情人想像成至善盡美的化身，其實只是愛情經驗本身的一個重要階段。但據法國小說家司湯達的《愛情論》(*De L'Amour*, 1822)一書所說，一個陷入情網的戀人並非總是停留在一個固定的點上，而是不停地在愛慕與懷疑的心情之間徘徊。㉜從這個觀點看來，龔

㉛ 劉逸生《龔自珍己亥雜詩注》第二六一首，頁三二五。

自珍在「寱詞」裡所表達的聲音，也正是這種戀人猶疑不定的聲音。他既迷戀靈簫，神魂顛倒，不斷把她想成天女的形象，但同時又對她產生懷疑，尤其對她的變化多端的態度感到不可捉摸：

> 喜汝文無一筆平，墮儂五里霧中行；悲歡離合本如此，錯怨蛾眉解用兵。[33]

他發現，靈簫狡猾的言行有如寫文章，似乎永遠充滿了曲線型的伏筆。他懷疑，是否她在玩弄把戲，是否她採用了什麼用兵之術？或者，這樣的種種猜測都不對，也許人間的男女之情本來就是如此；情人之間可能注定要有某種苦惱的誤會和疏離吧。他從來沒有想到，靈簫或許因為考慮到自己種種的前途問題（龔自珍究竟要不要為她贖身？）而煩惱，而感受到了一種壓力，因而總顯得有些喜怒無常。可惜的是，一般處於熱戀中的人

---

32 《愛情論》，司湯達著，崔士篪譯（瀋陽：遼寧教育出版社，一九九七），頁五—八。有關司湯達的愛情觀和他對「懷疑」的重視，見Sharon S. Brehm, "Passionate Love", Robert J. Sternberg and Michael Barnes, eds., *The Psychology of Love* (New Haven: Yale Univ. Press, 1988), pp. 234–242.

33 劉逸生《龔自珍己亥雜詩注》第二六四首，頁三二七。

都只沉溺於個人一廂情願的痴念中，很難反過來想像對方的立場。例如，熱戀中的詩人龔自珍顯然已陷入了極度的內心焦慮，而他還不斷生活在否定的衝突中。他總以為靈簫是在施展手段，所以他也故意鬧彆扭，有一天就故意不告而別，像一隻遠征的鴻雁一般飄然離去。第二六五首詩就記載了這種心情：

美人才地太玲瓏，我亦陰符滿腹中；今日簾旌秋縹緲，長天飛去一征鴻。

問題四：是否該回頭？

分離確實帶來了更多的迷惘而又無可奈何的心情。所以當詩人收到了靈簫的道歉函之後，他為她的真誠感動得無以復加：「六朝文體閒徵遍，那有蕭娘謝罪書？」（第二六六首）他決定無論如何要娶她，要編好「同心結」在羽琌山館歡迎她，像蘇小小在西陵下一般地痴情等待情人（「綰就同心堅俟汝，羽琌山下是西陵」）。同時詩人也模仿古樂府〈上邪〉詩那種口氣，在第二六八首詩中作出了以下的誓言：

萬一天填恨海平，羽琌安穩貯雲英；仙山樓閣尋常事，兜率甘遲十劫生。

這真是一個極度的情痴所說出的堅定的誓言。在古樂府的〈上邪〉那首詩中，女主人公發誓，除非「山無陵，江水為竭，冬雷震震，夏雨雪，天地合」，[34]她才敢和情人斷絕關係。在龔自珍的詩中，主人公卻更進一步地說：假如老天真能將恨海填平，兩人之間不再有猜疑，他便可以與情人靈簫締結姻緣。同時，為了保有情愛的關係，他寧可推遲十劫之後才進入那即將成佛的兜率陀天。

然而，我們知道，詩人又再一次決定離靈簫而去。對陷入戀情的人來說，這個世界似乎一直在變化中。儘管一次一次地努力，但最終還是發現事實與原來的希望相反。這時，想起次日即將與情人告別，靈簫也只得對著「月如煙」的窗外，一夜未眠；而詩人也怕面對離別的現實，故已早一步上船去了——「報道妝成來送我，避卿先上木蘭船。」（第二七一首）至此，十天之間所寫的詩才告一段落，而那充滿了醉夢的「寱詞」也成了記憶中的一部分了。

然而，值得注意的是，「寱詞」的終結並不意味著醉夢的醒悟。相反，詩人一面乘舟而去，一面傷心地後悔與情人不辭而別。本來他想擺脫愛情的糾纏，想學那鴻雁一去不

[34]〈上邪〉，《樂府詩集》，（宋）郭茂倩編，卷一六（北京：中華書局，一九七九），頁二三一。

回的縹緲行蹤，卻反而陷入了更深的迷戀。於是，才離開袁浦三十五里，就在漁溝途中迫不及待地寫了一首詩寄給靈簫：

欲求縹緲反幽深，悔殺前番拂袖心；難學冥鴻不回首，長天飛過又遺音。㉟

後來，到了眾興道中又再寄一首詩（即第二七四首）給靈簫：

明知此浦定重過，其奈尊前百感何；亦是今生未曾有，滿襟清淚渡黃河。

詩人把這樣的離別經驗說成了「今生未曾有」，足見其愛戀之深了。然而，私下寄詩給情人顯然還不能滿足此時詩人的抒情欲望。他同時又在漁溝道上寫出題壁詩一首（即第二七二首），希望青史也能為他們的分離記下一筆：

未濟終焉心縹緲，百事翻從闕陷好；吟到夕陽山外山，古今誰免餘情繞？

此詩的開頭兩字「未濟」最能說明愛情的真諦，因為愛是不能完成的，它無所謂開始，

㉟ 劉逸生《龔自珍己亥雜詩注》第二七三首，頁三三四。

也無所謂終結。此其《易經》之所以不以「既濟」（事已成）一卦結，卻以「未濟」（事未成）為其最後一卦之故也。總之，情愛的縹緲持續性，與未濟的世界觀十分吻合。所以龔自珍說：「古今誰免餘情繞？」正是這個始終不渝的「餘情」體現了情愛的複雜性。

《愛之書》(*The Book of Love*)的編者Cathy N. Davidson曾說，「我想大概所有作家都喜歡在離別中談戀愛，這樣他們就能用文字表達出那愛的激情。」[36]果然，龔自珍在離袁浦北上的途中，更加眷戀著靈簫，故在「寱詞」之後，一連又寫了幾首特別動人的詩歌。相互的距離顯然增強了詩人對靈簫的懷念。如果說「寱詞」中的詩歌較突出兩個戀人之間的情感煎熬和彼此的衝突，那麼離別之後的詩歌則更加強調一種平靜而專一的愛情。因此，在那些離情的詩歌中，我們看見了一種崇高，甚至超越的心跡。詩人想從此能全神貫注在靈簫的身上：

絕業名山幸早成，更何方法遣今生；從茲禮佛燒香罷，整頓全神注定卿。[37]

---

[36] Cathy N. Davidson, ed., *The Book of Love: Writers and Their Love Letters*, p. 3.

[37] 劉逸生《龔自珍己亥雜詩注》第二七五首，頁三三五。

對於靈簫，他還是沒有放棄。他甚至屢次強調，在「英雄垂暮日」時，他希望與靈簫終老於美麗幸福的「溫柔鄉」（第二七六首）。

但幾天之後，龔自珍又寄一首詩給靈簫（第二七八首），其風格又變得十分不同：

閱歷天花悟後身，為誰出定亦前因；一燈古店齋心坐，不似雲屏夢裡人。

這是一首充滿了人生領悟的詩。詩人解釋道：他本來早已是「入定」的人了（即已修養到心境平息、不言不動的境界了），卻因遇到靈簫而「出定」，失去了原有的收心斂性的功夫；但現在通過了與靈簫的一段情緣，他已經完全覺悟，因而又進入了禪的境界。他的結論是：在這個世上，你為誰「出定」（即陷入情感的陷阱），全都由於前世的因緣，所以一切都是命定的。可以說，靈簫在這個過程中扮演了一個很重要的角色——那就是，藉著她的「天花」之情，詩人已經悟了道。[38]或者說，靈簫是詩人自己通向悟道的橋梁，她的「紅」在某一程度上催生了他的「禪」。這樣說來，龔自珍等於是把自己與靈簫這段

[38] Wai-yee Li, *Enchantment and Disenchantment: Love and Illusion in Chinese Literature* (Princeton: Princeton Univ. Press, 1993).

感情視為如佛教所謂由迷到悟的過程。這種帶有宿命論色彩的感慨，卻很能激起讀者的震撼，因為它是作者的經驗談，是作者在長期思考人生的悲苦之後所作出的結論。（這裡應當補充一點，早在三十一歲以前，龔自珍已寫過一部名為《紅禪詞》的詞集，其卷首有「若論兩字紅禪意，紅是他生禪此生」等自題詩句。㊴）

以上所引的第二七八首詩是《己亥雜詩》中龔自珍為靈簫寫的最後一首。為此，作者特別加上自己的注解：

> 順河道中再奉寄一首，仍敬謝之，自此不復為此人有詩矣。寄此詩是十月十日也。越二月，自北回，重到袁浦，問訊其人，已歸蘇州閉門謝客矣。其出處心跡亦有不可測者，附記於此。

不久，龔自珍完成了為期八個月的漫遊，而《己亥雜詩》中的龐大詩組最後於一八四〇年春整理完畢，即所謂的「羽琌別墅本」。誠然，與從前喜歡燒詩毀詩的習慣有所不同，

㊴〈龔定庵紅禪室詞〉，錄自劉大白《舊時新話》，見《龔自珍研究資料集》，頁二一二。並見《龔自珍全集》，頁四七〇。

此次龔氏特別將詩自編自印，並到處分贈友人。他不但在寫自己的自傳詩，也盼望有更多的人能讀到他的詩。

然而，龔自珍與靈簫的一段情緣卻沒有這麼簡單就告結束。據龔自珍另一首詩（即第二七六首）手抄真跡的詩後自注，作者終於在一八四〇年（庚子年）九月以後到吳門（蘇州）去替靈簫脫籍：

作詩之期月，事庚子九月也。偶遊秣陵小住，青溪一曲，蕭寺中荒寒特甚，客心無可比似。子堅以素紙索書，書竟，忽覺春回肺腑，擲筆拏舟回吳門矣。仁和龔自珍並記。[40]

關於龔自珍娶靈簫為妾一事，有他〈上清真人碑書後〉文末的「姑蘇女士阿簫侍」諸字為證。[41]如此看來，一八四〇年詩人終於實現了「攜簫飛上羽琌閣」的太平世理想。可惜次年八月龔自珍卻在江蘇丹陽以暴疾逝世，終年五十歲。[42]

---

[40] 此按王文濡校編本於此組詩的眉注。見孫欽善《龔自珍詩文選》（北京：人民文學出版社，一九九一），頁二五一。

[41] 劉逸生《龔自珍己亥雜詩注》，頁三三六。

對於研究中國詩歌的學者，最重要的畢竟還是龔自珍所留下的詩歌文本。如上所述，在《己亥雜詩》中龔自珍寫給靈簫的情詩，無論在數量上或內容上，都是不容忽視的。然而，到目前為止，大部分的學者都忽視了這些愛情詩篇[43]——就連以研究龔自珍詩文而著名的劉逸生都強調這些情詩「說不上有什麼積極意義」。[44]此外，著名學者郭延禮在其《龔自珍年譜》一書中，只提過靈簫一次，而且是匆匆帶過一筆[45]——儘管龔自珍一而再、再而三地在他的注釋中強調了靈簫的重要性。對這些學者來說，似乎詩人的「私」與「情」的層面並不重要。不難看出，就是這種偏見使他們忽略了龔自珍自己在詩中作注的用心，

42 關於龔自珍突然逝世的原因，傳說頗多，但似乎皆無足徵信。見郭延禮《龔自珍年譜》（濟南：齊魯書社，一九八七），頁二二三—二二六。

43 當然有些少數的例外，如Shirleen S. Wong, *Kung Tzu-chen*, Twayne's World Authors Series 370 (Boston: G.K. Hall, 1975).

44 劉逸生《龔自珍己亥雜詩注》，頁一九。

45 例如，見郭延禮《龔自珍年譜》，頁一九五，十月六日條：「渡黃河而北，途經漁溝、眾興、順河，均有詩題壁，詩見《己亥雜詩》中。」這些題壁詩實全為靈簫所作，但《年譜》作者郭延禮未提靈簫一字。（雖然九月十一日條曾提到靈簫，但只是一筆帶過，忽略了靈簫的重要性。）

因而也很難作出全面的讀者反應。

另一方面，一些患有「索隱癖」的學者卻特別專注於有關龔自珍暴卒的考證。有些人說，龔自珍死於顧太清夫家的謀害；有人認為，靈簫因移情別戀而毒殺之。總之，各種說法紛紜，幾近憑空杜撰之詞。而這些傳聞又成為龔自珍更加著名的原因之一，這真是一個有趣的文化現象。我認為，讀者這種憑空製造本事的興趣，在某一程度上，實受了龔自珍的「自我注釋」的影響。本來龔自珍之所以喜歡在詩中作注，乃為了補充詩歌的不足──他生怕那些過於隱諱的詩句會引起讀者們的誤讀。誰知他所寫的注解卻給讀者們提供了更多的想像力，因而在作品的流傳、解讀、理解、接受方面又作出了更多的誤讀，產生了許多費解的讀者反應。

正是「欲求縹緲反幽深」，讀者反應之難測實與情人的變幻莫測息息相關。無論是讀者還是情人，他們都遊走於沉溺與擺脫的矛盾之間。

吳偉業的「面具」觀❶

陳磊譯

「吾死後，斂以僧裝，葬吾於鄧尉靈岩相近，墓前立一圓石，題曰：詩人吳梅村之墓。」這一番話乃是詩人吳偉業的臨終遺言，這位以詩作為其一生最終評判的真正詩人的遺言。

作為他那個時代最偉大的詩人，吳偉業的創作既是出於認知世界的需要，也是出於尋求理解的願望。因為他所生活的那個時期——自明至清的王朝變遷——是中國歷史上最動蕩的年代之一。早在他的青年時期，吳偉業便以其才華卓絕而備受朝野各界的矚目——在他二十三歲那年，他赴京應試，結果會試第一，殿試第二，並授銜於翰林院。明

❶ 本篇為一篇英文演講稿的中譯，故無注明引文出處。讀者若對本篇所用的中英文資料有興趣，請參閱 *Harvard Journal of Asiatic Studies*(Dec. 1988)所發表的拙著"The Idea of the Mask in Wu Wei-yeh."。

朝覆亡後，他過著隱居生活，二十五年來，他始終彷徨於懷舊的傷痛與對曾一度任職於新朝的悔恨之際。他曾作過一番自白：「吾一生遭遇，萬事憂危，無一刻不歷艱難，無一境不嘗辛苦，實為天下一大苦人。」只有通過詩歌他才能尋求人們對他遭遇的理解，並成為他作為前朝遺老那分孤獨感的見證。他唯一的期待便是能為世人所理解：「吾詩雖不足以傳遠，而是中寄託良苦，後世讀者讀吾詩而知吾心，則吾不死矣。」

尋求理解成了令這位歷經亡國之痛的詩人魂縈夢迴的心願。然而身處清朝初年的政治高壓底下，吳偉業這一代詩人意識到他們已不可能暢所欲言地表達自己的心聲。他們以隱喻性的詩歌來抒發身世孤寂之感，這也就給批評家的詮釋造成了困難。稍後的一位清代學者趙翼便解釋了吳氏的孤絕感是如何促使他以暗藏的隱喻來表述：

> 梅村身閱興亡，時事多所忌諱，其作詩命題，不敢顯言，但撮數字為題，使閱者自得之。如〈雜感〉、〈雜詠〉、〈即事〉、〈詠史〉、〈東萊行〉、〈雒陽行〉、〈殿上行〉之類，題中初不指明某人某事，幾於無處捉摸。

然而本文的意圖並不在於闡釋吳偉業詩中的隱喻，就像錢仲聯先生在其近著《吳梅村詩補箋》中所作的那樣，而是要探討詩人為避免直陳自我所採用的藝術手法之一——也就是他對面具的鑄造。我這裡所以運用「面具」一詞，是想說明這樣一種觀念：詩歌是一種表演，詩人的表述是通過詩中的一個人物，作為自我掩飾和自我表現的一種手段。通過不同於詩人自身的一個敘述者或角色自身的發展，吳偉業製造出超然於題材之上的客觀性和距離感。這一詩歌形式的一個顯著特徵便是，它造成了形式上公開化的表面印象，然而實際上卻是揭示了極其隱秘的內在事物。在為自我鑄造一副面具時，吳偉業找到了一條擺脫政治困境的藝術途徑，通過這詩歌中人物的角色，他可以公開卻又間接地表達他對明朝覆亡的隱秘悲哀。

為了充分展示吳偉業面具思想的真實意圖，加深我們對戲劇化的人物角色是如何成為他詩中內心情感主要載體的認識，我想先就其戲劇《秣陵春》的重要意義作一番探討。該劇作於明朝覆亡之後，完成於一六五三年。它在吳氏的同時代人中激起了巨大迴響，被譽為可與湯顯祖的《牡丹亭》相媲美。然而，它卻完全為研究明清詩歌的學者所忽視。其個中原因便在於，在現代人的觀念中，戲劇與詩歌分屬於兩個全然不同的畛域。事實上，傳統中國的劇與詩通常享有類似的詩學構造，其關係也遠比我們今天所認識到的更加接近。尤其是對吳偉業來說，戲劇更是某種形式的詩歌，一種從新角度加以拓展詩歌形式的延伸。這便可以解釋為何他將自己的戲劇《秣陵春》稱為「新詞」。

在其鑄造面具的過程中，吳偉業一定會意識到，諸如《秣陵春》這類戲劇可以成為最便利的手段，憑藉它，他可以技巧來取代經驗，而使他的作品讀起來倒不像是自我的呈現，而像是具體事件的陳述。劇情是極為簡單的：它圍繞著一對在鸞鏡中彼此照見的青年男女的戀情而展開。時間是在北宋初年，就在南唐覆滅後不久。徐適與黃展娘，劇中的兩個主角，乃是昔日南唐朝廷重臣的後裔。隨著情節的展開，我們看到李後主這位南唐末代君主的靈魂，怡然自得地統治著天宮，卻依然不忘情於人世間。為了替黃展娘覓得好夫君，這位天君安排她與徐適在魔鏡中相會。然而他們的姻緣卻無法在人間實現，因為鏡中的形象並非實有的面目。該劇以這對男女雙雙升入天宮舉行婚禮而告終。

該劇的開頭仿佛僅僅是「離魂戀情」這類俗套的新翻版。這對戀人似乎也只是傳奇故事中標準的「才子佳人」，而缺乏深度。然而漸漸地，我們發現了埋藏在簡單故事背後的一個重要主題：在王朝覆亡後，劇中的世界以充滿了緊張和混亂的布景來描繪。我們所能發現唯一的歡樂之處，比如婚姻的幸福，也只是「在鏡中」或在天上。更重要的是，該戲訊息的核心是由曹道士，昔日南唐宮廷的樂師來傳遞的。在戲接近尾聲時，曹道士唱道：

> 則我看世上姻緣，無過是影兒般照，一任你金屋藏嬌，受用殺笙歌珠翠繞，脫不得這風流底稿，怎及得仙人鶴背自吹簫。

對仙家生活的企慕與吳偉業在明朝覆亡後對待人生的根本態度相呼應。毫無疑問，作為前朝遺老的曹道士，其實就是吳氏本人的面具。跟曹道士一樣，吳氏也遭遇到不僅是他聲名與地位的淪喪，而且還來自新統治者底下的疏離感和精神折磨。多少年來，他一直為自己未能在一六四四年隨崇禎帝以身殉國而悔恨不已，他始終懷有一份愧疚之意。這便可以解釋為何他的悔恨感會導致他在詩歌中表達他對仙家生活的強烈企盼。的確這也是作者反覆吟詠的主題，通過詩人在別處所作自白，我們可以獲得印證，它實際上是暗含有政治的意味。在下面這首詩中，很顯然詩人將明朝皇帝比作仙人：

> 浮生所欠只一死，塵世無緣識九還。我本淮王舊時雞，不隨仙去留人間。

詩人追隨明朝皇帝羽化登仙的願望——也就是說，表明他對明王朝的忠貞不渝——是吳偉業詩歌的一個焦點，然而迫於政治壓力，他無法公開表達出來。在他為自身鑄造一副面具的努力中，運用詩劇中的歷史人物對他來說顯然是最佳途徑，借助於它，他才能表述自己的忠誠之意。就這種意義而言，面具並不僅僅是他的逃避，還強調了歷史的向度，賦予它一種有節制的張力。然而埋藏在這齣戲背後別具匠心的張力，正是作者企盼他後代所能體會到的。在他為《秣陵春》的公演所作的詞中，吳偉業表達了他對於尋覓知音讀者的期望，一種能辨讀戲中所深埋暗藏的真意的讀者：

> 喜新詞，初填就。無限恨，斷人腸，為知音，仔細思量。

然而，吳偉業的同時代人及友人當中並沒有那麼多人意識到該劇是為明代悲劇性的覆亡所唱的挽歌。一六五二年，正當吳氏閉門創作《秣陵春》時，他引起了總督馬國柱的注目，而清朝政府正在委派他尋訪有才之士為新朝效命。當吳偉業聞悉馬氏已舉薦他時，他立刻寫了一封信，稱病謝職。然而在一六五三年初，他又被再度舉薦。迫於政治上的壓力，這一年他意識到自己無法對於朝廷的高官堅辭不就。那時他已經完成了用意良苦的詩劇《秣陵春》。正如所期望的那樣，在那個韜光養晦的年代裡，他內心複雜的懺悔、惶惑及苦衷都在劇中得以宣洩。劇中所傳達的意念並非出於哲理思考，而是來自對命途多舛的親身體驗。由於詩人的幻滅感是深埋於內心的個人體驗，使得該戲對於人間悲劇的描繪變得更具有感染力。

值得一提的是，吳偉業的詩劇對於眾多清代作家產生了廣泛的影響。比如，劇作家孔尚任在創作《桃花扇》時，就受到了吳偉業面具鑄造的啟示，事實上，在他戲劇的結尾處，孔氏也公開承認了他對於《秣陵春》的借鑑，儘管是通過司儀官的口吻道出的。面具不僅可使劇作家對明朝覆亡的歷史意義作出客觀的評判，而且還讓他的作品曲傳出他所秘享的複雜情感。

也許更讓人讚嘆不已的是吳偉業將寓託個人情感的載體移植到詩的傳統中。在他的許多敘事詩/戲劇詩中，特別是在七言古詩中，其人物角色是建立在與《秣陵春》相類似的面具構造之上。的確，作者是有意識地尋求這種詩歌形式，作為一種可以涵攝他表達個人情感的客觀構造。而他作得是如此成功，以至於不少批評家竟把他的七言古詩當作其最高成就。例如，清代的學者及詩人袁枚便如此評述道：

梅村七言古，用元白敘事之體，擬王駱用事之法，調既流轉，語復奇麗，千古高唱矣。

值得注意的是，在吳偉業的七言古詩當中，幾乎凡有定評的作品都是以「歌行體」的形式寫成。這一從本質上將抒情與敘事結合起來的詩歌形式，使得詩人可以既通過主體感受又通過外在事件來界定他的自我。這是因為以這種形式寫成的詩歌，就像吳偉業的戲劇，既授權給詩人可通過一些看起來比純粹的抒情口吻更客觀的口吻來表述，又提供了將這些「客觀的」口吻與他的自我聯結在一起的機會。結果是，吳偉業眾多以「歌行體」寫成的詩歌在表達了個人感知的同時，也為歷史的真實提供了客觀的見證。引人注目的是，這些詩大多作於明朝覆亡後的十年內，在此期間，令他魂縈夢牽的主題便是王朝的覆亡與個人的悲劇。如〈永和宮詞〉便是弔唁昔日明代的田貴妃之薨；〈蕭史青門曲〉寫的是有關崇禎帝的幼女長平公主在明朝滅亡後悲慘的命運；〈琵琶行〉描述了作者與以曲子向他泣訴崇禎帝最後生涯的兩位琵琶彈奏者間戲劇性的邂逅；〈聽女道士卞玉京彈琴歌〉敘說了在滄桑巨變中沉淪的一代名妓的身世之悲；而〈圓圓曲〉則通過明將吳三桂與一代名妓陳圓圓悲歡離合的故事來表現明朝的覆亡。所有這些詩歌都是通過抒情口吻的戲劇化來體現一種悲劇感。戲劇化的口吻在「歌行體」中的運用實現了吳偉業理想中的目標：在詩歌中傳遞一種普遍性的悲苦意識。《四庫提要》有一段權威性的評述，揭示了吳偉業對人生悲苦的體驗與其「歌行體」詩的成就之間的關聯：

> 及乎遭逢喪亂，閱歷興亡，激楚蒼涼，風骨彌為遒上……其中歌行一體，尤所擅長。

吳偉業在眾多方面體現了中國詩歌的傳統，也提出了眾多中國詩人面臨並試圖解決的問題。從理論的角度來說，所有的中國詩人都將個人的表達作為他們詩學觀念的基點。然而環境，尤其是政治環境，並不總是給他們以暢所欲言的自由。有趣的是，通常正是在王朝變遷的時代，當政治壓力顯得更為嚴峻時，詩人才開始思考這類問題並試圖超越它。為了說明這一點，我想取吳偉業的那首有關女道士卞玉京的詩作為例證。因為這首很特別的詩，是他自我意識中最公開的，然而實際上卻是最隱秘的作品。他必須創立一種「公開的」口吻用以抗拒對他表白內心隱衷所施加的種種限制，這一事實本身也恰好證實了詩人處境的悲劇性。

從中國史籍編纂的角度來看，吳偉業所作的詠卞玉京的歌行，頗類似於歷史學家記載某一真實事件其具體細節的衝動。的確，該詩是對明王朝及妓女們悲劇命運的敘述。明朝末年一個引人注目的現象便是在南京蘇州地區大量藝妓的湧現，她們以妓女為職業，且詩、書、畫無所不工。這些藝妓也為晚明的文化生活提供了理想的場所。隨著明代的滅亡，特別是一六四五年清軍攻克南京，該城及鄰近地區的藝妓都四散逃離。她們當中有許多人遭清軍劫擄，有些則淪為道姑或尼姑。她們所遭遇到的悲苦與忠貞之士所面臨的困頓確有幾分相通之處。

秦淮人家有一位歷經滄桑巨變的著名藝妓，她便是卞玉京，吳偉業詩所吟詠的對象。她素以善畫蘭花、工於書法和彈琴而著稱。余懷在他的《板橋雜記》一書中將她描繪成一位畫蘭時「喜作風枝裊娜」的丹青妙手。並為她「一落筆，畫十餘紙」而嘖嘖叫絕。作為一個藝妓，她的確不同流俗：

> 見客，初不甚酬對，若遇佳賓，則諧謔間作，談詞如雲，一座傾倒。

卞玉京還以其詩之工巧而著稱。例如，她曾有一首為送別許志衍——她的一位傾慕者——而作的題畫（題扇）詩：

剪燭巴山別思遙，送君蘭楫渡江皋。願將一幅瀟湘種，寄與春風問薛濤。

憑藉她的才貌雙全，卞玉京在她那個時代的文人士大夫間享有盛譽，也許只有陳圓圓可與她相匹敵。當時的一位作者葉襄曾描繪了卞氏是如何在晚明士大夫間聲譽日隆的：

酒壚出卞賽，花底出圓圓。

她的身世巨變，正如當時眾多名妓的命運一樣，就發生在明朝覆亡之後。數年來她隱姓埋名，漂泊沉淪。一日，她忽然在蘇州出現，當眾操琴。吳偉業的詩就作於該場景。那是在一六五一年，南京淪陷六年之後：

側聽彈琴聲，借問彈者誰。云是當年卞玉京。玉京與我南中遇，家住大功坊第路。……

這是吳偉業詩的開場白，實際上僅僅是為了主要篇幅中卞玉京的歌而先作好的鋪墊。作為一個力圖銷匿自我印記的敘述者，吳偉業在退回舞臺布景之前先提供了一個短短的引子，然後讓他的中心人物登臺亮相，向觀眾演唱。由於敘述者本人並沒有提供任何有關卞玉京的介紹，我們只得傾聽她按其自身的方式敘述她的故事，並隨著她敘述的展開來體察她的思想與情感。

很顯然，通過她的歌，卞玉京成了中國歷史上那個悲劇年代的見證，災難竟猝不及防地降臨到一個無辜女子的身上。她的歌開始敘說一個美女的不幸身世。那位女子本是曾權傾一時的中山王之女。一六四五年南京陷落前，中山王之女正當籌辦與南明弘光帝的婚事時，突然遭到了清兵的捕擄。她後來就住在卞玉京所生活的秦淮青樓坊的對門這一事實，使詩具備一種特定的深度和強度：

小院青樓大道邊，對門卻是中山住。中山有女嬌無雙，清眸皓齒垂明璫。

卞玉京以一個目擊者的方式來轉述中山女的故事——無論是對歷史事件的敘述還是對人物思想與動機的呈現都採用了很隱蔽的方式。這一直接敘述的結果產生了令人信服的力量，表達了對中山女悲慘命運的憐憫之意：

萬事倉皇在南渡，大家幾日能枝梧。詔書忽下選蛾眉，細馬輕車不知數。中山好女光徘徊，一時粉黛無人顧。豔色知為天下傳，高門愁被旁人妒。盡道當前黃屋尊，誰知轉盼紅顏誤。南內方看起桂宮，北兵早報臨瓜步。聞道君王走玉驄，犢車不用聘昭容。幸遲身入陳宮裡，卻早名填代籍中。

卞玉京把中山女的苦難看作是命運的捉弄，它也同樣落在了其餘眾多的女子身上。她悲怨天底下人世遭遇的不公：

依稀記得祁與阮，同時亦中三宮選。可憐俱未識君王，軍府抄名被驅遣。漫詠臨春瓊樹篇，玉顏零落委花鈿。

她是如此地傷心和憤懣，只有歌聲才能傳出她絕望的哀慟：

我向花間拂素琴，一彈三嘆為傷心。暗將別鵠離鸞引，寫入悲風怨雨吟。

只有當卞玉京把她自身的不幸看作是她那一時代帶有普遍性的悲劇的一部分時，她才能擔荷起他們的苦難，成為一個具有悲天憫人襟懷的代言人。然而她對自身的命運並非一味地逆來順受。在她歌聲的後半部分，她敘述了自己是如何從「滿清綁架者」的魔爪下逃脫出來，並成為女道士的經歷：

昨夜城頭吹篳篥，教坊也被傳呼急。碧玉班中怕點留，樂營門外盧家泣。私更裝束出江邊，恰遇丹陽下渚船。翦就黃絁貪人道，攜來緣綺訴嬋娟。

然而作為一個幸存者，她的創痛是難以癒合的。舊的世界已化作瓦礫。她昔日大多數藝妓友人都不知下落，痛苦與悲傷的寂寞餘生又難以忍受。她在哀怨和自憐中結束了歌聲：

此地繇來盛歌舞，子弟三班十番鼓。月明弦索冷無聲，山塘寂寞遭兵苦。十年同伴兩三人，沙董朱顏盡黃土。貴戚深閨陌上塵，我輩漂零何足數。

我們會注意到當作者吳偉業用「歌行體」寫作時，他所採用典型隱匿自我的方式，使得他始終能保持一種超然物外的態度，不發表任何評論。因為他的詩是一種戲劇化的抒情，這使得他的情感能夠被「呈現」，而不是直接地被「陳述」。因為我們所傾聽的是卞玉京的「第一手」證詞，而非作者的敘述，我們很容易與她的觀點達成默契，對她的不幸身世產生憐憫。的確，我們也深為她的敘述所感動，就像詩的最後數行中她的聽眾一樣，為她掬一把同情之淚：

> 坐客聞言起嘆嗟，江山蕭瑟隱悲笳。莫將蔡女邊頭曲，落盡吳王苑裡花。

我們對吳偉業詩歌的興趣主要著眼於戲劇化的技巧構造，詩人利用它造成了一種作者不動聲色的印象。其「呈現」的修辭手段強化了卞玉京故事的歷史真實性，特別是當我們得知在一六五一年以前清政府為建立新朝廷樂府機構的需要，確實曾搜查過南京蘇州地區的娛樂場所並「逮走」了眾多藝妓，包括某些昔日曾紅極一時的藝妓。

不過卞玉京這個戲劇化的人物僅僅是一頂面具，是投射了詩人自我影像的道具。跟卞玉京一樣，吳偉業在國破家亡之後徹底改變了他的生活方式。就在一六四五年之後，他完全閉門謝客，以避清政府的耳目。正如他的一部傳記所記載的：

> 易世後，杜門不通請謁，每東南獄起，常懼收者在門，如是者十年。

像卞玉京一樣，吳氏悲嘆交遊的零落，他的孤寂與哀愁，如他在〈東萊行〉中所吟詠的：

異地客愁君更遠，中原同調幾人留……回首風塵涕淚流，故鄉蕭瑟海天秋。

也跟卞玉京一樣，吳氏歷經了江山易世的悲劇，然而他並未引裁自決。他們兩位都代表著一群「隱士」，並恪守一個信條：通過隱居的抉擇，中國的文化會在公眾與個人角色的矛盾之間提供一條既不屈心抑志而又頗為實際的解脫之道。

所有這些都可以解釋為何吳偉業熱衷於以女性人物作為他戲劇的角色，會給他的七言歌行造成一種變化多端而錯綜複雜的印象。通過將他的情感投射到與他身分迥異的——無論是性別還是社會地位——女性形象之上，詩人成功地將一個外在的形象，即自我的面具融入他的詩歌中。面具的美學揭示了吳偉業的一種創作方式，他將一個重要的元素引入詩所積澱的源遠流長的表現傳統中。這是他傾注心血構築而成的表現手段，也博得了他同時代人的讚賞，其部分原因則在於戲劇在那個時代的廣泛流行。除此以外，吳偉業本人對七言歌行的情有獨鍾，也正是因為讀者會認識到他也許是在通過這些角色以某種微妙的方式來表述自我。因而，儘管吳氏推崇唐代詩歌，並試圖喚起主觀情致的宣洩，然而很明顯，他通過將一種帶有戲劇口吻的抒情融入其中的方式來修正盛唐詩的表達觀念。換句話說，儘管他也有著深刻而誠摯的體驗，他還是不斷地尋求擺脫由第一人稱的口吻所施加的束縛。他在詩中試圖構建的是一種面具的詩學觀念，將個人情志與外在對應物聯結起來。其結果便是自我的隱匿與告白。這一面具的美學也給清代的其他詩人以啟迪：通過客觀化的手段，面具使得他們避免了在寫作那些可能被詮釋成煽動對清廷不滿的詩歌時所面臨的潛在危險。

大多數學者都把吳氏「歌行體」詩歌的成功歸功於白居易和元稹等中唐詩人的影響。誠然，跟這些詩人一樣，吳偉業對於具有敘事和戲劇結構的長詩也有一種偏愛。而且就題材及風格而言，吳氏有關卞玉京的詩似乎令人想起了白居易的〈琵琶行〉。這兩首詩都描寫了女子的彈琴表演，她們先前都曾為藝妓，並在離亂生涯中獲得了一份膽識。而且在二詩中，詩人通過他們對女子困境的認同，表達了一種天涯淪落之感。而差別則在於詩歌的口吻：在白居易的詩中，自我的抒情口吻是直接表述出來的，而吳偉業則必須依賴於一個可以寄託他情感和經驗的女子以公開口吻，使讀者能通過他所採用的角色來體會這種情感。這是因為在前者當中，詩人可以無所顧忌地以他自身的口吻，或參雜與女子的對話來表述，而在後者當中，詩人躲藏起來，讓有經驗的讀者自己在詩人與人物之間去進行聯繫。面具的結構使吳偉業可以擺脫第一人稱口吻的傳統束縛。正是這種戲劇傳統才可以鑄造出代表吳氏口吻的這類面具美學，以至於他無需像中唐詩人那樣介入其中，在他自身的經驗與角色的經驗之間進行比附。

值得強調的是，儘管運用了面具，吳偉業的這類詩歌仍然是抒情性的。我所說的「抒情性」，正如我在別處界定的，是詩人面對此時此刻的情景所感受到的情感的持續表達，以至於外在的現實被重新塑造和構建，成為自我和情景的藝術世界的一個組成部分。讓我們再度審視一番吳氏的〈聽女道士卞玉京彈琴歌〉。表面上，這是一首通過戲劇化的呈現描述外部現實的敘事詩。然而，當我們意識到詩人是用一個人物的口吻來抒發他自身的情懷時，我們才發現實際上自我才是詩歌的焦點，而非外部現實。而且，卞玉京所講述的方式——就像吳氏眾多詩中的說話者——揭示了詩人自我抒情的藝術。這是因為詩歌中所展示的故事，具有一種框架式的特點，而無明確的頭和尾，因而製造了一種強烈的重塑世界的主觀色彩。在作為詩人自我延伸的人物眼光中，故事情節很少演進、變化。這一詩歌策略將抒情自我置身於複雜的情境中；一方面，詩人在創建一種由「戲劇／敘事」的表面形式所提供的客觀性；另一方面，他在戲劇化的面具背後不斷地寫下他所經歷過的情感。

應當指出的是，吳偉業詩中幾乎所有的主角都是他那一時代的真實女性，尤其是在前朝聲名遠揚的女性。比方說，田貴妃和長平公主都是屬於明朝的皇族成員；卞玉京和陳圓圓都是名噪一時的藝妓。由於她們都是真實的公眾人物，更為吳偉業塑造出一種印象，他的詩寫的是家喻戶曉的軼事。最重要的是，歷史真實的這一向度，致使讀者相信這些女性人物的故事是完全獨立於作者自身經驗的。然而，更多的情形則是，作者對人物富於同情心的再現，也暴露了事件的表面客觀性與主觀、個人表達之間的張力。當詩人有意識地組織他的材料來掩蓋他的隱私時，張力也就不可避免地變得更加強烈了。在這首吟詠卞玉京的典型的「面具/抒情」之作中，吳偉業正是遇到了這種情境。

吳偉業的這段隱私就是他與卞玉京之間一度曾有過親暱而痛苦的關係。大約從一六三〇年到一六六〇年代卞玉京死後，三十多年來，吳氏不斷地寫作吟詠她的詩。開始時，吳偉業對她的戀情似乎僅限於感官的性愛，正如在他的一首詞中所表明的那樣，後來詩人也承認這闋詞是為卞玉京而作的，那時她還是一名藝妓：

西江月：春思

嬌眼斜回帳底，酥胸緊貼燈前。匆匆歸去五更天，膽怯誰瞧見。　臂枕餘香猶膩，口脂微印方鮮。雲蹤雨跡故依然，掉下一床花片。

據吳偉業本人的交代，卞玉京對詩人是如此之痴情，以至於提出要嫁給他。當他拒絕了她的求婚時，她是如此地悲不自勝。詩人並未意識到他的拒絕給她所帶來的傷害。卞玉京似乎也從未自這種拒絕的傷痛中解脫出來，正如我在下文中所要闡釋的。

於是這一幕便發生了：在明朝覆亡的數年之後，吳偉業聽說仍然獨身的卞玉京返回了蘇州，他便趕到一位故友的宅第中懇求見她一面，卻遭到了她的婉拒。吳偉業如今已是一位飽經風霜的中年男子，歷經了喪妻失國的慘痛，自然也就改變了從前對於卞玉京的那分情。多少年來，他似乎一直在孕育著對於這位他先前視若玩偶的女子的無限尊崇和愛慕。這是一分出自人生悲苦和智慧的真摯情感，富於相知與同情的愛。卞玉京不能寬宥他，仍拒絕見他，對此他懊喪不已，便為她寫下了題為「琴河感舊」的組詩。情感的外鑠成為該詩的特質，賦予組詩以特殊的意味。其中一首便包含了戀情的坦誠：

> 青衫憔悴卿憐我，紅粉飄零我憶卿。記得橫塘秋夜好，玉釵恩重是前生。

就在數月之後，一六五一年，卞玉京當上了一名女道士，返回蘇州，她特意為吳偉業及其舊友彈奏了一支曲子。這一即興「表演」曾激起多少青衫濕淚。吳偉業詠卞玉京詩的寫作，正是為了記述往事，那一勾起人情感上痛楚的傷心往事。然而，正如我在前文試圖說明的，這篇技巧純熟的作品展示了一種奇特的非個人化的視角。整首詩匠心巧運，致使讀者相信，作者與女道士幾乎素昧平生。特別是詩的開頭數行反映了作者的超然態度，使詩具備故事的特徵而不是個人的敘述：「側聽彈琴聲，借問彈者誰……」毫無疑問，通過營造非個人化的口吻，詩人試圖使他自身超然於難以自拔的悲痛之上。

最重要的是，伴隨著這一超然的態勢，吳偉業運用了面具或角色的美學，對於他個人的痛楚加以節制，並作出客觀化的處理，因為在他的想像當中，歷經了社稷興衰變遷的卞玉京，其口吻代表著他的自我延伸。正是詩人的天涯淪落之感，以及他對這位女子的隱秘的認同，才促使他以她的口吻來表述。這一口吻，儘管表面上不是他自己的，然而在本質上卻最接近於他。因此，面具的運用使得詩人有可能在詩歌中營造一個既靈活又忠實的公開口吻。也許正是受到這種靈感的激發，才促成吳偉業在一六五〇年代效命於清廷期間創作的多產，而它們多半是圍繞著藝妓和樂師身世改變的題材而展開。而且吳氏總把自己看作是淪落女子的化身。最引人注目的是，在〈臨淮老妓行〉一詩中——作於《秣陵春》完成兩年之後——有一段女人的自白，道出了詩人在遲暮之年的自我觀照與反省：

老婦今年頭總白，淒涼閱盡興亡跡。

因此，通過這重類比，詩人自身孤立無援的處境成為人生無常的暗示——特別是身陷於違心地效命新王朝的尷尬境地之中，他與藝妓同樣體驗到了身世飄零之感。

吳偉業有許多朋友都未能原諒他曾接受了清廷的偽職，儘管他的供職期極其短暫，從一六五三年到一六五七年。只有少數知己站出來為他辯護。如他們中的一位便寫道：

是秋九月，梅翁應召入都，實非本願，而士論多竊議之，未能諒其心也。

然而真正的悲劇則在於吳偉業始終未能寬宥自身，他飽受良心懺悔的煎熬。他把自己未能在一六四四年引裁自決以及後來的接受偽職看作是他個人在歷史上留下的無法洗刷的污點。一六五四年，當他在北京供職期間，詩人以一首充滿悲怨和哀傷情調的詞來冥想他人生的失意與恥辱：

賀新郎：病中有感

萬事催華髮，論龔生、天年竟夭，高名難沒。吾病難將醫藥治。耿耿心中熱血，待灑向、西風殘月。問華佗、解我腸千結。追往恨，倍淒咽。　故人慷慨多奇節，為當年、沉吟不斷。草間偷活，艾炙眉頭瓜噴鼻，今日須難訣絕。早患苦、重來千疊。脫屣妻孥非易事，竟一錢、不值何須說，人世事，幾完缺。

這首重要的詞作，就像其餘幾首毫無遮掩的篇什一樣，他哀嘆自己生存的悲劇狀態，同時也針對那些指責他為明王朝貳臣賊子的輿論作了辯護。這是他的自白——一種忠實個性的招供。正是通過這類可充當解讀吳偉業內心思想線索的詩作，讀者才有可能在他的戲劇和角色詩中剝離詩人各種形式的面具。正是在這層意義上詩人才能在詩歌中創造出一種距離感並將讀者導入其潛在的內涵。

《樂府補題》中的象徵與託喻❶

錢南秀譯

近年來，由於在校講授古典詩詞的需要，我就把隱喻性較重的《樂府補題》詞章重新細讀一番，發現明清以降有關此集的許多評論堪稱中國傳統「重讀者」與重作品「隱喻」功能的最佳範例。其批評法則實可與美國流行的解構批評（此批評發源於耶魯）互相參照。此外，細讀《樂府補題》中的詠物詞也令人想起西方批評中所謂的「互文性」(intertextuality)。

首先，《樂府補題》的背景牽涉到一個常被中國人遺忘的政治悲劇事件。話說西元一二七八年，吐蕃喇嘛楊璉真伽奉元人之命毀辱南宋諸帝陵寢。十四名南宋遺民詞人憤而

❶ 英文原載於*Harvard Journal of Asiatic Studies* (December 1986)特別要感謝上海施蟄存教授，由於他的鼓勵，此篇文字才得以譯成中文。

訴此事於詞章，結為《樂府補題》一集。全集共收詞三十七首，分為五組，分別作於五次哀悼毀陵慘劇的秘密集會，時為西元一二七九年，地點在越（今浙江境內）。五組詞，每組專詠一物，依次為龍涎香、白蓮、蓴、蟬、及蟹。一般認為，龍涎香、蓴、蟹等詞託喻陵寢被毀的南宋諸帝，而白蓮詞和蟬詞則與后妃有關，她們的屍骨與君王的遺體一道被拋撒荒郊。❷

值得注意的問題是，這些南宋遺民詞人何以選擇詠物詞來抒發他們對於「毀陵」事件的憤慨？他們必定想把這種原用以鋪陳描述事物的詩歌手法，當作呈現自我內心意象的高度個人形式。對於詠物詞所取的這種態度，其引人注目之處在於，它代表一種旨在創立新詩歌表現方法的努力，宣稱詩歌中的描述已不再純然是描述，而是包蘊著個人情感。這樣，詠物詞便成為一種理想的間接表意形式。通過這種形式，詩人們不是直接地，而是借助象徵(symbol)和託喻(allegory)，來表達他們的內心。

《樂府補題》在很多方面代表南宋詠物詞的最高峰。本文試圖解釋，產生於「宋陵事件」的這些詠物詞，是怎樣既是象徵性的，又是託喻性的。當然，近來在西方文學批

---

❷ 夏承燾〈樂府補題考〉，見其《唐宋詞人年譜》（上海：中華書局，一九六一），頁三七七。

評中象徵和託喻的概念變得十分困難而且複雜，因而在使用這些術語時必須加以仔細的解釋。

在西方文學批評中，象徵與託喻一般被看作兩種完全不同的手法；象徵派與託喻派之爭，至今風氣未頹。首先，從浪漫主義時期開始，即有一種總的趨勢，把象徵手法看得高於託喻，因為許多批評家認為象徵主義幾乎「與詩歌的本質等同」，而託喻則「遠離作詩之精神」。其後，一九六〇年代後期，在保羅・德曼(Paul de Man)對託喻過程的辯護和對象徵美學的摒棄中，出現了託喻的「復活」。如果不是出於其他任何因素，單單這兩種手法命運的流轉，就足以說明象徵與託喻在西方文學中由來已久的對立存在。

我寫這篇文章的最初衝動，來自我想證明象徵與託喻在中國詩歌中不是互相區別而是互為補充的，而且兩者可以並存於同一「本文」(text)。❸這樣，本文將專注於討論《樂府補題》中的象徵與託喻是如何與西方概念相似而又（更重要地）相區別的。我的基本

❸ 當然，有人會提出，託喻與象徵主義之間的區別主要在於二者意向的不同，而且理論上來說大多數西方作品可以被讀作既是託喻的，又是象徵的。然而事實上，西方批評家在閱讀作品時，一般不把這兩種手法結合起來。

觀點是，西方批評僅在開始比較概念時起作用，但在使用它的時候，我們不能為它的獨特「西方」含意所限制。

我的討論將從《樂府補題》諸詞的象徵層面開始。在剖解實例時，我將著重第二組詞的詮釋。這一組共收詞十首，一律調寄〈水龍吟〉。十首詞均題為「浮翠山房詠白蓮」。卷首一闋為當時最負盛名的詞人之一周密所作：

素鸞飛下青冥，舞衣半惹涼雲碎。藍田種玉，綠房迎曉，一奩秋意。擎露盤深，憶君清秋，暗傾鉛水。想鴛鴦正結，梨園好夢，西風冷，還驚起。　應是飛瓊仙會。倚涼飇，碧簫斜墜。輕妝鬬目，明璫照影，紅衣羞避。霽月三更，粉雲千點，靜香十里。聽湘絃秦徹，冰綃偷翦，聚相思淚。

這闋詞的中心象徵當然是白蓮。在中國文化中，白蓮象徵純潔與完美，因為它的花朵潔白無塵，玉立於池沼泥澤之上。白蓮也是寧靜、神聖的象徵，被佛、道二教同視為聖物。在周密的這闋詞中，白蓮以其馨香淡雅，被作為女性形象的隱喻(metaphor)。這樣的擬人手法一直保持在詠物詞的傳統中；通過它，非人的事物被用來象徵人。

既然人格化首先是一種象徵手法，這闋詞在這一層面上明顯是象徵性的。然而，這只是最低限度的象徵主義。真正的象徵主義具有更多含意：它指一種意象的象徵結構；這種結構是含蓄的，只有在和情感相聯繫時才能為人所欣賞。在這闋白蓮詞中，如同在其他《樂府補題》詞中一樣，象徵與被象徵之間的聯繫，建立在一種意象的聯想之中。對這種意象的聯想需要進行多重詮釋。

讓我們從分析本詞的上半闋入手：開首數行，呈現一幅素鸞飛舞雲間的意象——沉默的舞，美得神秘。這種費解的語調，對於神鳥惹碎涼雲的描寫，立即招致種種疑問。這幅意象的含意是什麼，「素鸞」與「白蓮」之間有何聯繫？這是夢？是真？抑或二者兼是？這闋詞為何如此矇矓費解？

然而矇矓乃是詠物詞的主幹。作為文體的一種，詠物詞一直遵循聯想表述原則，堅持將具體的意象與象徵及被象徵之間所共有的特質聯合起來。這些象徵與被象徵之間所共有的特質從未被清楚明白地指稱；他們只是憑藉種種意象的聯繫而突顯出來。換句話說，彼此之類似，是通過特質上的聯繫而被強加在意象上的。不過，最重要的是，這種（意象和象徵意義的）關係所包含的種種意涵是要經由讀者來發現的。

回到周密的詞上來：我們將會發現素鸞與白蓮之間的等同是一種官感上的等同——色彩、聲音等等。蓮，其白色花瓣，是如素鸞一般瑩潔。她默默搖曳風前，猶如素鸞默默起舞雲間。她飄浮一池冷碧之上，又如素鸞之逗惹「涼雲」。這裡，我們清楚地看到生命被投射到無生命的物體上；白蓮被變形為具有生命特質的物體。

接著花兒便有了思想，有了欲望，有了遺憾。她是孤寂、純潔、悲哀、淡遠，有如產自藍田幻境的白玉。❹在詠物傳統中，梅花常被稱作「玉人」，往往用來隱喻美女。在這闋詞裡，蓮花也同樣被還原到她的女性本質，皎潔如玉，帶著一種迷人的憂鬱。她默默地等待著拂曉，妝盒裡滿蓄著「一奩秋意」——這靜夜無眠，透露出她的感受、激情和痛苦。

現在物與人已合而為一；詩人一步一步把我們引向他的象徵主義的深處。在第七句（「憶君清秋」）裡，詩人的代言人開始進入畫面。他告訴我們，蓮葉上的露滴使他聯想到眼淚——不是一般的淚，而是鉛水。這一意象顯然出自詩人李賀的名篇〈金銅仙人辭漢歌〉詩中的銅人因被迫從長安漢宮遷往魏都洛陽而潸然落下鉛淚。銅人落淚，是因為

❹ 此處用李商隱〈錦瑟〉詩典：「滄海月明珠有淚，藍田日暖玉生煙。」

他所擎的露盤，原用以為漢朝天子承接仙露的，現在卻被打碎了。這一典故的應用對於周密詞的中心含意想必十分重要，不過，在這一點上，它僅僅指示了一個方向，似乎在悲哀的銅人和承露的蓮花之間存在著某種聯繫。然而蓮花又被擬人化為一位女性。這是否意味著詩人想到他自己的朝代的衰落，其間一位美麗的女性也曾「暗傾鉛水」？如果是這樣，這位女子是誰？

詩人似乎如此解釋女子悲哀的由來：「想鴛鴦正結，梨園好夢，西風冷，還驚起」。如此看來，女子是被「西風」——可能是指朝代的衰落——把她和愛人分開。而且，由於某種原因，詩人幾乎是親身體會到女子的絕望，西風颯颯，仍然沖刷著他的記憶。如此說來，這首詞難道是出於詩人自我激情的回憶？不過，我們切不可把如此單一而確定的含意，強加給這樣一首複雜的作品。這首詞的象徵力量不是建立在意象的清晰之上，而是在其晦澀之中。

進入本詞的下半闋，我們看到這女子，可能是在她死後，羽化登仙。這轉折真是出人意表！女子變成了飛瓊，崑崙山西王母座下的樂仙。她「倚涼颸，碧簪斜墜」，讓我們想起迎風起舞的白蓮和素鸞。其實，她就是白蓮：她的「輕妝」對應白色的蓮瓣，她的

「明璫」有如深夜蓮花上閃爍的月光。甚至她的名字，「紅衣」，也和蓮花的名字一樣。唯一的不同是她已成不朽，一位仙子生活在超越時間的世界裡，與鮮花、美女的短暫形成尖銳對比。是在這層意義上，女子與神鳥素鸞完全達到了同一。一點對於莫測的神仙生活的知覺，一分對於神秘、超越人類世界的夢想的情感，一種新的現實——這一切給我們無限的想像空間。似乎是在生死之間，詩人找到了一條道路——一種持續不斷而且寓意豐富的平衡。月下蓮池，清涼一片，詩人在那裡看到了象徵這一永恆世界的基本意象：

> 霽月三更，粉雲千點，靜香十里。

這美麗的仙子，明豔如月，卻總是迴避著詩人（「紅衣羞避」，第十八句）。她就像那水上仙子，若隱若現——卻不似那河道自身，雖是不斷流淌，但總在那裡。有意思的是，她耳上的「明璫」使人想起曹植〈洛神賦〉中的別離，洛神哀嘆她與凡間情人的短暫聚會必須終結：

> 無微情以效愛兮，獻江南之明瑺。

她的情人眼睜睜看著她在黑暗中消逝，「悵盤桓而不能去」。「明瑺」，別離的象徵，喚起詩人記憶中多少舊事！他熟悉的樂聲重襲心頭。他「偷」彈珠淚，誰能知道他隱藏心底的哀愁有多廣？

誠然，他對那女子（蓮）的愛對我們總隱著一分神秘。但有一事是清楚的：詩人的眼淚給他自己，也給他所愛的人，以一定意義的安慰。因為實際上他自己也變成了白蓮：他的淚珠也就是蓮瓣上的露珠。或許他就是那位金銅仙人，在「暗傾鉛水」；或許這闋白蓮詞就是詩人自身的象徵性造像。總之，主客觀之間已無界限。這種觀照點的不斷變換，可以和法國象徵主義詩歌中典型的物我混淆相比。❺

在上述細讀(close reading)的基礎上，我們得以進一步觀察周密詞中另外兩個重要方面；它們似乎定義了詠物詞象徵主義的特殊性質。首先，對於所有讀者來說都很明顯的

❺ 馬爾賽・雷蒙德(Marcel Raymond)描述了象徵主義詩歌中的類似手段：「自我進入無意識力的掌握之中並與無生命物同化，而無生命物則將夢幻者的意識固定下來。」見 Marcel Raymond, *From Baudelaire to Surrealism* (London: Methuen, 1970), p. 3。

是，雖然「白蓮」二字從未在詞面上出現，但詞中每一處意象的描寫都呈現了花兒的基本特質：瑩白、清冷、淡雅、純潔、沉靜、憂鬱。對於所詠物不給予直接指認，反給詞章憑添了一分優雅。但這種距離效應的產生，只是詠物的一種傳統手法。正如宋代批評家沈義文在其《樂府指迷》中指出，詠物詞的文體要則之一是詞人不能直接在詞面點明所詠物的名稱：

> 如說桃，不可直說破桃，須用「紅雨」、「劉郎」等字。如詠柳，不可直說破柳，須用「章臺」、「灞岸」等字。……詠物詞，最忌說出題字。如清真梨花及柳，何曾說出一個梨、柳字。

第二，象徵在詠物詞中的基本手法之一是用典。例如，「銅人」典和「洛神」典為周密詞提供了重要的參照系統和文際聯繫。通過這些指向詞外某件事物的典故，我們體味到詞中的細節是怎樣歷史性地連接起來。然而，在詠物詞的上下文(context)中，每一個典故作用如同一個意象，與占主導地位的象徵美學呈現（如白蓮）密切聯繫；而這主導象徵也就順次成為詩人自我的隱喻。在這類詩詞裡，詩人是通過內化過程而賦予典故以一種意象和象徵的價值。正是這種典故的表現作用使它（典故）和感覺與想像相接觸。

然而最終還是「重複手法」把這些意象型的典故和其他類型的意象變成象徵。重複對於《樂府補題》的含意極其重要，不可或缺；通過每一組詞的逐篇比較，我們可以看出其最佳效用。例如，明璫、寶玉、碧簪、露盤、舞蓮——所有這些意象在白蓮詞組中一再出現。有些意象在開始時似乎使人迷惑，但它們的重複出現為詞章織出了厚密的意象網絡。這一性質，我相信，加強了整體意象之間的聯接力，因為每一意象負載著豐富的潛在意義。由於運用了這種意象重複的手法，讀者被不斷地引向其他的事物而把它們當作詞章的真正含意，直到窮盡所有可能的象徵意義。當然，中國語言自身似乎是天生保有這種意象密度，但在詠物詞中，詩歌意象承擔著更為厚重的聯接力。

為了顯示《樂府補題》的重複手法的意義，我打算考察白蓮詞組的最後一首，作者王沂孫（一二三二？—一二九一？年）他大約是這十四位詞人中最傑出的一位：

> 翠雲遙擁環妃，夜深按徹霓裳舞。銘華淨洗，娟娟出浴，盈盈解語。太液荒寒，海山依約，斷魂何許？甚人間別有，冰肌雪豔，嬌無那，頻相顧。　三十六陂煙雨。甚淒涼，

> 向誰堪訴。如今謾說，仙姿自潔，芳心更苦。羅襪初停，玉璫還解，早凌波去。試乘風一葉，重來月底，與修花譜。

這首詞以唐明皇及其寵妃楊玉環的故事起頭。據白居易〈長恨歌〉，唐明皇是如此為楊貴妃的嫵媚所魅惑以致荒廢政事。每逢宮廷宴會，楊貴妃常隨〈霓裳羽衣曲〉翩翩起舞。此曲起源神秘，《異聞錄》載：

> 開元中明皇與申天師遊月中，見素娥十餘人，皓衣乘白鸞笑舞於廣庭大桂樹下，樂音嘈雜清麗，明皇歸製霓裳羽衣曲。

如此看來，「霓裳」指月中仙子的舞裙，「羽衣」則指素鸞的雙翅。王詞的起首數句美在他把一個典故化成了一個引起不盡聯想的意象：楊貴妃的舞步正與月宮仙子相彷彿——輕柔如羽如夢，伴隨著天宮仙樂。最重要的是，她身著白色霓裳。在我們的想像中她甚至可能披著羽衣（如她的舞名所示），正如素鸞的裝束一般。

此刻我們驚喜地發現，原來周密詞的開首意象也是在用典。「素鸞飛下青冥，舞衣半惹涼雲碎」——不也是在寫楊貴妃嗎?然而，若不是讀了這組詞中的另一首，比如說王沂孫的詞，我們也許就會忽略掉掩埋在周詞中的這個典故。我發現白蓮詞組中的所有十首都用了楊貴妃典——七首明白點出「環妃」，而其他三首(包括周密詞)則僅出以暗示。這些典故在詞中形成固定模式，它們的重複出現把我們引向深層理解所需要的更多聯想。這種重複手法起著一種激發作用，迫使我們去探測複雜而又凝為一體的詩詞意象系統。

當我們開始分析王沂孫詞時，我們發現，這首詞從頭至尾把楊貴妃和白蓮繫連一處。「翠雲」，被用以描繪楊妃的秀髮，也做了蓮葉的隱喻（第一句）。楊妃「娟娟出浴」，純淨、天然、「鉛華淨洗」，如芙渠出水，「盈盈解語」（三—五句）。確實，作為花兒，楊妃較之池中芙蓉更為光彩照人。據野史所載，唐明皇曾如此品鑒比較眼前這兩種「解語花」：

> 明皇秋八月，太液池有千落白蓮數枝盛開，帝與貴戚宴賞焉，左右皆歎羨。久之，帝指貴妃示於左右曰：「爭如我解語花?」❻

❻ 原載《開元天寶遺事》，轉引自《樂府補題研究及箋注》，頁三五。

如此說來，楊貴妃是因為她具有人情才較白蓮略勝一籌。這個典故強調了楊妃情感生活的一面。因此，在王沂孫筆下，楊妃作為「尤物」、「禍水」的傳統形象被擱置一旁。代替這種形象，王沂孫在詞中強調楊妃對明皇生死不渝的愛情。白居易的〈長恨歌〉深切地敘述了這一齣愛情悲劇：明皇從都城出逃途中，楊貴妃死於明皇將士之手；玄宗讓道士召喚貴妃亡靈，得知她已成為海上仙山裡的太真仙子；道士至海上面謁楊妃；楊妃起誓，愛玄宗直至地久天長。然而在人間，玄宗皇帝的悲哀卻無人可以慰藉：

> 歸來池苑皆依舊，太液芙蓉未央柳。芙蓉如面柳如眉，對此如何不淚垂。

王沂孫詞的第六至第八句，正是引用了這個感人的故事。

「太液荒寒，海山依約，斷魂何許？」詩人（的代言人）苦苦詢問。問題簡單，內涵卻很複雜。無疑這斷魂人決不止於兩位。有很多敏感的靈魂，通過情感的認同，來和楊妃、明皇分嘗這份愁苦。詩人自己會是這群斷魂人中的一員嗎？他和歷史上這一對誓不相忘的情人之間有何特殊的關係？在詩人眼中，這純淨如玉、默默沉思的蓮花，正是那綿綿長恨的見證；花兒因此也變得「芳心更苦」（第十八句）。同周密詞中的代言人一樣，詩人現在也化作了那位苦戀著的情人。眼睜睜看著他心愛的仙子倏然轉身，凌波而去，只遺下一雙明璫，他的心兒因痛苦而顫慄（第十九—二十一句）。

這樣，在這一朵小小的蓮花上，詩人感受到了所有這一切愛與恨。世上沒有任何事物比這花兒，這生命的芬芳，更加美豔動人。通過蓮花這美的象徵，詩人發現了一條通往不朽的秘密通道——這就是藝術的不朽。確實，詩人成功地培養起了和花兒的共性——不僅於此，他還相信一本「花譜」（即藝術）的創立，將是他生命的最終勝利：

> 試乘風一葉，重來月底，與修花譜。

由此類推，可知詩人是通過詩歌和想像而領略了生命的全部意義。

讓我們把這樣的詠物詞稱作象徵主義詩歌，因為這種詩歌基本上是聯想的和間接的。我們的讀法僅是多種讀法之一，因為要窮盡詞中所含的全部象徵意義實際上是不可能的。在詠物詞錯綜複雜的象徵系統中摸索，讀者持續地受到啟發，從而在「本文」(text)中不斷發現新的含意。

對於讀者和詩人自身來說，似乎象徵的概念更適用於前者（即讀者）。因為，正如馬爾賽・雷蒙德(Marcel Raymond)所示，詩人常是「有意識地求助於一種間接表意手法」，儘管他們使用的意象或許被「賦予十分確切的意義」。❼在這種情況下，讀者就必須為自己找出象徵的趨向性含意。由於這個原因，我，作為一個讀者，將著手討論《樂府補題》諸詞的更具特徵性的託喻含意。我將提出託喻在《樂府補題》中賴以立足的幾個基點，然後考慮這些基點是以何種狀態在組詞中被結成相互附著交扣的整體系統。

《樂府補題》須用託喻的方法來閱讀，這一點實質上為所有了解一二七八年「毀陵事件」的詩人和學者所證實。確實，我們對於這些詞章寫作的政治環境的了解，迫使我們從上述象徵主義層面之外來考慮《樂府補題》。難題是，我在本文開頭也曾提到，西方批評家一般把象徵與託喻看得很不相同。諾斯洛甫・弗賴伊(Northrop Frye)寫道：「差別在於，一個是『具體的』導向象徵的方法，它開始於真實事物的意象然後引出觀念和意見；另一個則是『抽象的』方法，它開始於觀念然後試圖找到具體的意象來代表這個觀念。」❽然而《樂府補題》詠物詞所使用的文學技巧與弗賴伊所總結的模式並不相合。這

❼ Marcel Raymond *From Baudelaire to Surrealism*, p.37.

❽ Northrop Frye, *Anatomy of Criticism* (Princeton: Princeton University Press, 1957), p.89.

些詞章至少在兩個關鍵方法上是例外：第一，它們似乎在象徵和託喻之間同時具有雙重焦點；第二，它們以託喻方式指向一樁政治事件，而非指向真理或觀念的道德呈現，像西方託喻中所常做的那樣。❾

但我們無疑可以接受弗賴伊關於象徵方法的定義。回到「白蓮」組詞上，我們會看到，不僅每首詞以「真實事物的意象」開頭從而「引出」純潔的觀念（主題），而且所有的詞都持續地指向中心象徵——白蓮，雖然各自帶有很不相同的暗示性含意。我認為象徵與託喻的真正區別在於：對於象徵來說，我們關於（詩歌）意義的廣泛聯想是否確實符合作者的意向是無關緊要的；而在託喻中，作者的意向則是必要的。對此，弗賴伊的解釋頗有說服力：「對託喻的詮釋……開始於這樣的事實：託喻是敘述過程中的結構要

❾ 當然，政治託喻在西方文學中並不缺乏。例如在斯賓塞(Spenser)、德萊登(Dryden)、和斯韋夫特(Swift)的作品中就可以找到。應注意到莫林・奎利根(Maureen Quilligan)在她最近出版的書中批評託喻閱讀中對於政治含義的普遍忽視（見其*Milton's Spenser: The Politics of Reading* (Ithaca: Cornell University Press, 1983), p.160.）。近期學者們發現有必要強調託喻的政治方面這一事實，此事說明了大多數西方文學批評仍將託喻看作一種表現真理或觀念的手法。

素，它必須在那兒，而不是僅靠批評詮釋者附加上去的。」❿最近，莫林・奎利根(Maureen Quilligan)詳細探討了對託喻的閱讀的真實性質：

> 這樣，託喻的閱讀（與附會式閱讀相反）。……必然地負有反覆質詢詮釋的複雜重任，但這種詮釋方法必須局限在「本文」文字（文體的）意圖之內。因此，我認為，這就是附會式閱讀與託喻的閱讀之間的最大區別。……在對待託喻敘述時，閱讀不可以逃離「本文」(text)的歷史意圖。⓫

這一點把我們引向中國詩（詞）人和批評家予以首肯的第二詮釋層面：《樂府補題》諸詞的創作託喻性地呼應了發生於一二七八年的一樁真實歷史事件。作者的意圖，儘管是出於暗示，確實存在於「本文」文字之中。我們從歷史和文學資料中得知，當吐蕃喇

❿ Northrop Frye, “Allegory”, *Princeton Encyclopedia of Poetry and Poetics*, p.12.錢鍾書也在作者意向的基礎上把託喻的寫作與非託喻的寫作區分開來：前者像個有核（心）的蘋果，後者則像只無心的洋蔥頭，見《也是集》（香港：廣角鏡出版社，一九八四），頁一二一。

⓫ Maureen Quilligan, *Milton's Spencer*, p.26.

嘛毀辱六所宋代皇陵和一百零一座宋代高級官吏的墳墓時，所引起的創痛是如此深巨，以致於陵墓附近會稽郡內的每一位漢人知識分子都有所行動。唐珏（一二四七—？年）和林景熙（一二四二—一三一〇年）是最積極人士中的兩位。唐珏在悲憤交加之下挑選了一批青年扮作採藥師，收集被拋散的帝后遺骨，改葬蘭亭山，那裡曾經是王羲之和其他東晉名流的修禊場所。後來，這同一個吐蕃喇嘛又下令將在這一區域內發現的帝后遺骨和牲畜骨殖混埋塔下。此舉深深激怒了所有的漢人。不過，至少林景熙設法從原宋長朝宮移植了六株冬青樹到蘭亭山遺骨塚，以標誌已逝帝后的永恆存在。林景熙、唐珏，還有他倆共同的朋友謝翱（一二四九—一二九五年），都曾作詩專詠此事。下面這首詩，題作〈冬青樹行〉，是唐珏寫在雷電擊毀鎮埋帝后與牲畜骨殖的白塔以後：

冬青花，不可折，南風吹涼積香雪。遙遙翠蓋萬年枝，上有鳳巢下龍穴。君不見犬之年，羊之月，霹靂一聲天地裂。

是在下一年（一二七九年）的年初，當宋朝廷完全陷於元人之手以後，十四位詞人——包括唐珏、王沂孫、周密、和張炎（一二四八—一三二〇？年）——才舉行了五次秘密集會，填寫了三十七首詠物詞，後來被總稱為《樂府補題》。這些詠物詞都沒有「明白」提及這一歷史事件；從我們對周密和王沂孫詞的象徵主義閱讀中也可看到，詞中意象並未明指此事。但是，我在下文將證實，恰恰正是這些謎一般的意象所具有的召喚力，給予（詞的）託喻框架以必要的黏合性。重要的是，作為創作依據的「六陵遺事」被有意識地處理得非常含蓄。這樣，詞的託喻含意不僅包括那具代表性的卻缺乏連貫的意象本身，也包括對含蓄提及的歷史輪廓和政治基礎的理解。確實，這些詠物詞的機能有如「小說」，它們說的是一件事，指的是另一件。我們可以把這種類型的託喻稱作「意象型託喻」，因為託喻的傳達媒介依賴於詩詞意象及其共有的外在結構之間的聯繫；而這種外在結構對於託喻的意義來說是必要的。

然而，託喻在這裡為什麼如此含蓄？在西方傳統文學中，如諾斯洛甫・弗賴伊所謂：「當詩人明白指出他的意象和實例及概念之間的聯繫時，我們便有了真實的託喻。」⑫而且，事實上，大多數西方的歷史和政治託喻，雖然不是占主導地位的託喻類型，卻傾向於發展一種強烈的語調，因而在政治和歷史託喻與諷刺之間有密切聯繫。然而，在《樂

⑫ Northrop Frye, "Allegory", *Princeton Encyclopedia of Poetry and Poetics*, p.12.

府補題》的政治託喻中，政治背景是如此隱蔽，以致於詞人們不可能明白地提出他們的政治批評，更不必說諷刺。

元人的野蠻行為無疑激起相當數量的漢人學者與詩人的仇根，導致他們在政治上的引退。所有十四位《樂府補題》詞人拒絕擔任元朝官職，僅有三位在他們一生中的某些時候被迫接受教職。這一代的學者詩人，無力恢復中華文化的光榮燦爛，憤怒失意之下，想出了通過詩詞秘密聯絡的辦法。在詩詞中他們逐步發展起他們作為一個組合的自我形象；共同的經歷，和一種似乎超越朝代更替的文化使命意識，把他們聯在一起。意識到他們本人的不確定的社會位置和與當世的疏遠隔膜，這批學者詩人希望給他們自己在歷史上的角色創造新的意義。因此，他們逐步培養起對後代的文化責任感——雖然他們不能公開地喊出他們的憤怒與痛苦，他們至少可以通過詩歌媒介秘密表達，並且希望後世人能夠解讀這些似乎曚曨不明的詩歌。

同時，中國的詞體在宋及元的朝代更替中經歷了若干關鍵性的變化——首要的便是加強了對詠物手法的重視，從而使得抒情自我前所未有地從外部世界退入獨立的小天地中去，並經由微小的自然物，如梅花、蓮花、白茉莉等，作為象徵而表現出來。這個時期詩（詞）社的興起也促使了詠物詞的普及，特別是因為詩詞中的詠物手法總是與文人雅集密切相關。無論如何，詠物詞興盛於宋朝廷即將崩潰之時，這一事實說明詠物詞確實是南宋遺民詞人表達其忠忱的完美詩歌手段。詠物詩詞的特殊作用不僅在於它的象徵意義，也在於它這種文體的詩歌要求——提倡含蓄的表達和多少有些不連貫的詩詞意象。在一個表現為個人和文化危機的時期，這種詩（詞）體迎合了詩（詞）人的意願。因為，除卻藉著自然「物」，有什麼更能表達這群遺民詩人的孤憤？他們的自我意識在增強，而他們的自我反省也日趨激烈。正是

> 只有春風知此意，年年杜宇泣冬青。

這些詩人是怎樣在他們的詠物詩詞中一方面給人以距離感和沉默感，而同時又將讀者引向他們試圖表達的意義上去？我以為取得這種效果的方法之一，是運用一些循環反覆而且與真實事件有直接聯繫的樞紐意象。這些樞紐意象運作如同暗碼，他們躲過「幼稚」的讀者的眼睛，卻在深諳歷史故實與文學程式的人們面前顯露出來。使用樞紐意象，不僅就寫作程式，而且就閱讀程式來說，都是重要的。而更重要的乃是對這個從對文化

歷史的反應中發展起來的雙重作用之體認。

讓我們回到「白蓮」組詞中來：哪些是詞人與讀者共同認知的樞紐意象呢？要回答這個問題，我們還須對一二七八年辱陵事件的歷史環境有更為詳細的了解。

在《癸辛雜識別集》中，周密記載了一件於我們閱讀「白蓮」組詞有特別意義的故實。帝后遺骨被從陵墓中掘出並被拋撒荒郊以後不久，有位樵夫在墓所撿到一挽青絲，上面還簪著一枚翡翠釵。[13]這原是孟后的頭髮，痛苦地提醒人們被曝屍棄骨的所有宋朝后妃的悲慘命運。遺民詩人謝翱為此寫下〈古釵嘆〉，其中包括以下詩句：

> 白煙淚濕樵叟來，拾得慈獻陵中髮。青長七尺光照地，髮下宛轉金釵二。

詩中的主要意象——淚、黑髮、和墜地金釵——似乎在回應白居易〈長恨歌〉中楊貴妃被賜死後的場景描寫：

> 花鈿委地無人收，翠翹金雀玉搔頭。君王掩面救不得，回看血淚相和流。

[13] 周密《癸辛雜識別集》（學津討源版，一九：六）。並請參閱夏承燾〈樂府補題考〉，頁三七八。

當然，楊貴妃的小名玉環，會自動提醒我們這些貴妃遺物的意義。但金雀釵的意象之重要，卻在另一層面上：按白居易的說法，金雀釵是貴妃與明皇愛情的信物。當玄宗特使到海上仙山探訪楊貴妃（現為太真仙子）時，楊貴妃痛苦地取出她的頭飾，象徵她和玄宗綿綿不盡的愛情：

惟將舊物表深情，鈿合金釵寄將去。釵留一股合一扇，釵擘黃金合分鈿。但令心似金鈿堅，天上人間會相見。

恰恰正是這些頭髮和頭飾的意象，以及其他類似和楊貴妃有聯繫的意象，成為「白蓮」組詞中所謂的「樞紐意象」；這不是偶然的。但我們重讀「白蓮」組詞時，我們再一次驚喜地發現，所有的髮釵和其他飾物的意象都和仙子有聯繫，這使我們想到太真仙子（楊玉環）。周密詞中的這一段是很典型的：

應是飛瓊仙會。倚涼颸，碧簪斜墜。輕妝鬬目，明璫照影……

的確，周密和他的詞友們選擇「白蓮」作為一系列極其撲朔迷離的詠物詞的共同題目，是極有創見的。對美麗楊貴妃的描寫，顯然是託喻性地指向宋朝的孟后，她的頭髮被樵夫偶然拾到。這頭髮，如同蓮花一樣，未曾被污泥所染，依然「青長七尺光照地」，如謝翱詩中所詠。重要的是，這種「蓮等同楊」、「楊等同孟」的明確指定，同時產生於象徵性和託喻性的閱讀。當然某些詞語未必具有準確含意，但在一起它們加強了詩詞的關鍵意象和整體氣氛，建立起一種強有力的組織衝擊力。我已經討論過循環重複如何變意象為象徵的手法。而且我相信，類似的因素也會將象徵轉變為託喻。例如，銅人流淚意象（皇朝覆落的象徵）的重複，毫無疑問地促使我們相信，「白蓮」組詞實際上是遺民祭詞，寫來表達人們對宋朝廷終身不渝的忠誠。詞中表述的愛情因而也就是愛國之情的託喻。

這種託喻性的含意同樣可以在《樂府補題》的其他四組詞中找到。例如，第四組詠「蟬」詞中，包含有相當數量的「露盤」和「銅人」意象。蟬是一種吸風飲露的昆蟲，因而也就和露盤——朝代覆亡的象徵——聯繫起來。此外，與透明蟬翼相彷彿的女子雲髻，這意象的不斷重複，似乎也特別指向「拾髮」的故實。蟬與孟后的等同是特別地切題，因為蟬原本就是古代齊國王后死後的化身。

至於第一、三、五組詞——分詠龍涎香、蓴、和蟹——詞中的樞紐意象則特別與宋理宗的故實相關。在毀陵以後，據說理宗的屍體是被野蠻的元兵倒吊在樹上的。根據可靠的資料，理宗的屍體在剛出土時，看起來像生前一樣，口中還含著一顆罕見的珍珠。因為這個原因，元人很看重皇帝的頭顱。他們把屍體倒吊起來，是希望能把皇帝體內的水銀——他們相信是真龍（皇帝）的元質——全部瀝乾，然後他們才能把那無價的頭顱割下來。三天以後，頭到底和身子分了家，被喇嘛楊璉真伽拿去做了飲器。

像在「白蓮」詞中一樣，詩人們在這幾組詞中通過詩詞的象徵主義表達了他們的苦惱和憤恨。最有意義的是，傳說中只有龍王御前的鮫人能夠得到的「龍涎香」，被詩人用來象徵理宗口中的稀罕珠寶，這樣便把珍珠和「龍涎」聯繫起來。同樣，詠「蓴」諸詞（第三組）和詠「蟹」諸詞（第五組）前後一致地召喚龍宮意象，因為蓴和蟹都是南方人喜愛的優質海產。在所有這些詞裡，詞人們表達了他們搜尋海中珍品的願望，哪怕要冒生命危險，也在所不惜。

最重要的是，在所有這些組詞中，如「白蓮」組詞一樣，都有一個居支配地位的表示永恆意義的意象——縈迴難去的芳香（龍涎香），經久不忘的滋味（蓴和蟹），或是綿綿無盡的憂愁（蟬）。此外，詞中的物體都善於變化——龍化為神，蓴化為絲，蟬與蟹蛻去皮殼。但詩人們真正想說的是：他們自己也變化成了這些物體。他們對朝廷的愛（忠）有如龍涎香一般純淨，如蓴和蟹一樣美味，如蟬一樣持久。現在，作為覆亡朝廷的忠臣，他們好似孤獨的螃蟹，在「泥沼」裡無目的地爬行；他們的心碎了，變得像蟹一樣「無腸」。

《樂府補題》總體上是一種託喻應該是很清楚的了。其中的詞章不是像通常的西方託喻那樣指向道德與宗教的真理，而是指向歷史與政治的事實。這種類型的託喻是中國文化價值的索引；通過它，人對於特定歷史形勢的真意的敏感，被給予極高的評價。我以為，上文所討論的這種「意象型託喻」，是中國人為賦與其詩詞以獨立特性的最好謀略。而《樂府補題》詠物詞僅僅是顯示了中國託喻傾向的一個主要方面。確實，創作託喻詩詞的傾向是如此強烈而根深蒂固，以致於許多中國評論家的注意力似乎反被從詩詞本身移開，引向一些牽強附會而與正文並不相干的歷史材料中去。

就中國詩歌總體，就詠物詞特別來說，託喻與非託喻之間的界限是否要比西方來得鬆散、靈活、不確定、不嚴格一些呢？可能有人會說，《樂府補題》的這種託喻，建立在一種危險的假設上，即大多數文學偵探們在競相發現作者的中心意圖所在。而且，說實在的，即使是充分確實的詮釋，仔細周到的求證，也永遠不能捕捉到作者的全部意圖，至多不過是求其大概罷了。然而，這難題是不是只有中國人才會遇到呢？莫林．奎利根曾經指出，例如西方性變態的託喻，一般便使用非常隱晦的語言。這是因為託喻有一種在公開某事的過程中保持秘密的傾向。事實上，現代西方研究託喻的學者們已開始抱怨，要取得對特定篇章的「正確」詮釋有多困難。塞繆爾．利文(Samuel R. Levin)在他最近的一篇題作「託喻語言」的文章中，試圖用浪漫詩人濟慈的「負面能力」(negative capability)概念，來作為對於託喻閱讀中數不清的不確定點的一種可能的解決方法：

> 我相信濟慈的「負面能力」概念至少在一個方面是支持這種託喻閱讀的。……這個詞語出現在濟慈給他的弟弟喬治和湯姆的一封信裡，他說：「那種品質深深打動了我，它會造成一位有成就的人（特別是在文學上的成就），例如它在莎士比亞身上有極大的體現——我說的是一種負面能力，它指一個人能生存於不確定、神秘、懷疑之中，沒有任何對事實和理智的過敏追求。……」對這段話貝特(Bate)解釋如下：「在我們不確定的生

活中，沒有一個體系或是公式可以解釋每一件事——即使一個字，充其量也只是濟慈所謂的『一個思想賭注』——所需要的是一種想像中的心靈的開放和對現實的全部多樣的具體事物的全力接受。……」……這種正面的、積極的意義乃在於其克服限制的絕大能力。

確實，中國的詩人／學者一向採用一種「正面的」研究方法來證明他們「克服限制」的能力。他們就《樂府補題》所作的對於託喻的詮釋——如清代批評家和最近葉嘉瑩所演示的那樣——具有互補的兩個方面：首先，他們詮釋的目的在於闡明作者的託喻意向；其次，他們相信詮釋是「本文」的象徵意義的不斷展現。第一個方面可以比之於傳統的美國詮釋方法，它「從事於決定作者的意旨」。第二個方面至少在精神上和現代解構主義方法相近，它堅持讀者對於無盡頭的詮釋的發現。⓮這似乎矛盾的兩種方法何以能夠

⓮ 斯蒂芬・梅羅(Steven Mailloux)令人信服地從當代美國文學批評中總結出這兩種相對立的闡釋態度，一邊是由阿伯拉姆(M. H. Abrams)為代表的傳統學派，另一邊是由傑・赫黎斯・米勒(J. Hillis Miller)為代表的解構主義學派。見斯蒂芬・梅羅*Interpretive Conventions: The Reader in the Study of American Fiction* (Ithaca: Cornell University Press, 1983), pp.141-144.。

並行不悖？首先，《樂府補題》詞人提供給我們具有極大意象密度的篇章，這些篇章鼓勵我們去解開他們極其複雜的組織網絡。其次，這些篇章也提供給我們一些關鍵詞語，引導我們進入相關的外部結構，幫助我們取得一定程度的解釋作者意向的合法性。這種方法把讀者放在一種細緻的、自覺的解碼工作中心，直至他相信他已經達到了對作者意圖的全部理解。簡潔一點說，理想的讀者是作者真摯無私的朋友；他不僅應該能夠欣賞作者明白顯示的內容，更重要的是，他也應該能夠欣賞作品那呼喚著同情理解的潛在含意。由於中國文化和社會的特殊性質，這一託喻詮釋的程序成為沉默著的大多數學者—詩人最有力的闡釋策略。

決非偶然，直到清代，當漢人在異族統治下重受屈辱和痛苦時，「六陵遺事」才廣為人知，詞評家們也才最終確立了《樂府補題》的託喻解讀。首先，萬斯同（一六三八—一七〇二年）著手收集有關一二七八年慘案的歷史與文學資料，編成一部博贍的六卷本選集，題作《南宋六陵遺事》。所收的著作，早期的如陶宗儀（一二六八—一三五八年）記錄的實證，晚期的有黃宗羲（一六一〇—一六九五年）為宋遺民詩所作的評注。也是在這段時期，傑出的學者/詩人朱彝尊（一六二九—一七〇九年）設法找到了一部《樂府補題》的手抄本，親自作序，將之刻印發行。這樣，經歷了近四百年的冷落，這部重要的詞集終於引起了廣泛的注意。

清初學者們在文學和歷史研究上所作的這些努力，很快發展成一種以託喻法讀詞的主要趨勢。厲鶚（一六九二—一七五二年），一位效法張炎「清空」體的著名詞人，便是這些刻意研究《樂府補題》的學者/詩人中的一員。他甚至填寫了一組詞，題作「龍涎香」、「蓴」、「蟬」、「白蓮」、「蟹」——明顯是在仿效《樂府補題》。此外，他還在一首〈論詞絕句〉裡評論了《樂府補題》的託喻含意：

頭白遺民涕不禁，補題風物在山陰。殘蟬身世香蓴興，一片冬青塚畔心。

厲鶚致力於詮釋作者的意向，而後來的批評家如周濟（一七八一—一八三九年）則有興趣於發現詞章中的意象託喻。認識到託喻閱讀有其自身理論上的困難，周濟發明了一種頗具說服力而又實用的閱讀理論：「夫詞非寄託不入，專寄託不出。」這種理論原本用於託喻寫作——詩人必須在詞中用到託喻，但又不可以給人一種印象，好像他被託喻所束縛。通過這一理論，周濟暗示好的託喻不能過於顯露，因為讀者讀詩（詞）應如

「臨淵羨魚」，猜度水中「究竟是鯛是鯉」。可能是因為上述原因，周濟在他所編詞選中，偏好具有含蓄，寄託傾向的作品。他明確推薦王沂孫為初學者的楷模，因為王似乎掌握了詠物詞中意象聯想的詩歌真昧。值得注意的是，周濟指出的《樂府補題》中幾個極重要的託喻意象，在早期批評家眼下卻被輕輕放過了。

有趣的是，與《樂府補題》諸「詞」相比之下，那些有關「六陵遺事」的「詩」（無論是古詩、律詩或絕句）遠不能激起同等程度的興趣。讀一讀現存幾首詠冬青的詩，我們會發現這些「詩」有一個共同之處：過於直露。這些「詩」的直露不僅表現在對事物的描寫上，也表現在對情感的表達上。此外，雖然冬青樹被視為聖物，在「詩」中卻未被作為象徵，因為他們指的就是那些實實在在種在帝陵上的冬青。很簡單，這些詠冬青詩是質直的。我相信這些遺民詩人和他們同時代的其他詩人一樣，腦子裡有一個清楚的文體界限——詠物詞意味著象徵性和託喻性的作品，而詩則基本上是服務於直接的情感表露。對於像「六陵遺事」這樣一種傷心刺骨的主題，我們有理由推測這些詩人寧可選擇一種不必高聲說出的，而是間接的、有效的詩體來寫作。自由地沉浸於象徵和託喻的聯想中而不至於招致政治危險，有什麼會比這種作法更為有效有益？這就是為什麼他們有關「六陵遺事」的詠物詞在數量上遠遠超過他們同樣主題的「詩」作。

有些現代西方讀者可能會覺得,《樂府補題》沒有託喻所必需的足夠的「故事敘述」基礎。就西方意義來說,上述這些託喻策略不像真正的託喻。因為許多西方學者都認為,託喻必須和故事敘述進程交纏聯接:這就是說,連續的雙重含意必須貫穿在特定的虛構事件(fiction)中。這個概念建立在下述事實的基礎上:在西方文學中,通常有一個明確定向的發展進程,貫穿於敘述文始終。是這種「連續性」——諾斯洛甫・弗賴伊(Northrop Frye)解釋道——「把託喻和含糊簡單的用典區別開來」。[15]那麼,從比較文學的觀點看來,我們是否還可以把《樂府補題》視為託喻呢?

為了回答這個問題,我們必須考慮西方文學中另一種區分託喻和象徵的方法——象徵表現特定「本文」內的某種單獨意象,而託喻則是一個較大的組織框架,籠罩敘述的整體。浦安迪(Andrew Plaks)在他的*Archetype and Allegory in the Dream of the Red Chamber*一書中,把兩種手法清楚地區分開來:

---

[15] Northrop Frye, "Allegory", *Princeton Encyclopedia of Poetry and Poetics*, p.14.

……可能這樣說會更清楚：把象徵定義成一個具有外部參照的單一的「本文」元素，而把託喻留給較大的敘述塊體；在這些敘述塊體裡，與「本文」交織在一起的結構模式，曲折指向一種沒有直接呈現的理解模式。換句話說，在託喻中，我們對付的是「本文」與「模式」垂直的關係，這些「垂直」關係在虛構的故事敘述中支撐若干象徵或符號，並在他們中間得到發展。（頁九一）

如果我們遵循這個定義，我們大約就可以說得更準確些，把《樂府補題》中的每一首詠物詞稱作象徵性詩歌，而把整部詞集看作一部託喻作品，其中包含了許多象徵性詩歌，全部指向一樁在「本文」中「沒有直接呈現」的歷史事件。

關於託喻的連續性問題，最後還有一點可以談談，這關係到結構系統。《樂府補題》包含五組詞，分詠五件物體——龍涎香、白蓮、蓴、蟬、蟹。如上述對「白蓮」組詞的討論所示，同一組詞分享類似的意象，而且，就總體而言，五組詞談及的是同一歷史現象。這樣一種結構設計從西方文學觀點看來，確實似乎缺乏「真正的」託喻所需要的敘述連續性。然而，很明顯，我們這裡是一種中國詩歌特具的託喻類型。即使在中國小說中，非線性的發展概念常支配著敘述結構。南宋詞人在《樂府補題》中所提供的，只不過是通向連續性概念的一種中國抒情方式：每一首詞是同一主題的一個變體——是整體思想的一個意象性概念，帶著一個模糊的開頭和一個模糊的結尾。同樣，每一組詞的整體性建立在重複意象的並列的基礎上。從一首詞到另一首詞之間是連續的，但這連續既不是時間性的也不是敘述性的。每一首詞，每一組詞，似乎在它們自身內便包含了一個小小的託喻。

作為總結，我願意把《樂府補題》稱作一部「託喻詞集」，但它包含了一系列類似西方象徵主義的詞章；這些象徵性的詞章為整體提供了結構上的聚合力。如果說，我對《樂府補題》的研究是建立在一個基本的，方法性的設想的基礎上，這個設想就是：文學創作方式受著文化的制約，並且被不同的傳統使用於不同的目的，它們也就必然反映出一種特別文化的詩學所具有的獨特表達方式。

原載於《中外文學》一九九二年六月號

八大山人詩中的文學性與視覺性❶

錢南秀譯

耶魯大學藝術館舉行的「八大山人畫展」激起了我對詩畫之間跨學科研究的興趣。我認為讀八大山人的詩與「讀」他的畫，其樂趣有部分相同——二者都牽涉到對象徵手法(symbolism)的解析。這種象徵手法，混沌無涯，典故中疊套著典故，往事裡蘊藏著往事，而其文情筆意，亦隨不斷的重複想像與重複體驗而改變。值得注意的是，讀八大的詩我們側重於作品文字(text)，而讀他的畫我們則不可避免地受制於自身的視覺(sight)功能。對於現代藝術史家來說，研究八大繪畫（或幾乎所有中國繪畫）的獨特之處，似乎在於他們須得持續地捲入兩股強烈而對峙的力量——文字與視覺的力量。我們知道，中

❶ 本文為第六屆國際比較文學討論會而作，英文原文題作“Rereading Pa-Ta Shan-Jen's Poetry: The Textual and the Visual, and the Determinacy of Interpretation”。

國畫大多含有題詩，題詩超越其文體界限與畫面融為一體。由於這個原因，上述兩種力量的交纏便顯得格外重要。一般說來，研究中國繪畫，首先必須辨析詩畫兩種藝術之間的種種關聯——並且牢記題詩與畫面並非單純並列，而是互為補足，相得益彰。❷當然，我們並不知道是否所有研究中國繪畫的現代藝術史家都能做到這一點。而事實是，當今許多藝術史家忘記了繪畫也會有「文字性」。誠如解構學派(Deconstruction)批評家保羅・德曼(Paul de Man)在其*The Resistance to Theory*（《對理論的抗拒》）一書中所說：「現在我們必須認識到繪畫與音樂中一種非感知語言的必要性，並且要學著閱讀(read)畫面而非只想像(imagine)其含意。」❸如果說，解構學派的文學批評對當前的學術思潮施加了某種獨特影響，這種影響就在於它堅持跨學科的(interdisciplinary)研究方式，以消弭由來已久的學科界限。

然而，儘管存在著跨學科的研究，我們這些研究詩歌與批評理論的當代學者們卻傾

---

❷ Hans Frankel, "Poetry and Painting: Chinese and Western Views of Their Convertibility", *Comparative Literature*, 9.4 (1957): 289–301. 饒宗頤〈詞與畫：論藝術的換位問題〉，《故宮季刊》，八：三（一九七四），頁九一一二〇。

❸ Paul de Man, *The Resistance to Theory* (Minneapolis: Univ. of Minnesota Press, 1986), p. 10.

向把每一種文化產品看作一部單獨的「作品文字」(text)，未曾意識到這樣一種研究方式人為地簡化了應有的詮釋方法。的確，通過把所有的東西傳譯成「讀物」(reading)，我們往往——甚而在藝術形象呼喚視覺欣賞的時候——把自己變成文字讀者。這個難題近來激發起一場大規模的文化論戰，吸引了美國多種知識領域的讀者。最近一期的《哈普雜誌》(*Harper's Magazine*)特輯，專題報導了卡米爾・佩格利亞(Camille Paglia)和尼爾・波斯特曼(Neil Postman)的辯論，正可作為這場文化論戰的例證：佩格利亞為視象文化(image culture)（反映在電視的視象世界中）辯護；波斯特曼則支持書寫文字(written text)的力量❹。當然，我們必須記住，文化史上早已存在圖象和文字表達之間的競爭，但像佩格利亞與波斯特曼之間這場極端式的論爭，對我來說似乎是出於誤導，至少是出於對「視覺」與「文字」不必要的局限性定義。而我們今天所需要的是跨學科的閱讀，同時追尋文學與

❹ Camille Paglia and Neil Postman, "She Wants Her TV! He Wants His Book! A (Mostly) Polite Conversation About our Image Culture", *Harper's Magazine* (March 1991): 44–55. 值得一提的是，佩格利亞在她*Sexual Personae: Art and Decadence from Nefertiti to Emily Dickinson*(New Haven: Yale Univ. Press, 1990)一書中宣稱，她所謂的「眼睛的專橫」(the tyranny of the eye)為西方文明提供了從古典時期到當代的文學藝術創作基礎。

視覺兩方面的意義。

的確，傳統中國批評家必然會同意我的看法，因為是文字與視覺力量的結合，為文人開創了藝術創作與知性詮釋的整體情境（唐以後尤其如此）。正如傅漢思(Hans Frankel)所指出：「中國文人歷代培養起來的這種詩畫合一、相輔相成的狀況，西方文明中是難以匹敵的。」❺而且，更重要的是，詩、書、畫三者在中國傳統中被緊密聯繫起來，而有「三絕」之稱。以書法作為文學與繪畫之間的關鍵環節，中國人對文字與視覺印象同等重視。他們稱畫為無聲詩，又愛像宋詩人歐陽脩那樣，讀詩如讀畫。傅漢思描述這兩種姊妹藝術之間的「可互換性」(convertibility)關係，饒宗頤則稱之為「變位」。

本文目的並不在繼續證明中國詩畫是如何緊密相關——這種觀念業已為大眾所接受，而是通過再讀八大山人的詩，來回答一些任何中國詩畫讀者遲早要提出的詮釋問題。最重要的兩個問題是：第一，出於何種原因，作者寫作（與繪畫）時要寓意言外，而讀者則須從字裡行間搜求言外之意？第二，題畫詩（或反之的詩意畫）是如何限定此種無止境的詮釋？

❺ Frankel, "Poetry and Painting", p. 307.

傳統的中國詩歌讀者一向以為應以朦朧(ambiguity)和複雜(complexity)作為詩歌的正面價值。讀詩時，讀者應期待被不斷引向更多的衍生層面而把它們當作詩篇的真正含意，直到窮盡所有可能的象徵意義為止。對於現代讀者，八大山人的詩篇（連同相關的書畫）提供一種特別的解謎樂趣——因為他的詩常常好似謎語，充滿生僻的典故和隱晦的指涉。王方宇和饒宗頤都曾極力嘗試闡明八大艱澀的詩意。作為與八大深具共鳴的讀者，班宗華(Richard M. Barnhart)欣然負起揭開八大藝術中神秘含意的使命。他在最近出版的*Master of the Lotus Garden*《荷園主人》一書序文中指出：

> 八大詩極其艱深，但一如他之於書法，八大於詩也是一位嚴肅的學生，他並且把淵博的學識和對語言與字謎的迷戀，融入藝術之中。正像他的書法，八大詩中艱澀的語言和隱晦的用典有時重現黃庭堅的風格。許多現代學者把自己無法理解八大語言的原因歸咎於它內在的非理性(irrationality)，殊不知困難在我們自己，而不在八大。❻

❻ Richard M. Barnhart, "Introduction,", *Master of the Lotus Garden: The Life and Art of Bada Shanren (1626–1705)* (New Haven: Yale Univ. Art Gallery and Yale Univ. Press, 1990), pp. 15–16.

研究八大使人著迷之處，部分來自我們對於八大生平的不斷求索：作為明宗室後裔，身處文字獄及政治迫害高張，明遺民安全深受威脅的清朝初年，八大很可能以佯狂一法來求取生存。閱讀現存數種八大傳記（彼此多處互相矛盾），我們不可避免地陷入迷宮，茫然不知所從。然而除了極為明顯的政治原因之外，八大作品之所以對現代人極具吸引力，自有其美學上的根據。比方說，班宗華認為八大作品中的「抽象性」(abstraction)，就使受到西方現代藝術影響的中國人悠然神往——因為他認為當中國藝術家為抽象性所吸引時，他們也從八大的作品中找到這樣的特性。

八大詩如其畫，深具奧妙的暗示性。他的作品可為闡釋學(hermeneutics)——一種對詩人的個人語言持續進行解構解碼工作的學派——提供馳騁的場所。例如我個人對於八大的興趣，就在很大程度上受到現代批評方法的激發：堅持反覆閱讀，堅持讀者對新的詮釋的持續發現。其實中國傳統的闡釋方法，過程大致相同，也是在對作品文字的象徵含意抽絲剝繭。事實上，傳統的中國作者，也刻意引導讀者貫注於某些關鍵而且可以幫助讀者有效地詮釋作品含意的意象或典故，藉此限定詮釋的範圍。下文將通過對八大作品中可能採用的文字與視覺手法的調查，來探討取得某些詮釋限定(determinacy of interpretation)的方法。

當然，這並非意味著作者的措辭(rhetoric)是我們可以指派給作品的惟一合法含意。作品中總有一些因素——用奧克特維亞・帕斯(Octavio Paz)的話來說，「閱讀中獲得的樂趣與驚異」——未必正好符合作者的「動機與目的」❼。事實上，傳統中國詩人及批評家深切意識到讀者的重要作用，視讀者為作者與作品之間不可或缺的中介。例如清代批評家周濟（一七八一—一八三九年）便主張作品應以含蓄的寄託體為之，這樣讀者便能「臨淵窺魚，意為鯉鮪」。❽儘管讀者同樣感興趣於他們自己的闡釋，作者的措辭無疑也是許多讀者急欲解析的重要含意之一。大多數讀者不願長久處於迷惑狀態；他們希望成為有特權的讀者，能夠接近文字意象背後的手法策略。

對於許多中國詩人及藝術家來說，詩畫結合是建立詮釋限定的一種有效途徑。因為他們知道讀者會詩畫並讀，並且在閱讀過程中，文字意義和視覺意象會通過象徵聯想可能性的擴大而相互加強。而這樣的閱讀最終會導向特定的詮釋限定。就八大的情況來說，

❼ Octavio Paz, *Sor Juana* (Cambridge: Harvard Univ. Press, 1988), p. 3.

❽ 周濟《宋四家詞選箋注・序》，鄭士元注（臺北：中華，一九七一），頁二。

他的題畫詩多少有如密碼，它們注定要躲過普通讀者的眼睛，只在深諳特殊政治故實與文學程式的人們面前顯示出來。這樣，所設想的詮釋設限(limits of interpretation)實際上只是對理想讀者的一種設限。如此，詩人/畫家便能一方面在他的藝術中創立距離感與含蓄效應，另一方面則引導讀者領略他的意圖。是這種來自美學與政治考慮的雙重作用，最終幫助我們破譯八大作品中令人迷惑之處。八大的作品具有強烈的個人風格；我們難以忘懷，他筆下的鴨子怒目圓睜，而葡萄則「目光」冷漠，諸如此類。確實，八大是藉由他自己的意象來看這個世界，寄深意於言外。作為讀者，我們的任務則在尋味於字裡行間，以闡明他的晦義藝術手法，並弄清這種手法是如何運作於他詩畫合一的創作之中。因為他的畫——作用如同寓意圖象(icon)——確實具有觀念及語言的層面。

為說明之便，我將專注於八大「白茉莉圖」(約作於一六九四年)題詩。一六九四年是八大藝術生涯中最多產的時期，也是他生命的轉折點。大約在這一年前後，八大漸漸學習接受身為明遺民的事實，並開始大幅山水畫的創作。在很多方面，他的「白茉莉」詩代表了一種個人危機與生命轉折之際的重要情感探索：

西洲春薄醉，南內花已晚。傍著獨琴聲，誰為挽歌版？

此詩的關鍵意象——琴聲，立刻湧上讀者心頭。「琴聲」典出三世紀詩人向秀為悼念詩人音樂家嵇康之死而寫的〈思舊賦〉；通曉琴律的嵇康被處死在政治黑暗之時，向秀曾經是嵇康的近鄰；嵇康死後，向秀途經舊居，聽到附近有人吹笛，猛然想起往昔與嵇康共度的美好時光，不禁悲從中來，愴然寫下這首悼念亡友的挽歌！

悼嵇生之永辭兮，顧日影而彈琴。托運遇於領會兮，寄余命於寸陰。聽鳴笛之慷慨兮，妙聲絕而復尋。停駕言其將邁兮，遂援翰而寫心。

這末四句使我們想起八大「白茉莉」詩的語調。當八大寫道：「誰為挽歌版」，他是在追悼某位摯友的去世，還是在哀挽明朝覆亡時崇禎皇帝的自縊煤山——就像一千多年前的嵇康一樣死於政治悲劇？我們當然無從了解八大的題詩環境，但至少我們可以相信，八大作「白茉莉」詩與畫的那一年，不必與詩中所指事件同時。因為這首詩，就像向秀的〈思舊賦〉，明顯是一首憶舊詩。一六九四年——「白茉莉」可能就創作於這個時期——

並不只是八大藝術生涯中不尋常的一年。也正在這一年，八大開始採用新的題款：密碼「三月十九」❾——即崇禎皇帝自殺的日子。明朝滅亡也就在一六四四年的這同一天。這條線索顯示八大的挽歌完全可能是為崇禎皇帝三十忌辰而作。題詩使得那些知情人士——特別是那些了解「三月十九」特殊含意的明代遺民——能夠於詩、畫撲朔迷離的指涉中撥雲見日。對這項史實的了解，使我們得以更強的信心繼續「觀」(see)詩「讀」(read)畫。

由此我們進入向秀賦中與本文相關的第二層含意：向秀的〈思舊賦〉不但哀悼好友的殞逝，也同時感嘆舊朝榮耀的衰落；雖然向秀本人並未經歷朝代的覆亡，他在賦中卻把自己置於傳統的遺民地位：

> 嘆〈黍離〉之愍周兮，悲〈麥秀〉於殷墟。

〈黍離〉、〈麥秀〉兩首古詩一向被看作是歌詠探訪故都廢墟的商、周遺民。儘管原詩未作明確提示，漢以來的學者卻堅持把它們理解為表現遺民喪國之痛。向秀正是這批

❾ Barnhart, "Reading the Paintings and Calligraphy of Bada Shanren", p. 153.

學者中的一員：他們試圖以古詩為史料，建立起忠貞懷國的文學傳統。

在這一切過程中，中國詩人和批評家允許詮釋去創造作品(text)，或將詮釋作為新文體(genres)的一個部分。通過對向秀〈思舊賦〉的影射——經由「琴聲」這一關鍵意象——八大顯示了他對遺民詩傳統的自覺意識。

但是八大的詩是以嶄新的方式寫成。不同於向秀明確的引用古遺民詩題，八大的「白茉莉」詩採用間接修辭，一種深曲委婉、不直接提及所詠事物的手法。首先，八大採用了絕句體裁，而絕句之為詩，往往餘音繞樑，不絕如縷。這首詩的道德與美學意識，則產生於其「互文性」(intertextuality)——確切點說，是產生於本詩與遺民詩寫作閱讀傳統之間、本詩與其題畫之間的相互作用。那麼這首詩的含意又是怎樣依賴於「白茉莉圖」所創造的視覺意象呢？

通過觀察畫面本身，我們才得以了解茉莉花在詩中的核心位置。正如班宗華所說：「畫家作花的技巧耐人尋味：潮濕的紙面上，修長的花莖蜿蜒伸過中央，形成一種微妙的浴血效應……」⑩花兒的這一微妙「浴血」意象，正呼應了題詩的第二句「南內花已晚」。

⑩ Barnhart, "Reading the Paintings and Calligraphy of Bada Shanren", p. 154.

圖畫意象與詩歌描述的並列，促使我們把全篇讀作「詠物」詩——以白茉莉作為所詠之「物」——而整首詩制成為一種引發聯想的表達，能夠激起象徵（即物）與被象徵之間的共同特性。

作為象徵，白茉莉究竟意味什麼？傳統上，茉莉以其花兒的甜美馨香著稱於世，並因此常被用作髮飾。在中國文化中，茉莉是美好女性的象徵。從這個層面來看，八大這首詩可看作對情人的哀悼。然而，當我們看到詩中的另一關鍵意象：「南內」，便不得不把思緒導向這層詮釋之外，因為「南內」是明代（也是從前的南宋）皇帝寢宮的名稱。「南內」提供了重要的背景環境和文際聯繫，它把（畫面中的）花兒和（詩中的）其他有關細節與政治意義緊密結合起來。遵循詠物傳統的規則——這種規則要求詩中一切典故與意象服務於主導象徵——八大建立起以白茉莉為主的複雜象徵主義網絡。

八大以一種晦義手法，把隱秘的感情轉成象徵語言結構。一向作為女性情人氣質象徵的白茉莉，這兒成為聯繫浪漫情愛與忠君情懷的密碼，因為忠君也可看作愛的一種形式。自〈離騷〉以來，便存在這樣一種傳統：如果我們要以託喻法(allegory)來表現忠君愛國的情感——即既要揭示它又要掩飾它——最有效而又包容最廣的意象，莫過於浪漫情愛了。而且，最重要的是，愛與忠都為無常與失落所支配——這種情況最宜以嬌弱春花為象徵。於是，十世紀詞人南唐後主李煜這樣抒發他的亡國之痛：

林花謝了春紅，太匆匆。

明詩人陳子龍（一六〇八－一六四七年）也於明亡後寫道：

滿眼韶華，東風慣是吹紅去。

而現在，明遺民八大則在他的「白茉莉」詩中說：

西洲春薄醉，南內花已晚。

上述詩人以情詩手法寫其忠悃，恰恰是因為他們懂得，已逝的戀情和淪喪的家國，所帶來的遺憾均給人一種失落感，而這種失落感正可以短暫的春花為象徵。這也說明了為什麼在中國傳統中，情詩與遺民詩之間的界限是極其模糊不定的。這條充滿流動性的界限，又反過來為讀者提供了經由作品文字、意象和背景資料來解讀隱晦含意的手段。

值得注意的是，詩與畫在這裡並非單純並列，而是相輔相成。八大的間接參照手法把我們從詩引向畫，然後，經由一連串的視覺典故，回到前輩詩篇的文字中，從而豐富了視覺意象的含意。

為了說明在我們的詮釋過程中背景資料的重要，讀者只需要看看八大另一幅題為「雙鳥圖軸」的作品。這幅畫也作於一六九四年——而且，十分有趣的是，畫上也題了同一首「白茉莉」詩。顯然八大極愛此詩，故而要再次把它題在另一幅畫上。不過，在「雙鳥圖軸」中，「白茉莉」詩只占了題詩的前半部分：

> 西洲春薄醉，南內花已晚。傍著獨琴聲，誰為挽歌版？
> 橫施爾亦便，炎涼何可無。開館天台山，山鳥為門徒。

我們的注意點現在從「白茉莉圖」轉向了「雙鳥圖軸」，而我們必須在第一首詩（絕句）的背景資料上來讀這第二首較長的詩（其實是詩組）。從詩組的下半部分，我們知道這圖中「雙鳥」並非常禽——牠們深居佛道聖地天台山。正如六朝詩人孫綽在〈天台山賦〉開篇一段中寫道：

> 天台山者，蓋山岳之神秀者也。涉海則有方丈蓬萊，登陸則有四明天台，皆玄聖之所遊化，靈仙之所窟宅。

很清楚，這組詩描述了從失落到超脫的進程——前半部分（也就是「白茉莉」詩）暗寫詩人對故國的悲悼，後半部分則意味著對新舊世界交替的逐步接受。也許在詩人的想像中，崇禎皇帝業已飄然成仙，逍遙自在地雲遊天台，而他的忠臣們現在則作了他的門徒（見下半首）。把雞、鳥視為遺民的象徵絕非牽強——事實上，這正是許多明清之際詩人的主題。以詩人吳偉業（一六〇九—一六七一年）為例，當他試圖表達自己對明朝不渝的忠誠時，他（借用歷史典故）把崇禎帝比作仙人，而他自己則是皇帝遺留下的一隻孤雛：

> 浮生所欠只一死，塵世無繇識九還。我本淮王舊雞犬，不隨仙去落人間。⑪

然而，「雙鳥圖軸」詩組的下半部分，也可解作是八大以天台山人自居。當清兵入關，

⑪《吳梅村詩集箋注》，吳翌鳳編（香港：廣智書局，一八一四年版，一九七五年重印），頁三七八。

天下紛紛，世間炎涼無可逃避之際，八大願築隱廬於天台，馴山鳥為門徒。依照這樣的解釋，這首詩便成為八大自況，顯示了他重建生活於藝術「桃花源」的決心。他決心把自己的忠誠從政治活動上（以伯夷叔齊為典範）轉向準道家式的對孤峰仙蹤的搜求。不過，無論怎樣詮釋，這一詩組都表達了超脫的觀念。

八大的「雙鳥圖軸」完成於重要的一六九四年；「白茉莉圖」大約也作於此時。同一年他開始畫山水。以某種激情的方式，八大試圖建立新的生活方向，而山水畫意外地成為他的重要表現形式。在他晚期的山水作品中，八大開創新的章法、構形和色調，以意味一種新的平衡感。在他的山水畫題詩中，他特別注重寧靜、平和的觀念。例如，八大在一幅大約作於一六九八—一七〇〇年間的山水畫上題道：

春山無近遠，遠意一為林。未少雲飛處，何來人世心？

詮釋八大的詩（與畫）充滿了似非而是的矛盾和驚異。如果我們以其繪畫的創新來評價他的詩，或反之，以他的詩歌創意來評價他的畫，我們將會享受到直接面對八大作品中道德與美學價值的快樂。八大的「暗碼」(hidden signs)在我們的仔細考察下將最終變得明白易懂，而我們也能在相互矛盾的意義中選擇正確的、或最有價值的詮釋。

原載於《中外文學》一九九一年十二月

三民叢刊書目

①邁向已開發國家　孫　震著
②經濟發展啟示錄　于宗先著
③中國文學講話　王更生著
④紅樓夢新解　潘重規著
⑤紅樓夢新辨　潘重規著
⑥自由與權威　周陽山著
⑦勇往直前
・傳播經營札記　石永貴著
⑧細微的一炷香　劉紹銘著
⑨文與情　琦　君著
⑩在我們的時代　周志文著
⑪中央社的故事（上）
・民國二十一年至六十一年　周培敬著
⑫中央社的故事（下）
・民國二十一年至六十一年　周培敬著
⑬梭羅與中國　陳長房著
⑭時代邊緣之聲　龔鵬程著
⑮紅學六十年　潘重規著
⑯解咒與立法　勞思光著
⑰對不起，借過一下　水　晶著
⑱解體分裂的年代　楊　渡著
⑲德國在那裏？（政治、經濟）
・聯邦德國四十年　郭恆鈺　許琳菲等著
⑳德國在那裏？（文化、統一）
・聯邦德國四十年　郭恆鈺　許琳菲等著
㉑浮生九四
・雪林回憶錄　蘇雪林著
㉒海天集　莊信正著
㉓日本式心靈
・文化與社會散論　李永熾著
㉔臺灣文學風貌　李瑞騰著
㉕干儛集　黃翰荻著

㉖作家與作品　謝冰瑩著
㉗冰瑩書信　謝冰瑩著
㉘冰瑩遊記　謝冰瑩著
㉙冰瑩憶往　謝冰瑩著
㉚冰瑩懷舊　謝冰瑩著
㉛與世界文壇對話　鄭樹森著
㉜捉狂下的興嘆　南方朔著
㉝猶記風吹水上鱗
・錢穆與現代中國學術　余英時著
㉞形象與言語
・西方現代藝術評論文集　李明明著
㉟紅學論集　潘重規著
㊱憂鬱與狂熱　孫瑋芒著
㊲黃昏過客　沙究著
㊳帶詩蹺課去　徐望雲著
㊴走出銅像國　龔鵬程著
㊵伴我半世紀的那把琴　鄧昌國著
㊶深層思考與思考深層　劉必榮著
・轉型期國際政治的觀察
㊷瞬間　周志文著
㊸兩岸迷宮遊戲　楊渡著
㊹德國問題與歐洲秩序　彭滂沱著
㊺文學關懷　李瑞騰著
㊻未能忘情　劉紹銘著
㊼發展路上艱難多　孫震著
㊽胡適叢論　周質平著
㊾水與水神
・中國的民俗與人文　王孝廉著
㊿由英雄的人到人的泯滅
・法國當代文學論集　金恆杰著
51重商主義的窘境　賴建誠著
52中國文化與現代變遷　余英時著
53橡溪雜拾　思果著
54統一後的德國　郭恆鈺主編
55愛廬談文學　黃永武著
56南十字星座　呂大明著
57重疊的足跡　韓秀著
58書鄉長短調　黃碧端著
59愛情・仇恨・政治　朱立民著
・漢姆雷特專論及其他

⑥⓪蝴蝶球傳奇　顏匯增著
・真實與虛構
⑥①文化啓示錄　南方朔著
⑥②日本這個國家　章　陸著
⑥③在沉寂與鼎沸之間　黃碧端著
⑥④民主與兩岸動向　余英時著
⑥⑤靈魂的按摩　劉紹銘著
⑥⑥迎向眾聲　向　陽著
・八〇年代臺灣文化情境觀察
⑥⑦蛻變中的臺灣經濟　于宗先著
⑥⑧從現代到當代　鄭樹森著
⑥⑨嚴肅的遊戲　楊錦郁著
・當代文藝訪談錄
⑦⓪甜鹹酸梅　向　明著
⑦①楓　香　黃國彬著
⑦②日本深層　齊　濤著
⑦③美麗的負荷　封德屏著
⑦④現代文明的隱者　周陽山著
⑦⑤煙火與噴泉　白　靈著
⑦⑥七十浮跡　項退結著
・生活體驗與思考
⑦⑦永恆的彩虹　小　民著
⑦⑧情繫一環　梁錫華著
⑦⑨遠山一抹　思　果著
⑧⓪尋找希望的星空　呂大明著
⑧①領養一株雲杉　黃文範著
⑧②浮世情懷　劉安諾著
⑧③天涯長青　趙淑俠著
⑧④文學札記　黃國彬著
⑧⑤訪草（第一卷）　陳冠學著
⑧⑥藍色的斷想　陳冠學著
・孤獨者隨想錄
⑧⑦追不回的永恆　彭　歌著
A・B・C全卷
⑧⑧紫水晶戒指　小　民著
⑧⑨心路的嬉逐　劉延湘著
⑨⓪情書外一章　韓　秀著
⑨①情到深處　簡　宛著
⑨②父女對話　陳冠學著

93 陳冲前傳　嚴歌苓著
94 面壁笑人類　祖　慰著
95 不老的詩心　夏鐵肩著
96 雲霧之國　合山　究著
97 北京城不是一天造成的　喜　樂著
98 兩城憶往　楊孔鑫著
99 詩情與俠骨　莊　因著
100 文化脈動　張　錯著
101 桑樹下　繆天華著
102 牛頓來訪　石家興著
103 深情回眸　鮑曉暉著
104 新詩補給站　渡　也著
105 鳳凰遊　李元洛著
106 文學人語　高大鵬著
107 養狗政治學　鄭赤琰著
108 烟　塵　姜　穆著
109 河　宴　鍾怡雯著
110 滬上春秋　章念馳著
111 愛廬談心事　黃永武著
112 吹不散的人影　高大鵬著
113 草鞋權貴　嚴歌苓著
114 是我們改變了世界　張　放著
115 夢裡有隻小小船　夏小舟著
116 狂歡與破碎　林幸謙著
117 哲學思考漫步　劉述先著
118 說　涼　水　晶著
119 紅樓鐘聲　王熙元著
120 寒冬聽天方夜譚　保　真著
121 儒林新誌　周質平著
122 流水無歸程　白　樺著
123 偷窺天國　劉紹銘著
124 倒淌河　嚴歌苓著
125 尋覓畫家步履　陳其茂著
126 古典與現實之間　杜正勝著
127 釣魚臺畔過客　彭　歌著
128 古典到現代　張　健著
129 帶鞍的鹿　虹　影著
130 人文之旅　葉海煙著

131 生肖與童年　小民著　喜樂圖
132 京都一年
133 山水與古典　林文月著
134 冬天黃昏的風笛　呂大明著
135 心靈的花朵　戚宜君著
136 親　戚　韓　秀著
137 清詞選講　葉嘉瑩著
138 迦陵談詞　葉嘉瑩著
139 神　樹　鄭　義著
140 琦君說童年　琦　君著
141 域外知音　張堂錡著
142 遠方的戰爭　鄭寶娟著
143 留著記憶・留著光　陳其茂著
144 滾滾遼河　紀　剛著
145 王禎和的小說世界　高全之著
146 永恆與現在　劉述先著
147 東方・西方　夏小舟著
148 嗚咽海　程明琤著
149 沙發椅的聯想　梅　新著
150 資訊爆炸的落塵　徐佳士著
151 沙漠裡的狼　白　樺著
152 風信子女郎　虹　影著
153 塵沙掠影　馬　遜著
154 飄泊的雲　莊　因著
155 和泉式部日記　林文月譯・圖
156 愛的美麗與哀愁　夏小舟著
157 黑　月　樊小玉著
158 流香溪　季　仲著
159 史記評賞　賴漢屏著
160 文學靈魂的閱讀　張堂錡著
161 抒情時代　鄭寶娟著
162 九十九朵曇花　何修仁著
163 說故事的人　彭　歌著
164 日本原形　齊　濤著
165 從張愛玲到林懷民　高全之著
166 莎士比亞識字不多？　陳冠學著
167 情思・情絲　龔　華著

⑯⑧說吧，房間　林　白著
⑯⑨自由鳥　鄭　義著
⑰⓪魚川讀詩　梅　新著
⑰①好詩共欣賞　葉嘉瑩著
⑰②永不磨滅的愛　楊秋生著
⑰③晴空星月　馬　遜著
⑰④風　景　韓　秀著
⑰⑤談歷史　話教學　張　元著
⑰⑥兩極紀實　位夢華著
⑰⑦遙遠的歌　夏小舟著
⑰⑧時間的通道　簡　宛著
⑰⑨燃燒的眼睛　簡　宛著
⑱⓪月兒彎彎照美洲　李靜平著
⑱①愛廬談諺詩　黃永武著
⑱②劉真傳　黃守誠著
⑱③天涯縱橫　位夢華著
⑱④新詩論　許世旭著
⑱⑤天　譴　張　放著
⑱⑥綠野仙蹤與中國　賴建誠著

⑱⑦標題飆題　馬西屏著
⑱⑧詩與情　黃永武著
⑱⑨鹿　夢　康正果著
⑲⓪蝴蝶涅槃　海　男著
⑲①半洋隨筆　林培瑞著
⑲②沈從文的文學世界　王繼志　陳　龍著
⑲③送一朵花給您　簡　宛著
⑲④波西米亞樓　嚴歌苓著
⑲⑤化妝時代　陳家橋著
⑲⑥寶島曼波　李靜平著
⑲⑦只要我和你　夏小舟著
⑲⑧銀色的玻璃人　海　男著
⑲⑨小歷史　林富士著
⑳⓪再回首　鄭寶娟著
⑳①舊時月色　張堂錡著
⑳②進化神話第一部
　・駁達爾文《物種起源》　陳冠學著
⑳③大話小說　莊　因著

⑳4 人　禍　彭道誠著
⑳5 殘　片　董懿娜著
⑳6 陽雀王國　白　樺著
⑳7 懸崖之約　海　男著
⑳8 神交者說　虹　影著
⑳9 海天漫筆　莊　因著
⑳10 情悟，天地寬　張純瑛著

211
誰家有女初養成
嚴歌苓 著

「巧巧覺得出了黃桷坪的自己，很快會變一個人的。對於一個新的巧巧，窩在山溝裡的黃桷坪和窩在黃桷坪的一切人和事，都不在話下。」踏出黃桷坪的巧巧會有怎樣的改變呢？如願的坐上流水線抑或是……

212
紙銬
蕭馬 著

紙銬，這樣再簡單不過的刑具，卻可以鎖住人的雙手，甚至鎖住人心，牢牢的，讓人難以掙脫更不敢掙脫。隨便揀一張紙，挖兩個窟窿，然後自己把手伸進去，老老實實地伸直了手，哪敢輕易動彈，碰上風吹雨淋，弄斷了紙銬，一個個都急成了哭相……

213
八千里路雲和月
莊因 著

本書可分為兩大部分，雖然皆屬於記遊文字、同在大陸地區，時間，卻整整相隔了十八年。作者以其獨特的觀點、洗鍊的文筆，道出兩段旅程中的種種。從這些文章，我們可以看見一些故事，也可以看出一位經歷不凡的作家，擁有的不凡熱情。

214
拒絕與再造
沈奇 著

新詩已死？現代人已不讀詩？對於這些現象，作者本著長年關注現代詩的研究，對現代詩有其深刻的體認，無論是理論的闡述或是兩岸詩壇的現況，甚至是詩作的分析，都有其獨特的見解。在他的帶領下，你將對現代詩的風貌，有全新的認識與感受。

215

冰河的超越

葉維廉 著

詩人在新生的冰河灣初次與壯麗的冰河群相遇，面對這無言獨化、宇宙偉大的運作，面對「雪疊著雪雪疊著雪疊著永不溶解的雪／緩緩地積壓著／冰晶冰層冰箔相連覆蓋九萬餘里」的景象，喜悅、震撼、思涉千載而激盪出澎湃磅礡的——冰河的超越。

216

庚辰雕龍

簡宗梧 著

基於寫作興趣就讀中文系，卻因教學職責的召喚，不得不放緩文學創作的腳步。本書作為政大簡宗梧教授創作成果的集結，不僅可讓讀者粗識簡教授於教學及研究著績外的創作成果，也將是記誌簡教授今後創作「臺灣賦」系列作品的一個始點。

217

莊因詩畫

莊 因 著

因心儀進而仿效豐子愷漫畫令人會心的幽默與趣味，作者基於同樣對世間生命萬物寬厚博大的關注與愛心，以他罕為人知的「第三枝筆」，畫出現今生活於你我四周真實人物的喜怒哀樂，並附以詩文，為傳統的中國詩畫注入了全新的生命。

218

換了頭抑或換了身體

張德寧 著

換了頭抑或換了身體？當器官移植技術發達到可以更換整個身軀時，我們要擔心的是生理上的排斥或心理上的抗拒？該為人類創造的奇蹟喝采還是為扭曲了人的靈魂而付出代價？藉作者精心的布局與對人深刻的觀察，我們將探觸心裡未曾到達的角落。

219
黥首之後
朱暉 著

政治上成分的因素，他曾前後被抄三次家，父母也先後被送入囹圄和下放勞改。他嚐盡世間的殘酷悲涼，看透人性的醜陋自私，但外在的折磨越狠越兇，內裡的親情就越密越濃。人性中最陰暗齷齪的一面與最光明燦爛的一面，都在這裡。

220
生命風景
張堂錡 著

每個人的故事，如同璀璨的風景，綻放動人的面貌。透過作者富含情感的筆觸，引領出成功背後的奮鬥歷程。文中所提事物，與我們成長經驗如此貼近，讓人油然而生「心有戚戚焉」之感。他們見證歷史，也予我們許多值得省思與仿效的地方。

221
在綠茵與鳥鳴之間
鄭寶娟 著

不論是走訪歐洲歷史遺跡有感，或抒發旅法思鄉情懷，抑或中西文化激盪的心得，作者以其一貫獨特的思考與審美觀，發為數十篇散文，澄清的文字、犀利的文筆中，流露著一種靈秘的詩情與浪漫的氣氛，讓讀者在綠茵與鳥鳴之間享受有深度的文化饗宴。

222
葉上花
董懿娜 著

讀董懿娜的文章，如同接受心靈的浸潤。生活的點滴，藉她纖細敏感的筆尖，便能在心中蕩起圈圈漣漪；娓娓的傾訴，叫人不禁沉入她的世界。在探求至情至性的同時，重新面對自己，循著她的思緒前進，彷彿也走出了現實的惱人，燃起對生命的熱情。

223
與自己共舞
簡宛　著

「與自己共舞，多麼美好歡暢的感覺！」長年旅居海外的簡宛，以平實真誠的筆調，與讀者分享「接納自己、肯定自我」的喜悅。書中收錄作者多年來與自己共舞的所思所感，包含對婚姻、家庭、自我成長的探討，值得讀者細細品味這分坦率至情的人生智慧。

224
夕陽中的笛音
程明琤　著

我們從本書中可領略程明琤對於生命的思索與感受，對於文化的關懷珍視，她更以廣闊的角度引領讀者去探索藝術家的風範和多彩的人文景致。讀她的文章不只是欣賞她行文遣字的氣蘊靈秀，真正觸動人心的是她對眾生萬相所付注的人文情懷。

225
零度疼痛
邱華棟　著

「我發現我已被物所包圍，周圍一個物的世界，它以嚇人的速度在變化更新，似乎我的生活已經事先被規定、被引導、被制約、被追趕。」作者以魔幻的筆法剖析現代人被生活擠壓變形的心靈。事實上，我們都是不同程度的電話人、時裝人、鐘錶人……。

226
歲月留金
鮑曉暉　著

以滿盈感恩的心，追憶大時代的離合悲歡，及中國這片土地的光輝與無奈；用平實卻動人的文字，記錄生活的精彩，和對生命的熱愛與執著。作者將歲月中的點滴與感動，譜成這數十篇的散文，讀來令人低徊不已，並激盪出對生命的無限省思。

227

如果這是美國

陸以正　著

面對每天新聞報導中沸沸揚揚的各種話題，您的感想是什麼？是事不關己的冷漠？還是無法判斷是非的茫然？不妨聽聽終身奉獻新聞與外交事務的陸以正大使，如何以其寬廣的國際觀點，告訴您「如果這是美國……」

228

請到我的世界來

段瑞冬　著

從七〇年代窮山惡水的貴州生活百態，到瑞典中西文化交流的感觸，最後在學成歸國的喜悅中，驚覺中國物質與思想上的巨大轉變，作者達觀的態度及詼諧的筆調，好像久違的摯友熱情地對我們招手：「請到我的世界來！」

229

6個女人的畫像

莫非　著

6個女人，不同畫像。在為家庭守了大半輩子門框後，他們要出走找回失落的自己，藉著幻想，藉著閱讀，藉著繪畫等等不同方式，讓心靈有重新割斷再連結的機會。盼能以此書，提供女人一對話的空間。

230

也是感性

李靜平　著

「人世間的很多事，完全在於你從什麼角度來看。」本書作者以幽默的口吻帶您挖掘出生活中的樂趣。不管是親情的交流或友誼的呼喚，即便是些雞毛蒜皮的小事，在她的筆下每個生活週遭的人物全都活絡了起來，為我們合力演出這齣喜劇。

231
與阿波羅對話
韓秀 著

自遠方來，我在陽光的國度與阿波羅對話。秋日午後的愛琴海波光粼粼，反射生命的絕代風采。這裡是雅典，眾神的故鄉，世人的虛妄不過瞬眼，胸臆間卻永遠有激情在湧動。殿堂雖已頹圮，風起之際，永恆卻在我心中駐紮。

232
懷沙集
止庵 著

「樹欲靜而風不止，子欲養而親不待」作者將對逝去父親的感念輯成本書。其間除了父親晚年兩人對談的點滴外，亦不乏從日常不經意處，挖掘出文學、生活的真諦。作者樸實的文筆，在現代注重藻飾的文壇中像嚼蘿蔔，別有一股自然的餘味。

233
百寶丹
曾焰 著

百寶丹，東方國度的神奇靈藥，它到底有多神妙？身世坎坷的孤雛，如何在逆境中自立，成為濟世名醫？一部結合中國傳統藥理與鄉野傳奇故事的長篇小說，一段充滿中國西南邊疆民族絕代風情的動人篇章。

234
矽谷人生
夏小舟 著

生命流轉，人只能隨波逐流。細心體會、聆聽、審視才能品嘗出人生的況味。從中國到美國，從華盛頓到矽谷，傳統與現代，寧靜與繁華，作者以雋永的文筆，交織出大城市裡小人物不平凡的際遇和生活中發人省思的啟示，引領讀者品味異國人生。

235
夏志清的人文世界
殷志鵬 著

在自己的婚禮上，會說出「下次結婚再到這地來」的，大概只有夏志清吧！這位不在洋人面前低頭的夏教授，以其堅實的學術專業，將現代中國小說推向西方文學的殿堂，他蓄滿對生命的熱情，打了兩次精采的筆仗……快跟著我們一起走入他的人文世界吧！

236
文學的現代記憶
張新穎 著

五〇年代的臺港兩地，在自由風氣的帶動下，中外文學相互影響，激起了一連串美麗的浪花；或許你我置身其中，而無法全然地欣賞到這場美景，亦或未能躬逢這場盛宴，作者以局外人的角度，用精鍊的筆法為文十篇，細數這場文學史的發展。

237
女人笑著扣分數
馬盈君 著

這是一本愛情的「解語書」，告訴您女人為何笑著扣分數。馬盈君，一位溫柔敦厚的作者，以她理性感性兼至的筆觸，探討愛情這一亙古的命題。在芸芸眾生中，為我們解剖女人內心最深處的想法，及男人的愛情語碼，帶領我們找到千古遇合的靈魂伴侶。

238
文學的聲音
孫康宜 著

聲音和文字是人們傳情達意的主要媒介，然而聲音已與時俱逝；動人的詩篇卻擲地有聲，如空谷迴響，經一再的傳唱，激盪於千古之下。本書作者堅持追尋文學的夢想，用心聆聽、捕捉文學的聲音，穿越時空的隔閡與古人旦暮相遇。

國家圖書館出版品預行編目資料

文學的聲音／孫康宜著.——初版一刷.——臺北市；
三民，民90
面；　公分——(三民叢刊；238)

ISBN 957-14-3535-X　(平裝)

810

網路書店位址　http://www.sanmin.com.tw

著作人　孫康宜
發行人　劉振強
著作財產權人　三民書局股份有限公司
臺北市復興北路三八六號
發行所　三民書局股份有限公司
地址／臺北市復興北路三八六號
電話／二五〇〇六六〇〇
郵撥／〇〇〇九九九八——五號
印刷所　三民書局股份有限公司
門市部　復北店／臺北市復興北路三八六號
重南店／臺北市重慶南路一段六十一號
初版一刷　中華民國九十年十月
編　號　S 81099
基本定價　肆元肆角
行政院新聞局登記證局版臺業字第〇二〇〇號

ISBN　957-14-3535-X　(平裝)